没落令嬢の悪党賛歌

上

登場人物紹介
CHARACTERS
ヴァイオリア・ニコ・フォルテシア
貴族令嬢。自分と家族を陥れた王家への復讐を胸に、高笑いしながら悪党街道を突き進んでいく。
ドラン・パルク
ヴァイオリアと共に脱獄した元囚人。人間とは思えない怪力を発揮する戦闘狂。
キーブ・オルド
庶民には珍しい魔法使い。整った容姿が特徴。

リタル・ピア・クラリノ
こんなナリだが男である。
ジョヴァン・バストーリン
裏通りに精通した闇商人。ドランとは旧知の仲。
チェスタ・トラペッタ
裏通りのチンピラ。大体正気ではない。とある事情で右腕を失い、義手にしている。

没落令嬢の悪党賛歌

上

目次

プロローグ

海沿いの白い街並みを、淑女が一人歩く。大きな鞄を手に、濃い栗色の長い髪を潮風に靡かせ、慎ましやかなドレスの裾を翻し、気品と力強さを感じさせる足取りで。

はっきりとした意思を宿した瞳は、赤。その色はまるで、ザクロかルビーか、はたまた血か炎か。美しく、ともすれば不気味にも見えるその瞳が、ふと空を眺めた。夏に相応《ふさわ》しい快晴の空を、みゃう、と鳴いてカモメが通り過ぎる。淑女は白い翼と日差しの眩しさに目を細めると、微笑《ほほえ》んでまた歩き出した。


そうして彼女が向かった先は、港町エルゼマリンの裏通り。表通りの白く整った街並みから一転、薄暗く薄汚れた街並みがそこにある。

煤けた漆喰は罅割れ、剥がれ落ち、その下のレンガ壁を覗かせている。道の脇には怪しげな露店が並び、明らかに真っ当ではない人間達がちらほらと行き交い、剣呑な小競り合いも珍しくない。

そんな街並みの中、高貴な生まれを感じさせる淑女の姿は、異質であった。だが、彼女はまるで臆することなく、実に慣れた様子で——実際によく慣れているのだが——裏通りを進んでいった。

やがて一軒の店の前へ辿り着いた淑女は、躊躇なくその店の扉を開く。

「ごきげんよう！　買い取りをお願いしたいのだけれど」

入って正面は、カウンター。それも、互いの顔が見えないよう、木の板で間仕切りがしてあるものである。裏通りの店では、後ろ暗い品もやり取りするため、こうしたカウンターが少なくない。

淑女は鞄を開け、毛皮や牙を取り出し、カウンターへ並べる。すると、間仕切り板の下から骨ばって大きい、骸骨めいた不気味な手が伸びて毛皮と牙を持っていった。よく見慣れた、ここの店主の手だ。淑女は店主の名も顔も知らないが、声と手だけは知っている。彼女はここの常連なのだ。

「毛皮に傷はナシ、と。相変わらずいい腕してるね、お嬢さん。惚れ惚れしちゃう」

掠れた声が低く笑って、淑女を褒め称える。いつものことだ。

「じゃあ、買取額はこんなところで」

そしてカウンターの奥から、じゃらり、と重い音を立てる革袋が差し出された。いつも通り、中には金貨がたっぷりと詰まっているのだろう。……だが、淑女はそれを手に取らない。

「ああ、それ、そのままあなたに預けますわ。それで、空間鞄を注文したいの。足りるかしら？」

「はいはい。そういうことなら、この額に見合うやつをいくらか見繕っておきますよ。前払いして頂ける分、品質にはこだわっておくからね。期待していいぜ、お嬢さん」

「ありがとう。夏が終わる頃に取りに参りますわね」

手短にやり取りを終えると、淑女は店を出て、また裏通りを歩いていく。

やがて表通りへと戻ってきた淑女は、そこに停めてあった馬車に乗り込んだ。馬車には家紋が刻まれている。それは新興貴族、フォルテシア家のもの。

そう。颯爽と裏通りを歩き、臆することなく裏の店に入り、自ら狩った魔物の毛皮を売り捌いた淑女の名前は、ヴァイオリア・ニコ・フォルテシア。

歴史書に名を刻まれることとなる女傑である。

一話　あいつら全員皆殺しですわ

ごきげんよう！　私、ヴァイオリア・ニコ・フォルテシアと申しますわ。

自己紹介するならば、成金貴族と巷で有名なフォルテシア家の娘、と言えばいいかしら。

勿論、成金といえども貴族は貴族。それなりの能力と品格は兼ね備えているつもりでしてよ。家門の古さの上に胡坐《あぐら》をかいている上流貴族なんかに負けないよう、日々、精進しておりますの。その甲斐あって、私、王立エルゼマリン学園の夏季期末考査では堂々の学年一位を獲得しましたのよ。おほほほほ。

……さて。そんな私が通う王立エルゼマリン学園は昨日から夏休みに入り、私は港町エルゼマリンから王都に向けて帰省中ですの。


私、毎回の長期休暇には必ず帰省しておりますのよ。大好きなお父様お母様、そしてお兄様と一緒に過ごせる大切な時間ですもの。勿論、学期内もお手紙でやり取りはしていますわ。ついこの間も『今年のワインは中々出来がいい』ですとか、『買った鉱山のおかげで例の商品開発が好調だ』ですとか、『武術大会の優勝おめでとう。これで七連覇だな』ですとか……そうしたお手紙を頂いたばかりですのよ。でもやっぱり、手紙のやり取りだけでは足りませんわね。お会いしてお話ししたいこと、山ほどございますの。

……それから、休暇中は婚約者であるダクター・フィーラ・オーケスタ様とお会いできる貴重な時間でもありますわね。

ダクター様は私の婚約者。でも、身分違いの婚約ですわ。何といってもダクター様は王族。そして一方、私の家……フォルテシア家は所詮、成金貴族ですのよ。

フォルテシア家が貴族になったのは、私が幼い頃。お父様がお祖父《じい》様の事業を引き継いで大当たりして、そのお金で爵位を買いましたの。

生粋の貴族でもない娘が王子と婚約なんて、と顔を顰《しか》める貴族も多いですわ。……まあ、誰が口を出すまでも無く、こんなものは愛の無い政略結婚ですわね。ええ、私も重々承知の上ですわ。けれど、ダクター様もこの婚約には乗り気でらっしゃるの。私ではなく私の家の財力が魅力的だと思ったにせよ、王子の方から私を見初《みそ》めて婚約の申し出をなさったのがこの婚約のきっかけよ。

財政が傾きかけている王家はフォルテシア家の財力が欲しいのでしょうね。そしてフォルテシア家は王家との婚姻によって成金貴族の地位を脱却。これはどちらにとっても旨味のある結婚ですの。

そしてこの婚約は実態がどうであれ、表面上は王子自らが望んだ婚約ですから、周りが何を言おうが盤石！　フォルテシア家の繁栄は間違いないものなのですわ！

……というのは置いておいて。


「屋敷が燃えていますわ」

……帰省したら、屋敷が燃えてましたわ。

ええ。屋敷が、燃えてますのよ！

燃えてますわ。めっちゃ燃えてますわ。屋敷って燃えるんですのねえ……いえ、燃やせば大抵のものは燃えるわけですけれど、それにしても、屋敷が、燃え……まるで現実味がありませんわ。

自分の育った家、家族との団欒の場、数々の思い出と財産の保管場所である屋敷が燃えている、というのは、あまりにも、現実味がありませんのよ。

私の家族は、どうしたのかしら。お父様もお母様も、おそらくお兄様も、屋敷にいらっしゃったはずよ。その屋敷が燃えている、ということは……いえ、私の家族が死ぬはずありませんわ。こんなことで死ぬはずありませんの。家族の無事を信じて……でも、財産は間違いなく致命傷、ですわ。

……そして、まるで現実を呑み込めていない私に追い打ちをかけるように、王家の兵士達が近づいて参りましたの。どう見ても、『ダクター王子の婚約者を助けるため駆けつけた』というようには、見えませんわ。

私が警戒していると……兵士達は、冷たい顔を私に向けて、言いましたのよ。

「ヴァイオリア・ニコ・フォルテシア。貴様には第七王子ダクター・フィーラ・オーケスタ殿下暗殺未遂の容疑が掛かっている。城まで同行してもらう」

はい。ということで、私、そのまま王城まで連れていかれましたわ。そうしてあれよあれよという間に玉座の間へと引き立てられて参りましたの。

玉座の間には人がたくさんいますわね。私の婚約者である第七王子ダクター様と、私の義父となるはずの国王陛下。若くして貴族院の総裁となったクリス・ベイ・クラリノ様。……後は、無能な貴族がたくさんと、私に槍を向けている兵士がたくさん、ですわね。

「ヴァイオリア・ニコ・フォルテシア！　この度はよくも、ダクターを殺そうとしてくれたな！」

　そして、国王陛下が早速、声を張り上げましたわ。でも、ここでそれを受け入れるわけには参りませんのよ。兵士の槍にも怯まず、私、弁明しますわ。

「お言葉ながら、陛下。それは誤解でございます。誓ってそのようなことはしておりません」

「とぼけるな！　貴様がダクターに贈った香水瓶！　そこから強い毒が検出されたのだぞ！」

　国王陛下は兵士の一人に香水瓶を持ってこさせていますけれど……見覚えのない瓶ですわ。細工を見ても、安物ですわね。こんな安物、この私が婚約者に贈るはずがなくってよ。

「陛下。私がダクター様の今年のお誕生日にお贈りしたものは、白金象嵌の万年筆でしたわ。そのような香水瓶をお贈りしたことはございませんの。ねえ、そうでしょう？　ダクター様」

　一応、一応ですけれど、ダクター様にも確認を取りますわ。私、彼の婚約者として、節目節目のお祝いの品を欠かしたことはございませんのよ。愛の無い政略結婚を維持するためでもありますし……愛の無い政略結婚の中でも愛や思いやりを育む余地はあると思いましたもの。ですから、品の選定に手を抜いたこともございませんの。何を何時《いつ》お贈りしたかも覚えていますわ。

　……でも。

「い、いや！　今年、贈られたのはこの香水瓶だ！　間違いない！」

……ダクター様は嘘をついて、国王陛下の側に、つきましたのよ。

　私、不覚ながらちょっぴり呆然としてしまいましたわ。

　ええ、空しいものですわね。私、王子の妻として隣に立つために十分な能力を磨いてきたつもりですわ。そして何より、ダクター様とのやり取りに手を抜いたこともありませんでしたの。愛し愛される努力を怠ったことは、ありませんでしたわ。本当に。

……それでも、裏切られるんですのねえ。こんなに、あっさりと。

「そういうことだ、ヴァイオリア・ニコ・フォルテシアよ！　おお、なんと嘆かわしいことだ！　まさか、婚約者を殺そうとするとは！　やはり、フォルテシアのような新興貴族を王子の婚約者にするのは間違っていたか……」

まるで意味の分からないことに、国王陛下は大仰に嘆く様子をお見せになられていますし、貴族達はひそひそと『これだから尊い血の流れていない成金は』だの『やはり新興貴族などに貴族面をさせてはいけないな』だの、好き勝手言っておられますわね。

そしてダクター様は愛しい婚約者である私が濡れ衣を着せられているというのに、まるで反論しませんわ。まごまごしながら適当に相槌を打っているばかりですわ。……まあ、庇ってくれるなんて期待はしていませんけれど。

「静粛に！　……大罪人、ヴァイオリア・ニコ・フォルテシアよ！　王族暗殺未遂の罪で、お前を国外追放とする！」

裁判も無しに私の処分が決まりましたわ。法治国家の名が泣きますわね。ふざけてましてよ。

「陛下、お待ちください」

……と思ったら、声が上がりましたわ。

進み出てきたのは、金髪に碧眼、そして高い身長に引き締まった体躯の男性。……貴族院総裁のクリス・ベイ・クラリノ様ですわね。

クリス様は新興貴族を嫌う貴族院の総裁ですけれど、上流貴族にしては珍しく、能力の高いお方であられますのよ。

「ふむ、クリス・ベイ・クラリノ。どうした」

クリス様の登場に、場がざわめきますわね。私、ちょっぴり期待して、クリス様の発言を待ちますわ。……そして。

「それでは民に示しがつきません。尊い王族を狙ったこの蛮行に相応しいのは、死のみかと」

クリス様は、そう、はっきり言いましたわね！

アーッ！　裏切られましたわ！　見事に期待を裏切られましたわーッ！　減刑嘆願かと思ったら逆ですわ！　こいつ、こいつ……国外追放に飽き足らず、死刑を！　重ねてきましたわーッ！

「成程、確かにそうだな。死刑こそが相応しい！」

「貴い血筋でもない者が貴族を名乗った天罰だ」

「新興貴族はやはり信用できないな！」

……ああ、クリス・ベイ・クラリノのとんでもない進言と、それに賛同して頷く貴族の面々。『ざまあみろ』と言わんばかりの、下卑た好奇の目……すべては仕組まれたことで、筋書き通り、なのでしょうね。

つまり、ここは劇場。私が贈ったことにされている香水瓶も、証拠などではなくて、所詮は舞台の小道具。ここの貴族達は皆、新興貴族であるフォルテシア家を良く思っていない、歴史と血だけが取り柄の貴族達。彼らによって私は、罪人役を演じるように仕向けられた、ということ。

……そう！　私は、陰謀に巻き込まれたのですわ！

この陰謀の目的はただ一つ。『フォルテシア家に冤罪を掛けて取り潰すこと』。フォルテシアを犠牲にするだけで、フォルテシアが所有していた財産をすべて没収して国庫に入れることができますし、『成り上がりの新興貴族』が気に食わない貴族達のご機嫌取りもできますわね。ホント法治国家の名が泣きますわよ。

……ああ愚かですこと。こんなことをするくらいなら、何故《なぜ》私と王子の婚約を進めたのかしら。

そもそもこの婚約自体、王家の恥でしたわね。『金しかないが金だけはある』フォルテシア家と王家との婚姻。これは事実上の、『名誉をくれてやるから金を寄越せ』という王家からの援助要請でしたもの。

そう。この国、財政が傾きかけていますの。埃を被《かぶ》った血と歴史しか持ち合わせていない無能な貴族達が浪費するだけ浪費して、全く生産しないものですからね！

だからこそ……新興貴族として。新たにこの国を牽引し、より良い方へ導くための力として、フォルテシア家は王家との婚約を受け入れたのですわ。

この腐った国を、それでも良くしようと。王家がフォルテシアの財産に寄生しようとしていることは分かった上で、それを利用して上手《うま》くやって、この国をより良く、と。

……それなのに。

「ねえ、ダクター様。あなた、私との婚約を覚えてらっしゃって？」

「ああ、覚えているとも！　だから……僕、ダクター・フィーラ・オーケスタは、大罪人ヴァイオリア・ニコ・フォルテシアとの婚約を破棄する！　異論は無いな！」

そう、ダクター様は仰いましたのよ。

……それを聞いた途端、私の中で何かがプッツンいきましてよ。

「ええ！　異論はございませんわね！」

私を取り押さえようとした兵士の鳩尾《みぞおち》に靴のヒールを叩き込んで、私はその場に立ちましたわ。ごめんあそばせ。もう頭《こうべ》を垂れてやる義理は無くってよ！　そして文句を垂れるのを我慢してやる義理もございませんわ！

「あなたが私の救いの手を振り払うというのであれば、私も異論はございませんわ！　この、自分の脳みそで物事を考えられない木偶《でく》人形！」

私がそう言ってやれば、ダクター様は随分と衝撃を受けたお顔をされてらっしゃいますわねえ！それもそのはず、私、今まで只々ダクター様に尽くす令嬢でしたもの。こんなお行儀の悪いことはしたことがなくってよ！　でも私、お行儀の悪いことができないわけじゃーありませんのよッ！

「す、救いの手？　木偶人形……？」

「ええ、実に滑稽な木偶人形ですわ！　国王もあなたも、ここにいる腐れ貴族の野郎共も！」

会場をぐるりと一周、見回してやりますわ。ここにいる連中の顔を全部覚えてやりましてよ。

「今まで散々見下して馬鹿にしてきた新興貴族に縋り付くしか金策が取れなくて、しかもそれさえも投げ捨てるおつもりなんですもの！　これで上手くやったおつもりかしら？」

腐れ貴族共がどよめいていますわね。ついでに文句も喚き始めましたけれど、ええ、豚みたいに喚いてりゃよくってよ。所詮こいつらは豚ってことですわ。

「貴様、無礼だぞ！　大罪を犯した上、このようにこの国を侮辱するとは！」

唯一、まともに人間の言葉を喋ったのは、クリス・ベイ・クラリノですわ。貴族院総裁ともなれば、人間の言葉が喋れますのねえ。

「お黙りなさいな。……クリス・ベイ・クラリノ。あなたなら、もうちょっとは上手くやる能力があったでしょうに」

けれども、私が心の底からの『がっかり』を込めて睨んでやったら、クリスの青い瞳が動揺に揺れましたわね。

……ええ。正直、ダクター様より、クリスの方がガッカリですのよ。

ダクター様は父王の判断に従うしかありませんけれど、クリスは自分で貴族院を動かせる立場。そして能力も十分にあったでしょうに……賢くない奴は、私、嫌いよ。

「わざわざこんなつまらないやり方を取るなんて。随分とがっかりさせてくださいましたわね。フォルテシアから金を巻き上げるにしても、もうちょっと上手くおやりなさいな」

若く麗しい貴族院総裁殿に苦言を呈してやったなら、もう、私が言うべきことはそう多くありませんわね。

「ねえ、ダクター様」

ですから私、最後にダクター様に向き直りますわ。愛し愛される努力を積み重ねてきた婚約者は、私の視線を受けて、明らかにビビッてやがりますけれど。

……ええ。私、もう後戻りはできなくってよ。でも構わないわ。所詮フォルテシア家は成金貴族。そして私はもう家を無くした没落秒読み令嬢ですものね！

ならば、安い芝居の料金にフォルテシアの財産と私の命を持っていこうとするような銭ゲバ野郎共に遠慮は不要ですわ！　たとえそれが原因でマジモンの没落令嬢になったとしても！

「ねえ、ダクター様。私とダクター様との婚約は所詮、政略結婚。愛なんて無いと、承知の上です。けれどそこに『政略』があったことは確かな事実。……この婚約破棄、高くつきましてよ」

ダクター様はたじろぎますわねえ。大事に囲われて育てられた王子様だもの。こうして真っ向から誰かに敵意をぶつけられることなんて初めてなのでしょうね。自分が敵意を振りまくことはするくせに随分と甘ったれですこと！

「ねえ、ダクター様？　もう一度、仰ってくださいな。『ヴァイオリア・ニコ・フォルテシアとの婚約を破棄することにより、王家は破滅の道を歩むことを選ぶ』と！」

だからちょっと脅かしてやろうと思ってそう言ってみたら、面白いほど怯みますのね。流石《さすが》は根性無しの金魚の糞と名高い第七王子ですわ。クソ野郎の名に相応しいビビりっぷりでしてよ！

「ダクターよ！　所詮は逆賊の苦し紛れの捨て台詞《ぜりふ》だ！　動揺するな！」

あまりに威厳の無い息子の姿に何か思ったか、国王が口をはさんできましたわねえ。もう、それすら可笑《おか》しくって仕方がありませんけれど。

「な、何度でも言おう！　僕はヴァイオリア・ニコ・フォルテシアとの婚約を破棄する！　僕を殺そうとする賊などと婚姻を結ぶことなんてできない！」

そうしてダクター様は、ビビりながらも国王や貴族達に後押しされて、立派に二度目の婚約破棄を宣言しましたわ。……これが最後のチャンスだったとも、気づかずに。

「そう。……なら、今からあなたと私は赤の他人。遠慮は要りませんわね！　おほほほほ！」

視線が一身に集まるのを感じながら、私は悪の華らしく、と笑い声を響かせますわ。高笑いは令嬢の嗜みでしてよ。

ダクターを、国王を、貴族院総裁を、そして周囲の貴族を、一人一人見つめて……。

「地獄の底で後悔なさい」

にやり、と笑ってみせて差し上げましたわ。

「つ、連れていけ！　この悪魔を……地下牢へ連れていけ！」

私は高笑いを残しながら、兵士に連行されて堂々と地下牢へと進むことにしましたわ。ええ。ハッタリかます時はでかく出ろ。手を離す時は相手の手を切り落とす勢いで。これ、フォルテシア家の家訓でしてよ。おほほほほ。

＊

ということで私、地下牢にぶち込まれましたの。遠慮がありませんわね。これでも私、貴族令嬢なのですけど。

まあ、豚共に人間のマナーを期待する方が間違っていますわね。寛大な心で許して差し……上げませんわ！　許しませんわーッ！　あの野郎共！

まずダクター！　あいつ、よくも婚約破棄しやがりましたわね！　政略結婚とはいえ、私、王子の婚約者に恥じない令嬢であるようにと努力を重ねて参りましたのよ！　学院では常に成績優良者。武術大会では毎回毎回ぶっちぎりの優勝。王家に嫁ぐ者ならば常に優秀であれと思ってここまでやってきたのですけれど！　ダクター様にはこのお気持ち、通じませんでしたのねえ！　全部無駄でしたわ！　流石にちょっぴり悲しくってよ！

次に国王！　まんまと貴族共に乗せられて、政略結婚相手に決めた家を取り潰すなんて愚か極まりないですわ！　国王が国の頂点ではなく愚の頂点に立つなんてこの国ももうおしまいですわね！

大体、なんですの⁉　金のある家に冤罪吹っ掛けて取り潰しつつ財産を没収するって、法治国家でやっていいことじゃーなくってよッ！

それから……あの貴族共！　特に、貴族院総裁のクリス・ベイ・クラリノ！　あいつらも許しませんわ！　貴族共は浪費と簒奪しかしない！　そして貴族院はそれを良しとして見逃し続けている！　許せませんわ！　許せませんわ！

……私、市場の競争の末に敗れて没落していくのなら、納得できますのよ。けれど、能力と状況の読み合いによる勝負ではなく、権力と数にものを言わせた非合法の暴力で没落させられるなんて、こんな理不尽、許されてはなりませんわね！

ええ。許しませんわ。絶対に、許しませんわよ。でも、私が許さないからといってできることなんて、限られておりますの。

訴え出たところで無意味ですわね。司法はド腐れ王家の肩を持つでしょうし、私を死刑にするために法律を変えるくらいの愚行はやってのけてくれることでしょうし。この世界は不平等ですのよ。

まあ、貴族入りした時から、正しさなんて貴族界に期待していませんけど。

ええ。そう。不平等。能力で成り上がったフォルテシア家が、無能な貴族に潰される。ここはそういう、不平等な世界なのですわ。同じ人間だからといって、私とあの腐れ貴族王族共との間には深ーい溝がございますのね。唯一平等なのは、死ぐらいかしら。

……そう。死。

死は、平等ですわね。私にも、あいつらにも。等しく、死は。死だけは……。

つまり。

「……あいつらも人間だから、殺すと死にますわねえ」


私、気づいちゃいましたわ。あいつら、殺すと死にますわ。

そうですわ。如何《いか》に不平等な状況であろうとも。この国に最早正義など無くとも。あいつら殺したら死ぬってことだけは、普遍の真理ってやつでしてよ。私が死刑になるならあいつらだって死んでいいってことですわ。ということは……私、希望が見えて参りましたわ！

ええ、そうですわ！　私、この恨みを晴らせないままこんなところでくたばるわけには参りませんのよ！　家も名誉もお金も全て失いましたもの！　これ以上失うものが無い者は最強ですのよ！

間違ったことをしている奴が笑いながら生き残って、冤罪を掛けられた者が死んでいくというのなら、私だって間違ったことをしてやればいいのですわ。法にも正義にも裏切られたのなら、お綺麗な名分にいつまでもしがみ付いてるのはバカってもんですわね！　ええ！　ですから、私、やりますわ！　やりますわよ！

「あいつら全員、皆殺しですわァーッ！」

殺しますわ！　あいつら全員、殺しますわァアーッ！

二話　シャバに出ますわよ！

さて。あいつらを殺すと決めたら元気になってきましたわ！　やっぱり人間、目標が定まると元気になるものですのねえ。おほほ。さあ、早速、あいつらを殺す計画を立てましょう！

まず……私、この皆殺しを半年で終わらせますわ。


ほら、私、お誕生日が冬なんですのよ。そして私、お誕生日は毎年、家族にお祝いしてもらっていましたわ。今や、家族は生きているかも分からない状況ですけれど……もし生きていらっしゃるなら、ゴタゴタしてるよりは全てが綺麗に片付いていた方が、お父様もお母様もお兄様も、私のところへ戻ってきやすいんじゃないかしら。もし、半年で私が全てを片付けたなら、皆、戻ってきてくださるんじゃ、ないかしら。

……というか、そうでなくとも、お誕生日までこのゴタゴタを引きずるとか真っ平御免でしてよ。許しませんわ。そんなん許しませんわ。神が許しても私が許さなくってよ。

そして何より、冬って焚火の季節ですのよね。

ええ。焚火の季節ですわ。つまり、王城に火をかけたり、憎い王族や貴族連中を火刑に処したりするのにとってもいい季節ってことですわ！

夏場の暑い夜に行う火刑も悪くありませんけれど、折角なら焚火に合う季節に全部燃やしたいですわ！　ということで、私、半年でこの国をひっくり返しますわ！

……ええ。国、ひっくり返しますわ。というか、ひっくり返っちゃいますのよ、この国。だって国王が殺されるんですもの。そりゃーひっくり返りますわ。ひっくり返しますわッ！

国王だけじゃなくて貴族院も潰しますわ。私の死刑を勧めたあいつ。貴族院総裁クリス・ベイ・クラリノ。あいつ絶対殺しますわ。周りにいた貴族共も殺しますわ。だから貴族院は潰れて、そして貴族院を失った国は間違いなくひっくり返りますわ！　ひっくり返った方がよくってよ、こんな国！　ムキーッ！


……まあ、国をひっくり返す、となれば、貴族の集合である貴族院と、民意の集合である大聖堂を一緒にひっくり返すべきかしら。特に、最短でいくならそこ二つは外せませんわねえ。

貴族院はまあ、クリスを筆頭に貴族がいっぱいのド腐れ機関ですわ。王家に対する影響力を持つ機関ですわね。

そして大聖堂は、エルゼマリンに本拠地を置く……まあ、宗教施設なのですけれど。でも、この国では民意の代弁者としての立場が強くってよ。大聖堂は信仰と一緒に民意も集めていますの。庶民の味方、というやつかしら。ですから、大聖堂のトップが発する言葉にはそれなりに重みがありますし、国王も大聖堂を無下に扱うことはできませんのよ。まあ、貴族院と同じくらいには、国に影響を及ぼす機関ですわね。

……ということで、私、目下の目標を貴族院潰しと大聖堂潰しと定めましたわ。それによって王家をひっくり返して王族を皆殺しにしますわ。別に国ごとひっくり返さずとも暗殺で何とかなるかもしれませんけれど、折角やるなら革命ですわ。あいつらが一番やられたくないことをやってやるのがフォルテシア流というやつでしてよ。おほほほほ。

……さて。やるべきことが決まったら、早速、目標のための第一歩から参りましょうね。まずはこのムショを出ますわ。

ええ。脱獄ですわ。そう！　脱獄ですわーッ！　こんなムショ、とっととオサラバしてシャバに出ますわよーッ！


私が入れられている独房は、石材を組み上げて作られた部屋ですわね。壁も床も天井も石材ですわ。穴ぼこ開けるのは難しそうですわね。

かといって、扉を破るのも難しそうですわね。扉は鉄格子ですから破壊は難しそうですわ。鍵開けしてやりたいところですけれど、針金一本すら無いこの状況だとちょっぴり難しくってよ。大体、鉄格子ってことは廊下から監視し放題なのですわ！　今も私の様子はつぶさに観察されていましてよ！　プライバシーってモンがムショには無いのですわ！

まあ、よくってよ。こういう場所なら、やり方はただ一つですわ。

「……うっ！」

私、『袖に隠しておいた何かを飲んで、急に苦しみ出した』というようなフリをしましたわ。

「なっ……何をした！　おい、ヴァイオリア・ニコ・フォルテシア！」

そうすると当然、私をずっと見張っていた兵士ったら、私が自害したとみて慌て始めますわねえ。

私はそのまま床に倒れ込んで、ピクリとも動かなくなりますのよ。……となると困るのはこちらの兵士。特に気を付けて見ておけとでも言われていたんでしょうに、その囚人が自害してしまったとなれば大目玉待ったなしですものねえ！

「ま、まさか、死んだのか……？」

そして兵士が三人、私の死を確認すべく、牢の中に入ってきて、一人が私を覗き込んできて……。

「死ぬわけありませんわねェーッ！　考えが甘くてよッ！」

当然！　そうなれば私のラリアットの餌食でしてよ！　甘い！　甘すぎますわねえ！　武術大会優勝者の力は伊達じゃあありませんのよ！　そのまま驚く二人目にタックルかまして倒したら、逃げようとしていた三人目の顎を狙ってハイキック！　二人目が起き上がる前に絞めて落としますわ！　不意打ちならば抜刀すらしていない雑魚《ざこ》兵士三人くらい落とすのは簡単なことですのよ！

おほほほほほほ！

さて、まずは兵士の身ぐるみ剥ぎますわ。兵士の服を着ていれば多少、逃げるのに役立つと思いますの。この兵士にはパンツ一丁でおネンネしていてもらうことになりますけれどごめんあそばせ。

兵士が持っていた鍵束を手に、そのまま牢を出て、鍵をかけておきますわ。兵士三人にはここで閉じ込められていてもらいますわよ。

そうして地下牢の廊下に出たところで……私、気づきましたの。

「だ、脱獄か⁉　俺も助けてくれ！」

……こういう風に、私に助けを求めてくる囚人が、結構居ますのよ。……ほーん。

ということで私、片っ端から牢屋を開けて回っておりますわ！

「開けましたわよ！」

「ああ、ありがとう。助かっ……へぶっ」

勿論、ただの人助けじゃあなくってよ！　目的あってのことですわ！　ですから私、開けた牢屋の中に飛び込んでは、中にいる囚人にいきなり飛び蹴りかましてやってますのよ！

意図は単純。『私の飛び蹴りを防げる囚人を探すため』ですわ。こんなムショにぶち込まれているくらいですもの。一人二人くらい、暴力沙汰に慣れた囚人がいてもおかしくありませんわね。或いは、私の飛び蹴りを知力で避けることができるような知能犯もいるかもしれませんわ。

そう！　私は今、そういう『優れた』囚人を探し回っていますの！　この私に相応しい仲間を見つけ出すために！

……私一人でこの国を転覆させてやるのも悪くありませんけれど、効率が悪いったらありゃしませんわ。私、急いでますの。とにかく、急ぎますのよ。冬までにはこの国を滅ぼして王族全員、火刑に処している予定ですもの。……なら、優れた仲間が一人でも居た方が、早くことが進むんじゃないかしら。


……ということでひたすら鍵を開けて扉を開けて飛び蹴り、もしくはタックル、という作業を繰り返し続けて、牢屋の最奥まで来た時でしたわ。

「ごめんあそばせーッ！　……あらっ⁉」

私の飛び蹴りが、あっさりと、防がれましたのよ。それこそ、私がお兄様と組み手の練習をしていた時みたいに、あっさりと。

「随分なご挨拶だな」

　……そして黒髪の隙間から、ぎろり、とグレーの目が私を睨んでいましたわ！

「まあ、素敵！」

　これには私、満面の笑みですわ！　ニッコニコですわよ！　見つけましたわ！　この私に相応しい仲間を！　ついに！　見つけましたわ！

　私の飛び蹴りを受け止めた野郎は、筋肉の塊みたいな奴でしたわ。それなりにタッパありますし、そこにガッチガチの筋肉がガッツリついてるんですのよ。しかもこれ、見せかけの筋肉じゃーありませんわね。実用目的ですわ。こいつ、間違いなく戦うことを生業としているか、あるいは、生業でもないのに戦いまくってるタイプの奴でしてよ！　これは益々期待が持てますわねえ！

　素敵な仲間候補を見つけたところで、私、早速もう一発蹴りをお見舞いしますわ。私は無手ですけれど相手も無手。躊躇《ためら》うことはありませんわね。私、ステゴロでもボチボチ強くってよ。

　私が蹴ったら相手はそれを受け止めて、そして私の頭部めがけて拳を振りぬきましたのよ。その速さったら、ギリギリで避《よ》けて思わず鳥肌が立つくらいですわ。これは逸材ですわねえ！

「まだやるのか？」

「あら、私ったら嬉しくってつい」

　ついでにもう一発延髄に回し蹴りでも、と思ったのですけれど、言われてみれば時間が無いんでしたわ。うっかりですわ。

「一体何が目的だ」

そして相手にはめっちゃ訝しまれてますわ。そりゃそうですわ。牢屋の扉が開いたと思ったらいきなり蹴りつけられたんですものねえ……。でも、そんな状況でも怯えが欠片《かけら》も見えないところ、益々気に入りましたわ。

「ねえ、あなた。私と一緒に来ませんこと？」

ということで早速勧誘ですわ。善は急げというやつですわ。まあ私、間違いなくこれから善よりは悪の道に進むことになると思いますけど！　おほほほほ！　悪だって急いだ方がよくってよ！

「お前と……？」

「ええ。私、この国をぶっ潰すことにいたしましたの。けれど一人では何かと手が回らないでしょう？　ですから、協力者が欲しいと思っておりましたの。いかがかしら？　あなた、これだけの能力があるのにこんなムショにぶち込まれてるんですもの。ワケアリでらっしゃるんじゃなくって？」

用件をサッサと言ってしまえば、黒髪の筋肉野郎はグレーの目を少々眇めて、じっと私を見つめましたわ。

「……牢を開けて回っているところを見る限り、本気らしいな」

「ええ。当然。マジですわよ。私、やると決めたことは絶対にやる性分ですの」

筋肉野郎の目をまっすぐ見上げてそう言ってやれば、筋肉野郎と一秒見つめ合うことになり……

そして、一秒後、筋肉野郎はにやりと笑いましたわ。

「ドラン・パルクだ。お前は」

「ヴァイオリア・ニコ・フォルテシアと申しますの。どうぞよろしくね」

「分かった。ひとまず利害が一致しそうだ。手を組もう」

私たちは握手して、交渉成立、ですわ！　やりましたわ！　私、いいかんじの仲間を手に入れましたわ！　……まあ、ムショにぶち込まれてた野郎ですから、絶対にヤバい奴でしょうけど！　まあ実力が伴うなら多少ヤバくてもこの際もう気にしませんわ！　おほほほほほ！


ドラン・パルクと私は二人で早速、地下牢獄を抜け出すことにしましたわ。……とはいっても、難しいことはありませんわね。向かってくる奴が居たら倒して、階段を上がって、上がって、そして王城から脱出すればいいだけですわ。

……まあ、そこまでに王城の兵士がわんさか湧いてきますから、それを払いのけるのが中々に面倒ですけれど。でも、私達以外の囚人もガンガン脱獄してる最中ですもの。兵士の手が回りきらないのが救いですわね。流石の私でも、兵士全員を相手にする自信はありませんわぁ……。

「無手は苦手か」

「ええ、まあ……槍の一本くらいは欲しいところですわねえ。あなたは無手が得意そうですけど」

「そうだな。武器を使うことがあっても、大抵は使い捨てだ」

ドランは早速、私の戦い方を観察しているようですわね。まあ、手を組む相手の戦い方くらいは知っておくべきでしょうし、観察されることに文句はございませんわ。尤も、手の内全部明かす気はサラサラありませんけど。でもそれはドランだって同じことでしょうしね。

「使え。無いよりはマシだろう」

「あら、ありがとう」

ドランが兵士の一人から奪った槍を放って寄越しましたわ。ですのでありがたく、それを使うことにしますわよ。

「一気に抜けますわ！　王城の正門から堂々と出てやりますからついてらっしゃい！」

「分かった」

私が武器を手にして数撃分。何人か兵士をその辺に転がしてやれば、残った兵士も、明らかに怯みましたわねえ。私の実力はもう分かった、ということですわ。怯むのは当然ね。こういう風に怯んでくれるからこそ、腕の見せ甲斐があるってモンですのよ。

そして怯んでる相手を撒くのはそう難しいことじゃありませんの。露払いをドランに任せつつ勢いで突っ込んでいって、とにかく道を拓くのですわ。後から続いてくる囚人集団が兵士の足止めをしてくれますから、私はとにかく先へ進むことを意識して……そうしてついに、私、王城から脱出したのですわー！

王城からわらわらと囚人達が出てきますわ。どうやら、私が開けた牢から出てきた連中が私達に続いて脱獄してきたみたいですわね。まあ、よくってよ。後は野となれ山となれ、ですわ。私の知ったこっちゃーありませんわ！

さて、人の心配より自分の心配ですわね。勿論、王城から出たってまだまだ追手は来ましてよ。ひとまず王都の外に出ないことにはどうしようもありませんわね。

ということでまずは、馬を盗みましたわ。正面玄関に馬車なんか停めてる方が悪くってよ。

「あなたたちだってボンクラ貴族共に使われるより私を乗せる栄誉に与る方がいいでしょう？」

お馬さん達はいい子ですわぁ。よく躾けられて、賢そうですもの。脱出の足にするには丁度いいんじゃなくって？　ま、最悪馬刺しにして食べてもいいわけですし、遠慮なく頂いていきますわね！

「あなた、乗馬はできまして？」

「ああ。俺を乗せると重いらしいがな」

……あっ、ドランを乗せたお馬さんが『重いんだけど』みたいな顔してますわ。まあ辛抱して走ってくださいまし！　ここでとっ捕まったら私達に馬刺しにされる前に馬刺し待ったナシですわよ！

「じゃあ飛ばして参りますわよ！　……それでは皆様、ごきげんよう！　おほほほほ！」

ということで、私達は王城前の兵士達にご挨拶して、さっさとオサラバしますわー！

＊

ガンガン警鐘の鳴る王都を馬で駆け抜けますわ。馬は足の速い良い馬でしたし、王都の門を守っていた見張りは馬上から私が投げた槍でアッサリでしたし、そのまま門を突っ切って王都を出ていくことに成功したのですわ！

そのまま王都を出たら、ひとまず南西に向けて走っていきますわ。王都の南西の方は野盗だの山賊だのが出て非常に治安が悪いんですの。シャバに出て一発目に向かう方面としては悪くなくってよ。

「エルゼマリンの方へ向かうのか」

そして、馬を走らせる途中、ドランがそう、聞いてきましたわ。……そうですわねえ。王都を出て南西に向かっていくと、海に行き当たりますわ。そして、そこにこの国最大の港町であるエルゼマリンがありますのよ。

エルゼマリンといえば、私の第二の故郷ですわね。屋敷は王都ですけれど、私が在籍する王立学園はエルゼマリンにありますの。寮生活してる私は当然、エルゼマリンに住んでいるようなものなのですわ。

エルゼマリンは、王立学園や大聖堂を有する風光明媚な港町。海と空の青に街並みや大聖堂の白がよく映えて、それはそれは美しい景観ですの。私、あの景色がとっても好きなのですわ。

……そして景色だけがエルゼマリンの良いところじゃあなくってよ。エルゼマリンは……裏通りを、有していますの。

「ああ、エルゼマリンに行くのも悪くありませんわね。私、王立学園に在学しておりますの。エルゼマリンのことはよく知っていますわ」

「知っている、か。どの程度知っている？」

ドランは私がエルゼマリンの表の顔しか知らないんじゃないかと危惧していたようですけれど、甘くってよ。私、エルゼマリンのことは表も裏も知り尽くしておりますの。

「あそこは悪党の溜まり場ですし、カツアゲする貴族にも困りませんわね。そういう認識ですわ」

エルゼマリンの裏通りは、私もよく知る場所ですわ。ええ。あそこ、カツアゲに困らないんですのよ。特にこちらが麗しの貴族令嬢と見えると、あいつらゴロゴロ寄ってきますもの。返り討ちにして『ちょっとそこで跳ねてごらんなさいな』とやれば連中のお財布を頂けますのよねえ……。お小遣い稼ぎには丁度よくってよ。

「……お前、貴族の令嬢ではなかったか？」

「貴族令嬢がカツアゲしてはいけない理由がございますの？」

ドランはなんだか微妙な顔をしてますけれど、私、胸を張って答えますわよ。ふふん。

「……なら、裏通りも分かるか？　エルゼマリンの裏通りに『ダスティローズ』という店がある」

「ああ、存じておりますわ。私、あそこの常連ですの」

『ダスティローズ』なら知っていますわ。エルゼマリンから王都へ帰ってくる前に魔物素材を売ったお店ですわね。……またドランが微妙な顔してますわ！　失礼ですわね！

「お前、本当に貴族の令嬢か……？」

「貴族の令嬢が闇市で取引していたら、何か問題でもありましてェー？」

そう。エルゼマリンの『ダスティローズ』といえば、そっちの方面でちょいと有名な買取屋ですわ。私、休日の度に学園を抜け出して、エルゼマリン近郊の森で魔物を狩ってはその毛皮や牙を獲って、それを売ってお小遣いを稼いでおりましたの。表の市場で売るより裏の市場に流した方がよっぽどお金になりますのよねえ……。それに、捕まえて羽むしった妖精だの、学園に通う貴族の子女の醜聞だののを買ってくれるのは裏市場だけですもの。おほほほほ。

……まあ、そういう風にお世話になっているお店ですから、多少は知っていてよ。多分あの店、店主が中々に切れ者なんですのよ。そうじゃなきゃ、あの界隈で商売なんてやってられないはずですわ。だからあそこの店主なら、多少、信用が置けるかしら。勿論、顔は見たことありませんけれど。おほほ。

……そりゃそうですわ。表でできない取引をする店なら、当然、お互いの顔が見えないようにして取引しますものねえ。ですから『ダスティローズ』の店主については、ただ、手が大きくて骨ばっていて肉が少なくて……その、骸骨みたいな手、という印象しか、ありませんわぁ……。あの手、不気味なもんだから印象に残ってますのよ……。

「あそこの店主のジョヴァンは俺の仲間だ。これから何をするにも基盤は必要だろう。異論がなければそこへ向かうが」

「なるほどね。まあ、よくってよ」

「もし俺に何かあっても、ドランの紹介だと言ってくれれば中に通されるはずだ」

ジョヴァン、ジョヴァンね。覚えましたわ。あそこの骸骨店主、そういうお名前でしたの。……当然知りませんでしたわ！　知らないに限りますもの！　裏社会の情報って、そういうモンでしてよ！　知っちゃった以上、私はこれから裏社会入りですわねーッ！

「ついでにもう一人……まあ、戦える奴が居る。役に立たないこともないだろう」

なんですのその歯切れの悪さは。私、無能とつるむ趣味は無くってよ！

でもまあ、ムショ入りしてた奴のお仲間なんて、どうせそいつもヤバい奴なのは間違いありませんものねえ……生活の基盤が手に入るならこれ以上の文句は言いませんわ。ええ……。

「当面の予定はそれでいきましょう。エルゼマリンの『ダスティローズ』へ向かう。それでよろしくて？」

「ああ。それでいこう」

ま、これで予定は決まりましたわね。ムショを出てきちゃった私達は当然、お尋ね者ですわ。当面、姿を隠しておける場所が欲しいですし、その点、エルゼマリンにドランの知り合い、かつ私が知らないわけじゃない相手が居て、そこに転がり込める、っていうのは非常に幸運ですわねえ。

「さて。そうと決まれば、早速、エルゼマリンへ向かう準備をしなくてはね」

「準備？」

「ええ。あなた、囚人服を着たままエルゼマリンに入る気ですの？」

当然、エルゼマリンでも検問がありますわ。というか、港町という都合上、下手したら王都よりキッチリした検問ですわ。つまり、そこに返り血まみれの兵士の鎧着た私と、返り血まみれの囚人服野郎が連れ立っていったら……間違いなく二回目のムショ入りとなるのですわッ！

「……そう言われてみればそうだな」

ドランも自分の恰好を見て、げんなりした顔してますわ。私もげんなりしたいですわ！

「王都からエルゼマリンまで、警戒しながらでも馬を飛ばせば二日で十分ですわね。食べ物は道中で狩ればよくってよ。ああ、でもそうなるとあなたはともかく、私は武器の一つくらいは持っておきたいところですわね。それに加えて、服と、あと、多少の先立つものが欲しくってよ」

ドランの口ぶりだと、エルゼマリンに到着しさえすれば多少のお金や装備は融通してもらえそうですけれど、私、他人に借りは作りたくない主義ですの。ましてやどう考えてもヤバい奴らに借りなんて作らないに限りますわ！

「まあ、幸い、この街道は貴族がよく通りますもの。……適当に追い剥ぎしましょうね」

そう。服も武器もお金も、奪えばよくってよ。おほほほほ。

＊

「有り金と装備、そして服も全て置いていって頂きますわ！」

ということで早速、追い剥ぎしてますわ。丁度いい具合に通りかかった貴族の馬車の前に飛び出していって、馬が驚いて止まったところで御者台に飛び蹴りかまして御者を叩き落としますわ。その間にドランが馬車の中に突入して、中にいた護衛らしい奴をぶん殴って粉砕。こうなれば後は、戦えもしない貴族だけが残ることになりますの。簡単なお仕事ですわね。おほほほほ。

「きゃあー！　助けてぇー！」

ドランが踏み入った馬車の中から、ご令嬢のものらしき悲鳴が聞こえてきますわね。順調なようでしてよ。さて、私も嬉々として馬車の中に突入しますわ！

「さあさあさあ！　命が惜しかったら有り金と装備と服を置いていきなさい！」

けれども、私も馬車の中に突入したところで、その中にいたご令嬢が目を見開きましたし、私もちょっと、既視感を覚えましたわ。

「……あら？　あなたどこかで見た顔ね」

「あ、あなたは……！」

……ええ。そう。どっかで見たことあるツラではありますのよ。この、今一つ品のない顔つきといい、いかにも学の無さそうな振る舞いといい、甘ったれた喋り方も、どことなく、聞き覚えがありますのよねえ……。

「フォルテシアのご令嬢じゃないですかぁ！　覚えてないんですかぁ⁉」

……ええ。相手は私のことが分かるようですわね。そして私も、このご令嬢に見覚えはありますのよ。記憶には引っかかってますの！　でも思い出せませんわねえ！　私が記憶を手繰りつつ悩んでいると……。

「ほら、入学した時からずっと、学園で同じクラスじゃないですかぁ！」

「あっ、思い出しましたわ。学園の入学式の後、『フォルテシアは所詮、成金の汚らわしい一族ですよねぇ！　身の程をわきまえてくださぁい！』とか言いながら私の鞄に水ぶちまけてくださったご令嬢ですわね！」

　ヒントをもらったこともあって、思い出せましたわ！　思い出せてスッキリでしてよ！

　まあ、多分このご令嬢はそこまで思い出してほしくなかったと思いますけれど。でもしっかり思い出しましたわ。

　ええ。そうですの。こいつ、いけ好かないアマですわ。フォルテシアの名を侮辱した上に私の教科書全部駄目にしてくれやがった奴でしたわ！

「なら手加減する必要はございませんわね！　身ぐるみ剥ぎますわ！」

「そ、そんなぁ！　私達、同級生じゃないですかぁ！」

「ゴタゴタうるさくってよ。鼻の骨叩き折られたくなかったら、大人しく身ぐるみ剥がされなさいな」

　この世は弱肉強食かつ因果応報ですのよ。教科書に水ぶっかけた奴は身ぐるみ剥がされたって文句言えませんわねえ！　それでも文句を言いたいなら私に追い剥ぎされない強さを身につけてからになさいな！　おほほほほほ！

　ということで身ぐるみ剥ぎましたわ。私、知っている相手だからって遠慮はしませんわよ。する意味がありませんわ。馬車の外にご令嬢を叩き出して差し上げたら、さめざめと泣いてますわ。気にせず私は馬車の中でお着替えしましたわ。……ご令嬢の持ち合わせのドレスを着たのですけれど、ちょいとバストがきつくてよ！　でもウエストは緩いですわね！　まあしょうがなくってよ！

「終わったか」

「ええ。これでエルゼマリンに入れる恰好になりましたわね」

　ドランはドランで、適当に護衛の服を剥いで着替えたらしいですわ。これで私達、貴族令嬢とその護衛、といった風貌になったかしらね。

「武器は……あら素敵！　弓がありますわねえ！」

　そして最高なことに、ドランが殴り倒した護衛の得物は弓だったようなんですの！　嬉しいですわ！　嬉しいですわ！　私、武器の中では弓が二番目に好きなんですの！

「だが、食料が無いな。……そうか、貴族連中は野営などしないんだな」

　まあ、そうですのよねえ……。食料は元々、期待してなくってよ。貴族連中は旅中でも高級宿に泊まる生活を送りますもの。食事を持ち運ぶような真似はしませんのよね。

　まあ問題なくってよ。私、そこらの貴族連中とは違いますの。ディナーが出てくるまで呆けて待ってるような真似はいたしませんわ。

「当初の予定通り、適当に狩りで今夜のディナーを用意することにしましょう」

私、自分のディナーは自分で狩りに行きますのよ。だって狩りは貴族の嗜みですもの。おほほほほ。

三話　狩りは貴族の嗜みですわ

　ということで私達、狩りに出ましたわ。王都からエルゼマリンまでは街道が整備されていますけれど、少し横道に逸れて山に入ればいくらでも魔物が居ますの。そして魔物の中には美味な獲物もいますのよ。

「よしッ！　仕留めましたわ！」

　そして、美味《おい》しくはないけれども毛皮や鱗、牙といった素材が高く売れる魔物もボチボチ居ますのよ。今私が仕留めたのはゴマタノオロチですわ。頭が五つある大蛇ですわね。美しい胡麻斑柄のヘビ革が獲れるものですから、高く売れるんですのよ。いいお小遣い稼ぎになりますわぁ……。

「……ジョヴァンの言っていた『狩りの女神』はもしやお前のことか」

「は？　なんか今仰いましたかしら？」

「いや……いい弓の腕だ」

　ドランの私を見る目が少々変わりましたわね。大方、見積もっていた私の戦闘能力を上方修正したのでしょう。それもそのはず、私が放った矢はゴマタノオロチの目玉に深々と刺さっているのですわ。ゴマタノオロチの頭は五つありますから、矢が五本、それぞれの目玉にぶっ刺さってることになりますわね。……こうすることで革に一切の傷をつけずに獲物を仕留めることができますの。腕のいい狩人はこうやって獲物を狩るものですわ。

「わざわざ獲物の値段を下げてやる趣味はありませんの」

「成程な……これだけいい腕なら、傷のない皮がいくらでも獲れるわけだ」

おほほほほ！　そりゃーそうですわ！　私、学園の狩猟大会でも優勝を譲ったことが無くってよ！　幼い頃から磨いてきた弓の腕、そうそう右に出る者はいないでしょうね！

「さて、早速皮を剥ぎますわよ。ふふふ……」

さてさて、今晩はヘビ肉でディナーかしら。……いえ、でも、ゴマタノオロチは肉にも毒があるんでしたわ。となると、ちょいと、今宵のディナーには不向き、ですわねえ。いえ、でも、折角仕留めちゃいましたものねえ……食べようかしら？

「おい」

……なんて思っていたら、ふと、大きな影が横切りましたわ。はっとして上を見れば……。

「……ドラゴン」

大空を悠々と飛ぶドラゴンの姿がありましたの。

「ドラゴン、ですわねえ……」

私、ドラゴンが飛んでいくのを見送って、大体どのあたりに着陸したかを確認して……そして、ドランに向き直りますのよ。

「ねえ、ドラン。ドラゴン肉ってとっても美味しいですわよねえ」

「そうだな。どうせ食うならアレがいい」

ドランが私をわざわざ呼び止めてドラゴンを確認させた以上、ドランもその気、ってことですわね。ええ。ドラゴン狩りに慄かないのだから、中々いい仲間を選べたようですわ。私ったら幸運ね。

「エルゼマリンのあなたのお仲間にはドラゴンの皮と鱗と牙、ついでにお肉もお土産《みやげ》にできそうですわね」

「そうだな。……楽しみだ」

ということで、狩りますわ。ドラゴン狩りますわ！　今宵はドラゴン肉のステーキですわよ！

＊

ドラゴンの巣まで到着したら、もう日暮れですわ。明け方にムショを出てきてからずっと休みなしですものね。ちょっと疲れましたわぁ……。でも私、ドラゴン肉を今宵のディナーにともう心に決めておりますの。今更夕食を抜かす気は無くってよ！　つまり！　この巣のドラゴン、今すぐに狩りますわッ！　そして捌きますわッ！　そしてそして、焼いて食べてしまいましょうね！

「……ん？」

私が闘志に燃えていたところ、ドランがドラゴンの巣を覗き込んで、怪訝な顔をしましたわ。

「ドラゴンの気配ではないものが混じっているようだが」

……言われてみると、確かにそうですわねえ。魔力、それも、割と稚拙な……そういう魔法の残り香のようなものが、ここに残っている、ようですわねえ……。しかも、この魔法の残り香、結構、新しくってよ。それこそ、ついさっき、ここで誰かが魔法を使ったような……と、いうことは……。

「た、大変ですわーッ！　急ぎましょう！　誰かがこのドラゴンの巣に入ったということですわ！」

「この稚拙な魔法の様子だと、先にドラゴンを仕留められることはなさそうだが」

「んなこた分かってますわッ！　私が心配してるのはドラゴンがその人間を食べちゃう可能性ですのよ！　人間食った後のドラゴンって、お味が落ちるんですの！」

「それはまずいな」

ええ、二重の意味でね！　まずいんですのよ！　まずいし不味《まず》いんですのッ！　人間食ったドラゴン肉！　折角のドラゴン肉のお味が落ちたら今後の革命にケチがつきますわーッ！

「ということで突入ッ！」

私、大急ぎでドラゴンの巣へ突っ込んでいきますわ！　一刻を争う事態ですもの！　なりふり構ってられませんわよ！

……ええ。勿論、ドラゴンに人が殺されてしまうかも、なんて心配はしていませんわ。というか、死んでなかったら殺しますわ。ドラゴン肉もドラゴン皮も、私のものですわーッ！


ドラゴンの巣は洞窟になっていますの。岩肌の表面が焼け溶けたようになっているのを見る限り、ドラゴンが自前のブレスで岩を焼き溶かして作った洞窟のようですわね。ドラゴンが焼き溶かした石も採掘して持って帰ればちょっとしたお小遣いくらいになりますけれど……そんなもんどうでもよくってよ。私が狙うのは最奥に居るであろうドラゴンのみ。ドラゴンの皮も牙も鱗も肉も、ドラゴンブレス石なんか霞むくらいのお値段が付きますもの。

「……なんか聞こえますわねぇ」

そして、ドラゴンの巣の奥へ奥へと入っていけば、何やらドラゴンの鳴き声ではないものが聞こえてくるんですのよ。どうも、人間の、女の声……いえ、子供の声……？

　私とドランは気配を消しながらドラゴンの巣の最奥、ドラゴンが居るであろうそこを覗き込んで……絶句しましたわ。

「あ、あああああ！　神よ、どうか、どうかお助けください……！」

　そこに居たのは、杖をたった今ドラゴンにへし折られた魔法使い風の……ガキンチョですわ！　明らかに羽振りのいいかんじの！　貴族っぽい！　そういうガキンチョが……ドラゴン五匹に、囲まれてますわァーッ！


「貴族なんざ食べたらドラゴン肉のお味が落ちますわーッ！」

　私、すぐさま矢を取り出して……鏃に指を滑らせますの。鋭い鏃は私の肌を裂いて血を滲ませて、私は鏃に血をたっぷり塗り付けて、すぐさま、弓に矢をつがえて……。

　……狙うのは、一瞬。ドラゴンが貴族のガキンチョを食らおうと口を開けた、その瞬間！

「うわあああああ！」

「頂きましたわ！」

　そして、貴族のガキンチョが悲鳴を上げる中、ドラゴンがぐわりと開いたその口の中へ、私の矢が飛んでいきましたのよ！

　私の矢が口内に刺さったドラゴンは、そこで一旦、口を閉じましたわ。そして……たっぷり一秒後、もがき苦しみ始めましたのよ！

それを見る前から私は二発目の矢を用意して、こちらに気づいたドラゴン一匹の目玉へ、矢をぶち込んでやりますわ。そうすれば二体目のドラゴンも仕留めることができますわね。

その間にドランはドラゴンの中へ突っ込んでいきましたわ。貴族のガキンチョを回収してきたのね。何も言わずに安全圏にガキンチョを放り投げて転がして、ドランはすぐさま戻っていきますわ。

「ドラン！　一匹引き付けておいてくださる⁉」

「ああ。こっち二匹は任せろ」

そしてドランは……なんと！　あろうことか！　ドラゴンのしっぽを捕まえたかと思うと……ぶん回して、放り投げましたのよ！

……ドラゴンって、当然、重いですわ。牛にして六頭から八頭分ぐらいは余裕でありますわ。それを、今、ドランは、ぶん投げましたわ。……ば、バケモンですわねェー！　あいつマジで人間ですの⁉　ありえなくってよ！　ありえなくってよ！

「よし、一匹」

そして一匹ぶん投げた直後、もう一匹の方に飛び掛かっていって……ドラゴンの頭を、ぶん殴りましたわ。それだけでドラゴンの頭蓋がメキョッと凹んで、そのままそのドラゴン、死にましたわ。

……やっぱりあいつ、バケモンですわァーッ！

私は私でもう一匹のドラゴンの目に矢をぶち込んで仕留めましたわ。その間にドランはさっきぶん投げた方のドラゴンの首の骨を殴ってへし折って仕留めてましたわ。バケモンですわ。

「五匹も居たのは僥倖ですわね。これ、当面はお金に困らないんじゃなくって？」

「全部売ったら値崩れしそうだがな」

……まあ、そういうわけで、綺麗なドラゴンの死体が五つ、並ぶことになりましたの。ええ。私が殺した三匹は当然、皮に一切の傷をつけない位置を矢で射抜いていますし、ドランが殺した方は頭が潰れてるだけですから、やっぱり皮に傷が無くってよ。……私、素手で撲殺されたドラゴン、初めて見ましたわぁ……。

「本当にいい腕だな。ドラゴンが矢一発で死ぬなんて聞いたことが無い」

「血を使った魔術で矢を強化しましたの。……それは置いておいて、あなたはあなたでバケモンですわねえ。ぶん投げられるドラゴンなんて初めて見ましたもの。あなた本当に人間ですの？」

……一応、ドランの方のタネは多少、分かりましたのよ。恐らく、身体強化の魔法で持ち前の筋肉をガッチガチに強化したんだと思いますわ。そういう単純な戦い方でしたもの。

ただ、身体強化の魔法がここまで強い例を他に見たことがありませんのよ。ドランが規格外ということか、或いは、他にも何かタネがあるのか……。

「……ひとまず捌くか。皮全てを持ち帰るのは難しそうだが、皮に包んで質のいい牙と心臓くらいは持ち帰れるだろう」

「そうですわねえ。今日のディナーの準備もしないと、いいお時間ですし……」

まあ、お互いの手の内を探るのはここまでにして、早速ドラゴンでディナーですわ！　わくわくしますわねえ！

ということで早速、洞窟を出たところで火を熾しますわ。そして適当に石を組んで竈《かまど》をこしらえたら、二股の木の枝で上手く台を作って、木の枝にぶっ刺したドラゴン肉の塊をそこに渡して……遠火でじっくりこんがり、焼き上げて参りますわよ！

ドラゴン肉ってただそのまま焼いただけでもとっても良いお味なんですの。ドラゴンの血のスパイスめいた重厚な香りと、肉の濃厚な旨味！　そして脂の蕩けるような甘さ！　赤ワインがよく合う素敵なお味なんですのよ！　まあ、残念ながら今ここに赤ワイン、無いんですけど……でも、そこらの湧き水がワインに感じられるくらい、ドラゴン肉は美味しいのですわ！　脱獄の日のディナーを最高のものにしてくれること間違いなしなんですのよ！

「あ、あの……」

……そんなウキウキの私に、話しかけてくる声が一つ。そうですわ。私、こいつをすっかり忘れてましたわ。ドラゴン肉を前にしてガキンチョのことなんざ覚えてられませんもの。

「助けて頂き、本当にありがとうございます！」

「別に、あなたを助けたわけじゃーなくってよ」

サラサラの金髪の丸っこい頭が、ぴょこん、と元気に深くお辞儀しましたわ。礼儀正しいガキンチョですこと。こういういい子ちゃんは、私、あんまり反りが合いませんのよねえ……。

「いいえ！　それでも僕は、あなた達のおかげで助かったんです！　リタル・ピア・クラリノ、このご恩は決して忘れません！」

そして……きらきらの空色お目目で私とドランを見上げるガキンチョの、その名乗りを聞いて、私……私……気が、遠くなって参りましたわ。

こいつ、『クラリノ』と名乗りましたわね。ええ。聞き間違いじゃなければ、『クラリノ』ですわ。

そう。『クラリノ』。つまり……！

「あなた、クリス・ベイ・クラリノの親類ですの……？」

「え？　ええ、そうです。クリス兄様は、僕の兄ですが……」

……こいつ！　よりによって！　私が殺すべき相手の、弟！　でしたわァーッ！

＊

「とってもおいしいです！　助けて頂いた上に、ドラゴンのお肉までご馳走になって……」

「どうせドラゴン五匹分、食いきれないからな」

ということで、何故か、何故か……例のガキンチョ、リタルは私達と一緒にドラゴン肉を食うことになりましたわ。

……ここで殺すことも考えましたけれど、ここでこのガキ一人殺しても特に利益が無いんですのよねえ……。だって一人、しかも碌に魔法も使えないひよっこの癖に身の程もわきまえずドラゴンの巣に突っ込む無謀っぷりを発揮した脳ミソお花畑ちゃんですのよ？　こんな無能一人いなくなったところで、むしろクリス・ベイ・クラリノが動きやすくなるだけですわねッ！

それに、このリタル。妙に、妙に……ほっとけないんですのよ！　あんまりにもヨワヨワで！

そもそも私、憎い奴や強者を仕留めにかかるのには心躍りますけれど、特に憎くもなく強くもない奴を殺したって楽しくないのですわぁ……。リタル自身は一昨日の夜から家を出ているようで、王都で何が起きたか、そして目の前にいる二人が脱獄犯であることさえ、知らないみたいなんですもの……。

「次、焼くか」

「あっ、焼くならあなたが仕留めた奴にして頂戴な！　そっちは私の獲物ですわよ！」

ドランが私の仕留めた方のドラゴンから肉を取ろうとしていたのを止めましたわ。私、ここんとこにはこだわりますわよ！

「ああ、ヴァイオリア様も、ドラン様も、とてもお強くて、お優しくて……尊敬します」

ドランが次の肉を焼き始めたのを見ながら、リタルはきらきらした目で私達を見つめてきますわ！　居心地が悪いったらありゃーしませんわねッ！　こちとら脱獄犯ですのよ⁉　頭お花畑も大概になさいなッ！

「……僕もあなた達みたいになれたらなあ。そうしたら、きっと、兄様も……」

……けれど、ちょっと寂しげな笑みを浮かべて俯くリタルを見れば、おおよそ、何を考えているのか分かりますわねえ。

それからリタルは、ぽつぽつと勝手に喋り始めましたわ。

一族の中で自分だけ体が弱いこと。剣など扱えず、多少才能のあった魔法についても碌な成果を挙げられていないこと。そのせいで、実の家族どころか傍系にすら侮られていること。自分のせいで実兄のクリス・ベイ・クラリノまで悪く言われないように、公的な場所に出ないように命じられていること。

……まあ、大方予想はついたことですわ。噂に聞いたことくらいは、ありましたもの。

クラリノ家は騎士の家系でしたわ。王家の忠臣としての立場で代々武勲を挙げて地位を高めて高めて……今や貴族界の頂点に立っている、というわけですの。

ですから、クラリノ家って一族郎党、それなりの武力を備えていますのよね。クラリノ家の男子は皆、騎士の家系らしくタッパのある引き締まった体をしていますわ。

でも目の前のリタルは、随分とおチビちゃんですし、線も細くて、ほっぺなんて如何にも柔らかそうですわ。くりんとした空色のお目目も、サラサラの金髪も、逞しさからほど遠くってよ。もう、雰囲気からして明らかに『戦えない』奴ですわ。

そんな『クラリノ家の出来損ない』の話は、私、社交界で小耳に挟んだことがありましてよ。ほとんど表に出てこない、クリス・ベイ・クラリノの実弟。ほとんど語られることも無く、ほとんど実態なんて知りませんでしたわ。……でも、こうして実際に見てみれば色々と納得がいきますわね。ええ。リタルはさぞかし肩身が狭いことでしょう。名誉しか重んじない貴族の頂点、名誉たっぷり騎士の家系のクラリノ家、ですもの。そんなクラリノ家で剣を持たない男子なんて、存在するだけで恥とされてもおかしくありませんものね。

だから、単身、家出同然に……或いは自殺同然に、ドラゴン狩りに出てきてしまう気持ちも、分からないでもなくってよ。

「私のように強くなりたいのならば修練なさいな。見たところあなた、あんまりにも実戦経験が無いようですわね」

……まあ、クラリノ家のガキンチョなんざ、ほっといてもいいんですけれど。むしろ、ほっといた方がいいんでしょうけれど。でも、このままリタルをほっとくのも寝覚めが悪いですわ。ちょいと発破をかけてみましょうね。

「実戦……」

「そうよ。実戦は試験じゃありませんの。教科書通りの魔法なんざ役に立ちませんわ」

ぽかん、としつつも食い入るように聞くリタルを前に、私はリタルの杖を示しますわ。ドラゴンにへし折られたやつですけれど……魔法の試験で使うような杖ですわね。癖が無くてとっても従順。そんな杖ですから、このリタルにはちょいと大人しすぎましてよ。頼りない術者が大人しい杖使ったってヨワヨワに決まってますもの。

「お綺麗な魔法を撃つならあの杖でもいいでしょうけれど、あなた、もうちょっとまともに戦いたいならもう少し攻撃的な杖をお使いなさいな。例えば……」

私が仕留めたドラゴンに近寄って、ドラゴンの口の中から牙を一本、折り取りましたわ。ついでに整った形の鱗も取ってきて、それから、肉を取る都合で取り除かれた骨の中から適当なのを一本選んで持ってきて……骨の先端に鱗と牙が来るように、適当にそこらへんの木の蔓で括り付けますの。はい、これで簡易的ながら杖の完成ですわ。

「使ってごらんなさい。加工も碌にしていませんけれど、さっきの杖よりはマシじゃあなくって?」

「え？　は、はい……いきます！」

リタルはこんな雑なつくりの杖を使ったことなんてなかったんでしょうけれど、戸惑いながらも杖を構えて、集中して……そして、大きな水玉を宙に浮かべましたの。人間一人くらい、余裕をもって閉じ込められそうなやつですわねえ。

「わあ……！」

リタルは歓声を上げて、自分が生み出した水玉を見上げていましたわ。どうせ、こんな大きさの水玉、見たこともなかったんでしょう。……まあ、水玉を生み出す魔法は上手く運用できれば相手を地上で溺死させられるものですから、そう悪くなくってよ。でもなんか、ぽよぽよふわふわしてリタルっぽいですわね……。

ま、まあ、これだけの魔法が使えるんですから、リタルの魔法の才能はそれなりにある、っていうことなんでしょうけれど……十分、胸を張れる程度だと思うのですけれど……でも、それにしても、ぽよぽよふわふわですわあ……。

「すごい！　ヴァイオリア様、僕、こんなに強い魔法が使えたの、初めてです！」

「雑なつくりの杖もどきだからこそ、あなた自身がしっかりしないと魔法が使えないものね。……そう、あなた、あんまりいい子ちゃんすぎる杖は合わなくってよ。魔法の先生ではなく、冒険者やそこらに杖を選んでもらった方がいいんじゃなくって？」

リタルは初めてまともに使えた魔法を目の前に、目をキラキラさせて……そして適当なところで制御を失った水玉が落ちてきて炸裂しましたわ。ええ。仮ごしらえの杖で、経験も碌にないガキンチョがあんな水玉、制御し続けられるわけがありませんものね！　どーせこうなるだろうと思ってた私はもう退避済みですわ！　びしょ濡れになるようなどんくさい真似はしませんわよ！

「すごい……すごい……」

リタルは、自分がびしょ濡れになったことなんて気にならない様子で、ただ、自分の手と手の中の杖とを、見つめていましたわ。

「僕……僕も、クリス兄様の半分でもいいから、戦えるように、なるでしょうか……」

不安と、不安をかき消すくらいの期待。そんなものを滲ませて、リタルの目がじっと、私を見上げてきますのよね。

「大丈夫。あなたには確かに、魔法の才能があるようですもの。正しい指導と実戦経験、そして多少攻撃的なやる気を身につけられれば、もうちょっとはマシな戦士になれますわよ。……ですから、自信をもってお励みなさいな」

そんなリタルに言ってやれば、リタルは目に涙を滲ませながら、笑って頷きましたわ。


……びしょ濡れになったリタルはほっといたら風邪ひきそうでしたから、私の手持ちの服を一晩貸してやりましたわ。まあ、私の手持ちの服って、ご令嬢から追い剥ぎした荷物の中にあったものですから女物ですけれど。おほほほほ。……でもリタルは生まれて初めてマトモな魔法を使った興奮で、女装していることになんか気づいてない様子ですわ。……大丈夫かしら、この子。

そしてお目目きらきら大興奮のリタルは、疲れが出たのか糸が切れた人形のように眠ってしまいましたの。私達もドラゴン肉でおなかいっぱいになったら眠くなって参りましたし、そのままドラゴンの巣の中で野営、ということにしましたわ。おやすみなさいまし！

そうして眠って、夜が明けて……けれど、私、ちょいと予定より早く、目が覚めましたのよ。ええ。何故って、外に……気配があるから、ですわ。

「ドラン、ドラン！　ヤバくってよ！　洞窟を出てすぐの崖下、追手がうろついてますわ！」

私が起こすまでもなく、ドランはもう起きてましたわ。殺気立った気配に敏感なようで、まあ、共に行動する仲間としては中々よろしくってよ。

二人でドラゴンの巣の外にちょいと出て崖下の様子を窺ってみると……まあ、居ますわねえ。兵士が。

「あれは王家の兵士か？」

「或いは、貴族院の私兵か。……ちらっと見たかんじ、ちょっと後者っぽいですわねえ」

まあどっちにしろ、私達は見つかったらヤバくってよ。ううーん、やっぱり夜のうちに出発しておくべきだったかしら……。

「……まあ、連中の目くらましになるものは手元にあるな」

悩んでいたら、ドランがあっさりとそう言って……未だすやすや夢の中のリタルを示しましたわ。

「あいつを使うぞ」


「ほら、起きなさいな」

「ふえ？　……わ、わわわ、もう朝だ」

ということで早速、リタルを叩き起こしますわ。寝具代わりに貸していた服を剥ぎ取ってころんころんと転がしてやれば流石に目が覚めたようですわね。

「支度をなさい。あなたの迎えが来ているようですわ」

「え？　迎え？」

きょとん、としていたリタルですけれど、自分が出奔同然に家を出てきた自覚でもあるのか、ようやく、『自分が捜索されているのでは？』ということに思い当たったようですわねえ……。よくってよ。リタルの捜索でも脱獄犯の捜索でも、リタルを見つけて保護させられたら一旦退《ひ》かざるを得ないはずですわ！　そう！　ここであの兵士共には、私達ではなくリタルを見つけてお帰りいただくんですわっ！

「私達は一緒に行けませんから、あなた一人でお行きなさい。まっすぐ下っていけばすぐ、あなたのお迎えに行き会うはずですわ」

早速、リタルに身支度させますわ。女物のブラウス姿ってわけにはいきませんものね。おほほ。

「よろしくて？　くれぐれも、私達に会ったことは言ってはいけませんわ。絶対に私達の名前は出すんじゃありませんわよ。そうなればあなたの立場が危うくなりますわ！」

「えっ……あ、は、はい」

リタルは困惑してましたけど、まあ、そうなんですのよ。あなたが家出同然にお家を出た後に王都ではフォルテシアの屋敷が燃え、私が冤罪を掛けられ、ムショに入れられ、そして脱獄したんですの。ええ。リタルはまるきり知らないわけですけれど！

「あの、ヴァイオリア様、ドラン様……その、お礼をしたいのですが、一緒に、屋敷へ……」

「駄目よ。私達、急ぐんですの」

「でも、このままお礼もせずにただお別れするわけには」

何も知らないリタルはもじもじしながらそんなこと言ってますけど、お礼っていうなら今すぐ解散したいところですわぁ……。

……このままリタルを振り切って逃げることもできますけれど、それも後味があんまり良くなくってよ。しょうがないですから、私、リタルの目を見て言ってやりますの。

「なら、強くおなりなさい」

リタルはきょとん、としていましたわ。でも、お礼っていうならこれくらいが丁度よくってよ。

「強くなって、人々を助けられるようにおなりなさい。そして、いつか私が困った時、力を貸して頂戴な」

リタルはしばらく、ぽかん、としていましたわ。……でも、みるみるうちにその目が憧れと尊敬でキラキラし始めましたわ。

「ドラゴンの鱗と牙と骨は、いずれ強くなる戦士への餞別にくれてやりますわ。杖屋に持ち込んで加工してもらえばよくってよ。……さあ、もうお行きなさい」

リタルの肩をそっと押せば、リタルは一歩、捜索の兵士の方へ踏み出して……それから振り返って、私達へ、深々と頭を下げましたわ。

「ヴァイオリア様！　ドラン様！　僕、僕……必ず強くなります！　この御恩は忘れません！」

そして、ぴょこん、と頭を上げたら、もう一度だけ、しっかりとした視線で私達を見て……それから、ぱたぱたと駆けていきましたわ。

……随分と懐かれたもんですわねえ。やりづらいったらなくってよ。ドランもなんとなく居心地の悪そうな顔ですわね。元々、子供に好かれそうな奴じゃあありませんものね。

……まあ、リタルともこれでおさらばですもの。あんまり気にしないことにしますわ。ええ。元々『強くなって帰ってくる』なんて期待してませんわ。ただ、ガキンチョは健やかに生きてりゃそれでよくってよ。

少し待つと、リタルを見つけたらしい兵士達がざわめき始めましたわね。それにつられて、兵士達が皆、そちらに移動していきますわ。

「よしっ、今のうちですわ！」

兵士の目がリタルへ向いている間に出発ですわ！　リタルも少しは役に立ちましたわね！

意気揚々と私達が向かう先は、エルゼマリン！　血沸き肉躍る、悪党のための町ですわ！

四話　ごきげんよう裏の世界

　エルゼマリンは風光明媚な観光都市で、貴族の別荘地でもありますわね。青い海に白い建物がよく映える、美しい景観が魅力ですの。その上、王立学園も大聖堂もあって、港がある分賑わって、色々な物品が行き交って……そして、裏通りに入れば悪党共の巣窟ですわ。

「この空気、久しぶりですわぁ……あら、でもよく考えたらつい三日前にもここ、来ましたわね」

　学園が夏休みに入ってまだ一週間足らずですけれど、その間に色々ありましたのねえ……。

「それで、ドラン。まずは『ダスティローズ』へ向かえばいいのかしら？」

「ああ。さっさと荷物を下ろしたい」

　ところでドランは大荷物ですわ。それもそのはず、結局ドラゴンの皮の良いところ五匹分に、選りすぐったとはいえ量の多い鱗と牙と骨を五匹分、それにドランが仕留めたドラゴン二匹分の心臓とお肉を持ってるだけ。……そんな大荷物を運んでますもの。素手で持って運ぶ量じゃあなくってよ。つくづくこいつ、バケモンですわぁ……。私は私が狩ったドラゴンのお肉少々とゴマタノオロチの皮を例のご令嬢から頂いた鞄に詰めて運ぶだけで精一杯ですもの。

　まあ、ドランの筋力と体力がバケモンなのはさておき、私達は慣れた道を歩いて、馴染みのお店『ダスティローズ』へ向かいましたわ。そしていつものように、ドアを開けて……。

「あらっ？」

「開いていないのか」

ドアには鍵が掛かっていますわね。どうやら開店していないようですわ。ううーん、ドアぶち破って入るのもアレですわねえ。どうしようかしら。

「……なら、先にアジトへ戻るか」

けれど、困っていたらドランがそう、言いましたのよ。アジト、アジト……ですの？　素敵な響きですわよねえ、アジト、って！

「アジトなんてあるんですのね」

「まあ、俺も追われる身だからな。後ろ暗いこともやっている。表通りには居を構えられん」

ははあ、成程。まあ、ムショ入りしてたぐらいですものねえ。元々が表に居られない奴なら、アジトが裏にあったって、何もおかしくなくってよ。

……それにしても、悪党のアジトってどんなところなのかしら。ふふ、ちょっぴりワクワクしますわねえ……。

エルゼマリンは港町で、かつ、水の都ですわ。街中には水路が走っていて、荷物を積んだ小舟が行き交っていますの。そしてそんな水路の一つ……貴族街と商店街を隔てるように走る水路の、そこにかかる橋の下。水路の側面にあたるレンガ壁に、不思議なものがあったのですわ。

「あら、こんなところに扉が」

ドランがさっとその扉の中に入っていくのを見て、私も後に続きますわ。

「元々は地下水道の整備のための通路だったらしい」

成程。確かにそういう風情ですわね。……橋の下の扉の先は、地下水道。古くは下水処理に使っていたらしいですけれど、今は新しく浄化槽を通る下水道が整備されて、ここは貴族街の雨水や増水した時の他の水路の水を排出する先として使われているようですわ。まあ、定期的に雨水だの海水だのが通っていくおかげで、下水道らしい臭いが無いのが幸いですわね。

通路は細くて、人がすれ違うのに少々不安があるくらいですわ。すぐ横がもう、水路ですの。うっかり水ポチャしないように気を付けながら、苔むしたレンガ壁を横目に歩いていきますわ。

「ここ、明かりが無いと何も見えませんわね……」

今、私が火の魔法を使って明かりを灯していますけれど、これが無かったら何も見えないくらいの真っ暗闇ですわねえ……。

「一応入ってすぐ右のレンガの窪みに、予備の蝋燭と燐寸《マッチ》が隠してある。必要なら使え」

「あなたは普段どうしてますの？　まさかこの暗闇でも目が利くんですの？」

「ああ、いや……道を覚えているからな、明かりが無くても歩ける」

えっ、覚えてるだけで歩けるモンですの？　こいつ、つくづくバケモンですわねえ……。見えない道、それも、うっかり足を踏み外したら水ポチャ一直線の水路脇を歩くなんて、私は御免ですわよ。もしかしてドランって、本当に暗闇でも目が見えるのかしら？　だとしたら益々バケモンですわぁ……。

「着いたぞ。ここまでの道は覚えているか？」

「ええ。三つ目の分岐で右に曲がって、それから丁字路を左。十字路を右。覚えましたわ」

これからお世話になるアジトですもの。道順はしっかり覚えておかなければね。……覚えちゃったということは、もう後戻りできないってことですけれどね！　ええ！　アジトの場所を知られた以上、ドランは今後、私が離反したら私を殺して口封じせざるを得ないってことですものね！

水路の先にあったその扉を開くと、そこは地下室でしたわ。元は水路の管理のために道具が置いてあったりしたんでしょうけれど、今は特に何も無くて……でも、ここの空気は乾いていますのよ。

「これかしら？」

「勘がいいな」

何も無い、と思ってしまえばそれまでですわ。でも、何かある、と分かった上で探るなら……何かの気配のするレンガを一つ、くい、と押し込んでみることも、そう難しくなくってよ。

私が壁のレンガを一つ押すと、レンガ壁がゆっくりと動いて、その先を見せるようになりますの。レンガ壁の向こうに隠れていた扉をまた開けば……。

「……あら、素敵」

そこには、地下水道の中とは思えないほどちゃんとした、居住空間があったのですわ！

壁は漆喰で覆われていて、苔むしたレンガ壁の気配はありませんわね。所々、漆喰が剥げた箇所があるのはご愛敬、といったところかしら。天井からぶら下がるランプは、魔石を用いた最上級のもの。敷かれた絨毯もいい品ですわね。

家具も悪くなくってよ。ゆったり座れそうな大きな長ソファや、飴色の木材のテーブル。あり合わせらしい木材と鉄板で作られた棚には、お酒やジャムやピクルスの瓶が並んでいますわね。

統一感は然程無い空間ですけれど、それが粗野でありながらしっくりとまとまっていて、悪党のアジトにぴったりですわ。

……そして。

「あー、はいはいはい。やっぱりうちの大将、脱獄してきたってわけね。で、ドラン。そちらの弓を持ったお嬢さんはどちら様？」

ソファに座っていた男が、こちらを見て『あーやっぱり』みたいな表情を浮かべていましたわ。

……ああー、成程。分かりましたわ。分かっちゃいましたわ。

「ごきげんよう、『ダスティローズ』の店主さん」

……目の前にいる男、ほとんど骸骨ですわね。身長はドランより少し高いかしら。でも横幅はドランの三割……いえ、四割引きぐらいに見えますわね。そしてその手に見覚えがありますのよ。骨の浮き出た、指の長い手。私、この手と何度も『ダスティローズ』で取引してましたのよ。ちなみに年齢は見ても分かりませんわ。白銀の髪が元々の色なのか白髪なのか分かりませんし。皮膚にハリはあるように見えますけど、少々骨の目立つ顔からは年齢が読み取りづらいですわね。

「ごきげんよう。私、ヴァイオリア・ニコ・フォルテシアよ。国家転覆をこちらのドランに手伝って頂くために一緒に脱獄して参りましたの。これ、つまらないものですけれど」

「あ、こりゃご丁寧にどうも……ってうわあ、ゴマタノオロチの皮じゃないのよこれ……ん？　随分、傷が少ないのね、これ。良い腕してるじゃあないの、お嬢さん」

ご挨拶の品代わりにゴマタノオロチの皮を鞄から取り出してプレゼントしましたわ。今後もお世話になる相手になりそうですし、このくらいは贈っていいと思いましたの。

「……で、何だって？　俺の耳が確かなら、なんかとんでもない言葉が聞こえた気がしたけど？」

「ええ。国家転覆しますわ。王家を一族郎党皆殺しにしてこの国ぶっ潰しますわ」

「成程ね。ドランが嬉々として連れてきたわけだ！」

『お手上げ！』みたいな仕草をしながら、彼はドランをじっとり見つめましたわね。

「で、ドラン。お前、やる気なの」

「ああ。悪いが付き合ってくれ」

ドランが答えれば、深々とため息が返ってきますわ。……きっと苦労性なんですのねぇ、彼。

「まあ……しょうがない。ドランが決めたんだったら嫌でもなんでも俺も振り回されることは間違いないし……」

ぶつぶつ言う様子を見るだけで、なんとなくこの二人の関係が分かる気がしますわねえ。……まあ、如何にも『腐れ縁』ってかんじかしら。

「それに、ま、麗しのお嬢さんになら振り回されるのもやぶさかじゃあございませんので、ね」

そんな彼は気を取り直したようににやりと笑って（骸骨が笑うと不気味ですわね）、私の手の甲にキスしてきやがりましたわね。堂に入った所作ですこと。

「ジョヴァン・バストーリン。知ってると思うけど、『ダスティローズ』の店主。今後とも、どうぞ御贔屓に」

「ええ。どうぞよろしくね」

まあ、何はともあれ裏社会に通じる商人と懇意にしておいて悪いことはないでしょうね。特に、今後はお金も必要になるでしょうし……。

「早速ですけれど、売りたいものがありますの。よろしいかしら？」

ということでそのお金の調達のためにも、ジョヴァンには早速働いていただきましょうね。

「ん？　ゴマタノオロチの皮？」

「いえ、ドラゴンの、ですわ」


「何、ドランが背負ってるやたらでかい包み、全部ドラゴン素材だったの？」

「五匹分ある」

ドランが荷物を開けつつそう言えば、ジョヴァンが『うげっ』みたいな顔しましたわ。まあ、普通、ドラゴンって数人がかりでやっと一匹仕留めるモンですものね。おほほほほ。

「……俺は驚かないぜ。何せお前と『狩りの女神様』だからな」

ちょいと悟りでも開いちゃったような顔して、ジョヴァンはそんなことを言いましたわ。そういやドランも似たようなこと言ってましたわねえ……。なんですの？　私のあだ名ですの？

「ん？　……あー、えーとね、お嬢さん。『狩りの女神様』ってのは、俺の店に時々やってくる、『傷一つない魔物の皮』を持ってくるお嬢さんのことよ。それはそれはいい腕してるもんだから、敬意を込めてそうお呼びさせていただいてました、ってこと」

私が怪訝な顔してたのが分かったのか、ジョヴァンがそう解説してくれましたわぁ……。

「だから俺はお嬢さんの腕前についてはもう知ってるのよ。間違いない。お嬢さんはこの国一番の弓の名手。それこそ、『狩りの女神様』ってとこでしょうよ」

まあ確かに、獲物の傷を見れば狩人の腕前が分かりますものね。単純なところですと皮の傷を見て、仕留めるまでに大体何発射ったか分かりますわ。それに、獲物の種類。当然ですけれど、そこら辺の鹿とドラゴンとじゃあ、仕留める難しさも命の危険も全く異なりますものね。

「ま、そういうわけで……このドラゴン素材一式、うちで買い取らせて頂きましょう。それなりの額を期待してくれていいぜ」

「そう、ありがとう。ねえドラン。分け前は半々でよくってよ」

「そうか。ならそういうことにしよう」

仕留めた数は私が三でドランが二ですけれど、私が仕留めたドラゴンの方からは血や心臓や肉を取りませんでしたし、まあ、そもそもここまで運ぶのはドランに任せてしまったものね。

「じゃ、ここから店まで運ぶか……面倒なこって」

「そもそも何故、こっちに居た？」

「そりゃーね、ドラン。王都で大量脱獄事件があった、ってニュースが飛び交ってるんだぜ？　ならムショ入りしてたはずのお前も脱獄したと考えてこっちに張ってるのが妥当でしょうよ」

「そうか。要らん心配をかけたな」

「はいはい。その分稼げよ」

ジョヴァンは苦い顔でドランの背中を叩いて、それからドラゴン素材のでっかい包みをげんなり見下ろしましたわ。……ジョヴァンに運べるようには見えなくってよ！

「運ぶのはチェスタにやらせるか。……使い物になりゃいいが」

ジョヴァンはそう言うと、アジトの奥の方へ入っていきましたわ。ドランもそれを追いかけるのを見て、私もついていくことにしますわね。

……けれど。

「おーい、チェスター、おーい……あ、駄目だこりゃ」

入っていったのは仮眠室らしい部屋ですわ。そして、そのベッドの上に寝ている奴は……。

「へへ……今日も空がきれーだなー……」

……目がイっちゃってますわ。当然ですけれど、空なんて見えませんわよ。ここ、地下ですもの。

「ヴァイオリア。こいつがチェスタ・トラペッタだ。戦闘では頼りになる。特に人間相手なら俺に引けを取らない。……まあ、いつでも使い物になるとは限らないところが玉に瑕だが」

成程。こいつ、ラリってますのね。まあ、エルゼマリンの裏通りでは珍しくないですけれど……。

派手な金髪に飴色の瞳はまあ、どこに居てもおかしくない容姿ですわね。けれどチェスタの特徴は、そのラリラリ具合と、義手、ですわ。

そう。チェスタの右腕、明らかに鋼鉄でできた義手なんですのよ。ぱっと見ただけでも、おそらくここに武器の類《たぐ》いが仕込んであるんだろうと分かりますわね。まあ、よくできた義手ですこと……。

「俺さー、大きくなったらさー、お城の騎士になるんだ……」

大きくなったらもクソもありませんわよ。もう十分でかい図体してますわよ。というかラリった野郎の将来の夢なんざ知ったこっちゃーなくってよッ！　……本当にこいつ、大丈夫ですの？

……まあ、チェスタを見て不安は増しましたけれど、それはそれ、ですわ。戦闘員が私の他に二人、それに頭脳労働や渉外担当に使えそうな人員が一人。上出来ですわ。これだけ芋蔓式に丁度いい仲間ができたんですもの、ドランを連れてきたのは正解だったようですわね。

「これだけの人員が居れば国家転覆も夢じゃありませんわね！　贅沢を言うなら、魔法が使える戦闘員も一人居ると嬉しいですけれど……ジョヴァン、あなた、実は戦えたりしませんこと？」

「ちょっとちょっと、お嬢さん。俺を戦闘員にする気？　無茶言っちゃぁいけませんよ。俺は頭脳労働担当。戦うのはドランとチェスタにやらせてくれる？」

ですわよねぇー。まあ、ジョヴァンが戦えるとは思ってませんわ。魔法を使うだけならガリガリでもできたりしますけれど、そもそも魔法を使える人は貴重ですのよねえ。私も……諸事情あって、まともに運用できる魔法は火の魔法と身体強化の魔法くらいですわぁ……。

「まあ、戦闘員三名でもなんとかなる、と思いたいですわね」

「……そもそもどこから国家転覆を図る気だ？　国王の暗殺か？」

「暗殺？　それだと派手さに欠けますでしょ？　やっぱり王族は全員火刑ですわ」

そう。私の計画ですと、やっぱり王族は全員火刑ですの。火って見栄えがしますでしょう？　それに、フォルテシアの屋敷を燃やされてますもの。お返しに丁度いいんじゃゃなくって？

そう……そうね。私の計画、ここで一度、共有ついでに整理しておくのがよろしいかしら。

「私、最初に貴族院と大聖堂を狙いますわ。それから王家を潰す。こういう順序の予定ですの」

まず、この国の制度ですけれど。この国を支えるのは三本の柱ですわ。

一本目は貴族院。私を死刑にしようとしていたあの憎きクリス・ベイ・クラリノを筆頭に、いけ好かない貴族共で構成された議会ですわね。……議会といっても、まともに議論なんてされてませんわ。一部の貴族の、一部の貴族による、一部の貴族のための議会ですもの。全員が全員、王家と私欲のために動いてますわ。

　二本目の柱は、大聖堂。エルゼマリンにある施設ですけれど、この国で一番の宗教施設であり、福祉施設でもありますわ。この大聖堂、神の声の代弁者であり、同時に、民意の代表としての面も持ち合わせていますの。ですから、王家に進言できる立場の内の一つなのですわ。まあ、こっちも上層部が腐敗して久しいんですけれど。おほほほほ。

　そして三本目の柱は王家ですわね。……権威とやら以外に何も持ち合わせていない、無能の集まりですわ。以上ですわ！


　……と、まあ、この国はそういう作りになっていますの。ですから、貴族院と大聖堂を潰せば王家がにっちもさっちもいかなくなって、革命を起こしやすくなりますわね。そこで改めて王家を攻撃して連中を火炙りにしてやれば、この国は晴れて転覆、というわけですのよ。おほほほほ。

「貴族院と大聖堂、か……ただ真正面から向かっていくと難しそうだが」

「貴族院は簡単ですわ。金を毟ればあいつらただの人間以下ですもの」

　ドランが難しい顔をしていますけれど、そんなに難しい話じゃあなくってよ。

「適当に浪費させるなり収入源を潰すなりして、貴族連中を困窮させますわ。そしてそいつらの領地を金で買いますのよ。そうしていけばその内、素寒貧《すかんぴん》になって人間以下の身分になりますでしょ？」

「成程ね。それは俺の得意分野かも」

「ええ。期待してるわ、ジョヴァン」

貴族が貴族なのは、金があるからですわ。つまり、金を失った貴族は貴族じゃなくってよ！　金を奪えば連中に表舞台からご退場願える、というわけですわ。何も正面切って戦わなくたっていいのですわ。

「できれば、貴族院総裁のクリス・ベイ・クラリノに気づかれない内に貴族院を瓦解させたいんですの。あいつだけはちょいと厄介でしてよ」

まあ、貴族院唯一の壁は、クリスでしょうね。あいつの処理だけはちょいと手間取るかもしれませんわ。ですから、クリスを除く他全ての貴族をサクッと没落させて差し上げましょうね！

「で、お嬢さん。大聖堂の方はどうするのよ。あっちは金じゃあ動かせないぜ。まさか武力制圧、なんて言わないでしょーね」

「あら、大聖堂の方はもうちょっと考えますわ。私、あの建物気に入ってますの。あれを破壊するとエルゼマリンの景観が悪くなっちゃいますわ」

続いて大聖堂の方ですけれど……こちらは複雑ですわ。

「大聖堂は民意の代表、という建前を持っていますわ。真っ向から叩き潰したら民意に背く大罪人、ってことになりますわね。革命を起こすにしろ、国民を皆殺しにする気はありませんもの。民衆および大聖堂に敵対の姿勢を示すのは賢くないんじゃないかしらね」

大聖堂をどうにかする、となったら、まあ、腐敗した上層部を総とっかえしてやる、くらいかしら。その時にこっちの協力者を上層部に押し込めれば尚良し、といったところですわね。まあ、最悪の場合でも王家にちゃんと楯突いてくれる大聖堂になりさえすればよくってよ。

「そして王家には火を掛けますわ。連中全員火炙りですわ。城も燃やしますわ」

そして最後に……これは譲れませんわ！　フォルテシアの屋敷を燃やした以上、あいつらも燃やされるべきですものね！

「何、お嬢さん。あなた火刑によっぽどのこだわりがあるの……？」

「ええ。火炙りは絶対ですわ。私、冬の生まれですの。だから火を付けるのが好きなのかもしれませんわね」

「お嬢さん、お嬢さん。その理屈でいくと俺も放火魔になっちまうんですけれどね」

あら、ジョヴァンも冬生まれなんですのね。じゃあご一緒に放火魔になりましょうね。おほほ。

「ということで、早速ですけれど貴族連中から金を毟るためのご意見を頂けるかしら？」

ぱん、と手を打って、早速、相談ですわ。……ええ。私、一対一かつ生身の生き物相手の戦闘ですとか、ハッタリだけで魔法の実技試験をこなすとか、そういうことには自信がありますけれど、如何《いかん》せん、貴族連中から金を毟ったことなんて、小遣い稼ぎのカツアゲぐらいしかありませんのよねえ……。まさか、国家転覆を図るためにカツアゲというわけにもいきませんし、ここはプロのご意見を伺いたいところですわ。

「そうね。じゃあ、頭脳労働担当から言わせてもらうと……ワイナリーを持っている貴族については、ワイナリーを狙うってのがいいんじゃないかね。丁度もうそろそろ葡萄の収穫期だ。そこで畑なり、収穫が終わった直後の蔵なりを燃やしてやれば、一年分の収入をそこで断てる」

早速、ジョヴァンから意見を頂きましたわね。まあ、貴族の収入源として、ワイナリーは王道ですわね。そこそこの数の貴族がワイナリーを持っていますわ。そこを全部燃やしてやる、というのも悪くありませんわねえ……。

「……でも、収入を断つだけじゃなくて、支出を増やしたいところなんですのよねえ」

貴族連中って金はありますのよ。ええ。金しかありませんけど、金はありますの。ですから、蓄えてある分も相当なモンなのですわ。それを削り取らないと、没落まで追い込めませんけれど……。

「何か売りつけてやる、ってコト？」

「ええ、そうよ。……お父様やお母様がいらっしゃれば、フォルテシア家で扱う予定だった商品を使えたのでしょうけれど……屋敷が燃えた以上、それは難しくってよ」

フォルテシア家は元々、商人の家でしたもの。物の売り買いは得意分野でしたし……何より、お金になりそうな新しい武器の開発なんかもしてましたのよねえ……。本当に惜しまれますわ！

「あるいは家屋を破壊してその修繕費を支出させるのはどうだ」

「おいドラン。せめてドラゴン革を流行させておいてからドラゴン狩りに行く、ぐらいの案は出してくれよ」

ううーん、何か売るにしても、何を売るかが問題ですわ。ドランの言うように損害の補填をさせるのも限界がありますものね。どうしようかしら……。

「チェスタ。ねえ、あなたは何かご意見、ありませんこと？」

「へへへへ……見ろよ、星がきれーだから……」

藁にも縋る思いで聞いてみましたけど、駄目ですわ。ラリってる野郎から意見が出るはずがありませんでしたわ。藁に縋った方がマシでしたわ。まったく、こういう風になってしまうからお薬の類《たぐい》って厄介なんですのよねえ……。

「……あらっ？」

「どうした」

チェスタを見てたら、ピンとくるものがありましてよ。……ええ、そうですわ。お薬って、厄介なんですのよ。そして、厄介被るのが私側じゃなくて、貴族連中なら……それって、とっても素敵じゃなくって？

ということで、決めましたわ！

「私、お薬を売りますわ」

五話　これが一番儲かりますのよ

「お薬」

「ええ。お薬ですわ」

「そのお薬ってのは、傷薬とか胃腸薬とかじゃないやつ？」

「ええ。チェスタが嗜んでるであろうやつですわ」

要は、使うとラリるやつですわ。エルゼマリンの裏通りでおなじみのやつですわね！

「お薬、お薬……ねえ。まあ、悪かぁないか。問題はお貴族様が『対魔』なんざ嗜んでくれるか、ってことだけど……」

ジョヴァンが早速、考え始めましたわね。ええ。『対魔』を最初に選ぶあたり、手慣れているかんじがありますわ。


この手のお薬って、大抵は二種類に分けられますの。

一つは、そういう効果を得られるように調合した魔法毒。魔法の力で組み上げられたものですから、生産技術も必要ですし、生産コストもかかる、とにかく大変なお薬ですわ。けれどその分、効果テキメンかつ安全、ということで、エルゼマリンの裏通りでは相当な高額で取引されますわね。

そしてもう一つは、もっと安価なお薬ですの。魔法に頼ることなく、植物が本来持っている効果をそのまま使うやつですわね。特定の葉っぱですとか、樹脂ですとか、キノコですとか、サボテンですとか。

……『対魔』っていうのは、そうした植物性お薬の代表格ですわ。ただ、えーと、本来、『対魔』はお薬目的の植物じゃありませんのよ。茎の表皮から取った繊維に魔法の力を防ぐ効果がありますのよね。ですから、対魔法装備の材料として栽培されていましたの。

……ただ、因果なことに、その植物の葉っぱや何かに含まれる樹脂成分に、こう、例の『ふわーっとしてぱやーっとするかんじの効果』がありますのよ。ですからその葉っぱを吸う目的で栽培されてしまって、そのせいでこの国では栽培が規制されることになりましたの。今では『対魔法装備用素材』として繊維だけが東の国から輸入されているだけですわ。

まあ、規制されたら規制の目から隠れて栽培する奴が居るのが世の常ですわね。そうしてエルゼマリンでは、その葉っぱが『対魔法装備用素材』の略……通称『対魔』として売られてますの。ま、さらにその隠語の『葉っぱ』で扱われることの方が多いですけど。おほほ。

「今から準備するとなると、『対魔』の栽培が一番手っ取り早いんじゃない？」

「まあ、そうですわねえ」

そんな『対魔』ですけれど、最も安価なお薬の一つである理由は、とにかく製造が簡単、というものですわ。

対魔自体には規制がかかっていますけれど、実は、種だけなら家禽の飼料として出回ってますのよね。勿論、そうした種には発芽しないように魔法処理がされていますけれど……百粒くらい蒔けば一粒くらい、魔法の掛かりが甘かったやつが発芽しますの。対魔はほっときゃグングン伸びる植物ですから、育てるのにも苦労はありませんし、それを適当に刈って葉っぱを乾燥させれば一丁上がり、ともなれば、チンピラのお小遣い稼ぎになる理由がお分かり頂けますでしょ？

「そもそも貴族はそういった類《たぐい》の薬に手を出すのか？」

「あら、ドラン。案外貴族ってそういうのに興味がありますのよ？　だってあいつら、享楽というものに対してとことん貪欲ですもの」

貴族って本来、民の上に立つことで民をより良く動かすためのものだと思いますけれど、この国の貴族連中は腐ってやがりますものね。娯楽享楽快楽に耽るだけのバカチンがいっぱいですの。

「成程な……そうした連中をより腐らせてやることで、貴族の腐敗を進めることもできるか」

家屋の木材が腐りきったらその家は倒壊しますわ。この国も貴族が腐りきったら倒壊待ったなしですわ！　そのためにも薬漬けってのは悪くありませんわ！　考えれば考えるほどいいですわ！

「……ただね、お嬢さん。ちょいと申し訳ないんだが、俺は商人だけど、そういうお薬を主に扱ってるわけじゃないんでね。流通させるのにちょいとお時間を頂くぜ。まず、栽培するにしろ仕入れるにしろ、そこまではよくても、売るのが面倒だから……いや、入手も面倒か」

まあ、唯一の問題点はそこですわね。お薬を生産、流通させるのって結構面倒ですのよ。裏社会の縄張り争いがありますから、一回分二回分を売るだけならともかく、大々的に流通させるとなると面倒なんですのよね。そしてそれ以上に、葉っぱ畑を用意するだとか、魔法毒の類《たぐい》を開発生産するだとか、どのみち面倒なのですわ！

「あら、それは私の得意分野ですわ」

でも、私、もう解決策を見つけてますの。ええ。そう。ここは単純に……。

「私、葉っぱ畑をやってる貴族に心当たりがありますの。それを頂きましょう」

そう！　答えは単純ですわ！　無いなら奪えばよくってよッ！

「やり方は簡単ですわ。対魔栽培に手を出している貴族連中の家に強盗に入ればよくってよ。どうせそこに葉っぱ栽培場や顧客リストが置いてありますもの。それを頂きましょうね」

「真正面から行くのか」

「ええ。奪われたものがお薬関係ですわよ？　なら憲兵にだって言い出せませんわよね？」

当然ですけど、お薬栽培も売買も犯罪ですわ。ですからお薬を奪われた、なんて憲兵に言い出せっこないのですわ！　言った瞬間、言ったそいつ自身がお縄でしてよ。

「それに、お薬業者を片っ端から潰していけば私達の寡占市場になりますわ。効率的ですわ」

そして何より、寡占市場って最高じゃありませんこと？　特にお薬のような商品を売る時にはとても効果的だと思いますのよ。

「つまり俺達は裏社会の連中から睨まれるってわけね？」

「そうだが、まあ、どうせ付くなら勝つ方に付くべきだな」

「成程ね。それもそうだ。サヨナラ裏社会の野郎共。俺はこのお嬢さんに付きます」

ドランもジョヴァンも覚悟を決めてくれたようですわ。チェスタについては意見を聞ける状態じゃありませんけど、どうせ反対しないと思いますわ！　薬中はお薬市場が自分達の寡占になったらどうせ喜びますわ！

「では早速、今晩にでも強盗に入りませんこと？」

「ああ、構わない。その頃にはチェスタも起きているだろう」

……チェスタについては心配ですけれど、できるだけ急ぎたいですもの。最悪、私とドランだけでもなんとかなると思いますわ。ドランだってドラゴンを素手で殴り殺せるバケモンですものねえ。となれば、心残りは一つだけ、ですわ。

「ねえ、ジョヴァン。強盗するにあたって、一つお願いがあるのだけれど」

「麗しのお嬢さんからのお願いとあらば聞かないわけにはいきませんねえ。ま、叶えられるかどうかは話次第だけど。で、何？」

「注文していた『鞄』ですけれど、予定より早めに用意して頂くこと、できないかしら？」

『鞄』というと、私達の間でおなじみの『空間鞄』のことですわ。

空間鞄というのは、異空間が鞄の中に生成されている鞄ですの。要は、その鞄の容量を遥かに超える容量を持っている鞄、ということになるかしら。小さめの安物でもお部屋一つ分くらいの容量があったりしますし、軍用のものともなれば、お屋敷一つ分を超えるようなとんでもない容量ですのよ。

……つまり、出先で獲物を狩った時にも空間鞄さえあれば持ち運びが簡単なんですの。だから、魔物狩りを生業とする冒険者は皆が欲しがる代物ですし、これから強盗に入って貴族狩りをしたい私も欲しい代物なのですわ。実際、私、使ってましたわ。使ってた空間鞄は多分、国に没収されてますけれど。

ほら、休日の度に学園の寮を抜け出してエルゼマリン近郊の森まで狩りに出る時、弓と矢を運ぶのにも、狩った獲物の毛皮や牙を持ち帰るのにも、空間鞄がとっても便利なんですのよね。まあ、ボチボチもう少し大きめの容量のものが欲しくて、『ダスティローズ』で新しい鞄を注文していたのですけれど。

ただ……空間鞄って、お高いんですの。何故って、空間鞄が古代魔法の産物なのですわ。空間鞄の古代魔法って、現代では魔法の仕組みが解明されていませんの。ですから意味も分からない魔法をただ複製して使っているんですのよね。分からないモンを正確に複製しなければならない以上、複製にはどえらい手間がかかりますし……そしてそもそも、下手に平民共に買われると、ガンガン転用されて国家転覆されかねませんもの。武器も食料も運び放題となれば、軍事的に圧倒的な利を得ることができますものね。

ま、そういう事情があって空間鞄は高級品で、かつ、入手が大変なのですわ。国の許可が無いと購入できない徹底ぶりでしてよ。

でも、裏通りに店を構える『ダスティローズ』でなら、非正規の空間鞄を仕入れてくれますの。だから私、注文していたのですけれど……いえ、でも、流石に、たった三日で空間鞄が手に入るわけはありませんわよねえ……。

「ああ、それなら、ちょいと店に行こうか、お嬢さん。……ドラン。お前も。ドラゴン素材一式、運んでくれる？　チェスタに運ばせるよりお前に運ばせる方が早そうだ」

けれど、ジョヴァンはにやりと笑ってそう言ってくれましたわ。これには私もにやり、ですわね。

ジョヴァンの店までの道は、隠し通路の連続でしたわ。どうやら、街の表を歩かなくてもアジトと店を行き来できるようにしてあるようなんですの。勿論、アジトと店のつながりを大っぴらにしなくて済むように、道も複雑かつ途切れ途切れ、ですけど。

「はい、到着、っと。よっこいしょ」

そして地下道から特定の位置で天井の板をどかして、お店の裏側に入り込みましたわ。……ここ、客側の方から利用したことは何度もありましたけれど、店側の方に入るのは初めてですわね。当然ですけど。

この店で取り扱っている様々なもの……魔物の素材ですとか、人骨っぽい骨ですとか、干した薬草ですとか、ユニコーンの角ですとか、色々な液体の瓶詰めですとか……鞄やドレス、装飾品や剣やナイフや手斧、なんかも置いてありますわね。見ていてちょっぴり面白くってよ。

「ドラゴン素材はこのあたりに置けばいいか」

「ああ、適当に、かつ丁重に頼むぜ。で、お嬢さんの方は……よしよし、あったあった」

ジョヴァンは店の奥の方の棚をごそごそやって、そこから一つ、小ぶりな鞄を取り出しましたわ。鞄の素材は、深い飴色の上質な革。それに黄金細工の留め金がついていて、実に良質な鞄、といった具合ですわ！　一目見て気に入りましたわ！

「あっ！　これ、相当いいやつですわね⁉」

「そりゃあね。素敵なお嬢さんからの注文だもの。特別上等なやつをご用意させて頂きました」

ジョヴァンの言葉に間違いはありませんわ。これ、特別上等なやつ、ですわ。

この小ぶりな見た目でありながら、容量は軍用の空間鞄と同じくらいあるんじゃないかしら。魔法の気配が、そんな具合ですわ……。

「じゃ、ご注文の品、ってことで。お受け取りくださいね」

ジョヴァンが鞄を手渡してくれますけれど……これ、前払いしてた分だと、足りませんわねえ。

「ありがとう、ジョヴァン。残りのお代金はドラゴン素材三匹分で足りますかしら？」

「ん？　お代はもう頂いてるけど」

「これ、たかだか金貨百枚程度で手に入るものじゃないでしょう？　それくらいの目利きはできるつもりですわ」

私がそう申し出ると、ジョヴァンはくつくつと笑って肩を震わせましたわ。

「それなら結構。俺から親愛なるお嬢さんへの脱獄祝い、ってことで。……それに加えて、うちのドランが世話になった礼、てことで、どお？」

あらまあ。太っ腹なことですわね。……まあ、これから私達、どうやら運命共同体になってしまいそうですものね。『友好の証』ということなら私もこれを受け取って、その分をお返しする気がございますもの。ここはありがたく、頂いておきますわ！


さて。こうして準備も整ったことで……いよいよ、夜。私達は強盗に入りますわ！　人員は私とドラン、そして正気に戻ったらしいチェスタ！　この三名ですわ！

「あー……なあドラン。こいつ誰？」

そして早速これですわ！　私達初対面じゃーなくってよ！　あなたはラリってましたけど！

「ヴァイオリアだ。手を組んだ」

「どうぞよろしくね、チェスタ。一緒に国家転覆を謀りましょう！」

「こっかてんぷく？　なーんだ、どこの貴族かと思ったらヤベえ奴じゃん、こいつ。まあいいけど」

チェスタはケラケラ笑って失礼なことを言いますわね……。貴族ですわよ。私、貴族ですわよ！　没落してますけど！　ムキーッ！

「……へー。お前、目玉、赤いんだな。珍しいじゃん」

しかも、チェスタは不躾に私の目を覗き込んできますのよ！　本当にこいつ無礼ですわねえ！

……まあ、視線にも表情にも、悪意が無くて純粋な興味しか見えませんから許しますけれど！

「血みてえな色！　おもしれー」

……許してあげる内にその口閉じなさいなッ！


「さて、チェスタが正気に戻ったところで確認だが、俺達はこれからあの屋敷に盗みに入る。目的は対魔栽培場の情報と顧客リスト。主人が居たなら、そいつが対魔売買の管理者だ。積極的に殺せ」

ドランが情報伝達をする傍ら、チェスタもニヤニヤしながら落ち着いて聞いていますわね。まあ、つまりこいつら、こういうことを以前からやってきた連中、ってことですわねえ……。

「ではいくぞ。適当なところで屋敷は燃やして証拠を消す。撤退は急げ」

さあ、ワクワクして参りましたわねえ！　勿論、撤退前の放火は私の仕事ですわ！　燃やしますわ！　突然屋敷が燃えてここん家《ち》の貴族はさぞ驚くと思いますけど、悪いことしてる奴はもっと悪いことしてる奴に滅ぼされるものなのですわー！　おほほほほ！

さあ、情報伝達も終わったところで、早速楽しい強盗のお時間ですわ！

「ごめんあそばせ！」

早速、窓をブチ破って侵入ですわ！　ドランとチェスタもそれぞれ別の場所から侵入しているはずですの。ええ。ここの貴族が対魔売買に関わっている以上、使用人ならともかく貴族は逃がしてやる気は無くってよ！　だからこその三方向同時攻略ですわ！

さて、まあ今は夜ですものね。大方寝室だろうと見当をつけて貴族と栽培場の情報と顧客リスト、全部まとめて探しに行きますわ！

私が屋敷の奥に潜り込む間に、遠くの方でガシャンガシャンと騒音が聞こえてきましたわ。大方、ドランかチェスタが見つかって騒ぎになっているんでしょうね。でもそれって好都合でしてよ。人の目を引き付けておいてくれればその分私がやりやすいですわ。

「あら、これ中々いいランプですわねえ。あらっ、こっちには中々いいワインがあるじゃありませんの！　頂いていきましょうね！」

そして屋敷の中で気に入ったものがあれば空間鞄に入れていきますわ。こういうことが躊躇なくできるから空間鞄って便利ですのよねえ。おほほほほ。

ということで、私はアッサリ主寝室まで到達しましたわ。そこのドアを蹴破って突入すれば……とっても好都合なことに、この屋敷の主人、私達が狙う野郎が何かの書類を纏めて逃げようとしていたところでしたのよ！

「ごきげんよう。その書類一式、こちらにお渡しなさいな」

「な、何者だ！」

「あなたに名乗るほど安い名じゃあなくってよ」

私が一歩踏み出せば、屋敷の主人が一歩下がりますの。そして……その代わりに一歩前に進み出た人間が居ましたわ。

「あら？　あなた……魔法使い、ですわね？」

進み出てきた人間の気配を見て、すぐに分かりましたわ。小柄で華奢で、戦えそうにない体躯で、フードを目深にかぶっているせいで顔もよく分からない相手。……でも確かに、強者の匂い。ええ。こいつ、間違いなく魔法使いですわね？　それも、ドラゴン狩りの時に助けてやったガキンチョみたいなのとは明らかに違う、『実戦慣れ』した魔法使いですわ。

「こ、ここは任せるぞ！」

「あら、あなた、ちょっとお待ちなさいな……あらあらあら」

私が止める間もなく、屋敷の主人は窓から逃げ始めましたわ。当然のように顧客リストなんかも持ち逃げされましたわ。これはちょっぴり困りますわねえ。

「さて……私、あいつを追いかけたいんですの。あなた、そこを退《ど》いてくださる？」

「……一応、商売相手だから。あいつに死なれるとこっちも困るんだよ」

魔法使いに聞いてみたら、涼やかな声が答えてくれましたわ。あんまり嬉しくない答えではありますけれど……まあよくってよ。

「そう！　なら殺し合い、ですわねえ！　よくってよ、かかってらっしゃい！」

私！　どうせ戦うなら雑魚より強者と戦いたい性質《タチ》ですのよ！

さて。今回の私の得物は弓ですわ。当然ですけれど、遠距離からの攻撃には向く一方で、室内かつ一対一の戦いには不向きですわね。圧倒的不利ですわ。でも関係なくってよ！

早速、弓に矢を番えて撃ちますわ。何故なら相手は魔法使いですもの。できる限り隙を与えないように立ち回らなければ……ほら、来ましたわ！

バチン、とはじける強い強い光。一瞬、部屋の中が青白く光り輝いて、目が眩みますわね！　どうやらこの魔法使い、雷の魔法を使うようですわ。中々珍しい上に……ちょいと、対処が面倒ですわねえ。だって雷ですのよ？　来ると思ったらもう来てますし、避けても稲光で目が眩みますし。こうなったらもう、勘で避けるしかなくってよ！　あんなん一発でも貰ったら痺れて動けなくなってチェックメイトですわ！　これ、私の武器といい逃げ場の少ない室内という条件といい、相性最悪ですわねえ⁉

「こっちからもいきますわよ！　ほらほらほら！」

でも臆しませんわ。ここで臆するのは完全な悪手。私、避けながらひたすら、矢を放っていきますわ。魔法使いに直接当てるつもりはありませんけれど、足元や首の横スレスレは積極的に狙っていきたいところですわね。……けれど、相手も私が雷を撃たれたくない事情は分かっているのでしょうね。私の手数を減らそうと、雷だけじゃなくて投げナイフまで出してきましたわ！　おかげで随分とヒヤヒヤさせられる場面がありましたけれど、それでも私は矢を放ち続けて、そして……。

「頂きましたわ！」

隙を見て、窓の外へ、矢を放ちましたわ。

狙いは魔法使いじゃなくって……逃げていく屋敷の主人！　私、こんな魔法使いとこんな狭い室内でマトモにやり合うほど馬鹿じゃあなくってよ！

「あっ」

魔法使いが気づいても、もう遅くってよ。私が放った矢は窓の外へ飛んで、奴のドタマぶち抜いて仕留めましたわ！　おほほほほ！　護衛が居ても、護衛を無視して標的を狙うことくらい、私には訳のないことですわァーッ！　気分がよろしくてよーッ！

「さて、あなたの護衛対象、死にましたけれど。どうします？　まだやりますこと？　ちなみにこっちにはあと二人、仲間がおりますわ。もうじき追いついてきて、あなた、一対三になりますけど」

唖然としていた魔法使いに聞いてみますと、魔法使いはじりじりと後退していきますわ。まあ、賢明な判断ですわね。私が見守る中、魔法使いは、ぱっ、と身を翻して窓から逃げていきましたわ。私の矢を警戒してか、自分の背後にしっかり雷を落としていくあたり、手慣れてますわねえ。

……去り際にフードが外れて、隠れていた顔が見えましたわ。強い光で髪や瞳の色合いは判然としませんでしたけれど、中々に可愛らしい顔立ちでしたわね。……女の子、だったように見えますわ。だとすると、逃がしたのは少々惜しかったかしら……。

……ま、よくってよ。私はさっさと必要なモン回収して、この屋敷に放火するだけですわ！

そうして私達、脱出しましたわ。

「燃えてますわねえ……素敵」

私達の目の前には、燃え盛るお屋敷。ええ。燃えてますわ。当然ですわ。燃やしましたもの。

「そっかー、お前、放火が好きな奴かよ。ぶっ飛んでるじゃん。最高だな、おい」

「ええ。放火って、いいですわよねえ……」

薬中に同意されるのは複雑な気分ですけれど、それにしても、炎って、いいですわよねえ。焚火を見ていると落ち着きますし。こういう大きな焚火は気分が盛り上がりますし。やっぱり放火って最高ですわ！　早く王城も燃やしたいですわね！

「目的のものは手に入ったか」

「ええ。勿論。見たところ、栽培場の契約書と顧客リストが一揃い、かしら」

燃えるお屋敷を明かりにしつつ拾ってきた書類を確認すれば、お目当てのものが揃っているのが分かりましたわ。やりましたわね！

「そちらはどうでしたの？」

「地下金庫に金貨が入っていたのを頂いてきた」

「俺はなんか女がいる部屋のモン漁ってきた。結構色々あったぜ！」

「あら素敵。私はワインセラーの中身全部とその他諸々、それから、ケーキも収穫しましたわ！」

空間鞄からワインの瓶と厨房にあったケーキを出して見せると、ドランもチェスタもお酒の方にだけ反応を示しましたわ。……それじゃーいいですわ。ケーキは私が頂きますわぁ……。

ケーキの喜びを共有できない悲しみを抱えていたら、ふ、と横から手が伸びてきましたわ。

「あ、ヴァイオリア、お前、怪我してるじゃん」

そう言われて意識してみると……確かに私、腕に切り傷がありましたわ！　いつの間に⁉　いえ、これ絶対、魔法使いの投げナイフでやっちまったやつですわー！

「触らないで頂戴」

ということで反射的に手を払いましたわ。……伸びてきたのはチェスタの義手でしたし、然程心配は要らなかったかもしれませんけれど。

「……私、怪我をしている時は特に、触れられたくありませんの。よろしくて？」

ちょいとチェスタを睨みつつそう言ってやれば、チェスタは『変なやつー』と不満げでしたけれど、これで不用意に私に触れようとはしないでしょう。

「ドラン？　あなたも私が怪我をしている時には不用意に触れないようにお願いしますわね？」

「……ああ、分かった」

……ちょっと何か考えるように私を見ていたドランについては、見ないふり、ですわ。ええ……。

そうして野次馬が火事場を見に来る前に、私達は撤退しましたわ。地下道を通ってアジトへ帰れば、然程心配そうでもなかったジョヴァンがひらり、と手を振って出迎えてくれましたの。

「はいはい、お帰り。その顔を見る限り、上手くいったみたいね？」

「ええ。上出来ですわ。これ、あなたに預けますから適当に中を確認して頂戴。私は傷の手当てを先にさせて頂きますわね」

ジョヴァンに書類を預けたら、私はさっさと切り傷の処置、ですわ。血はもう止まってましたから、拭いて、傷口の保護のために薬を塗って、包帯を巻いておけばひとまずこれでよくってよ。

「よしよし。ちゃんと顧客リストも栽培場の契約書もある。栽培場から葉っぱを買い取ってた奴らに接触できれば、他の業者も叩けるんじゃない？」

「ジョヴァン。こっちも確認してくれ。俺とチェスタの戦利品だ」

ジョヴァンの横ではドランとチェスタが持ち帰った盗品を広げていましたわ。金貨の大袋に豪奢なドレス、宝飾品の数々……売り払えばそれなりの額になりそうですわねえ。こっちは副産物ですけれど、こっちもこっちで中々のモンですわぁ……。

「なあドラン。俺、これ貰っていい？」

そんな中、チェスタが手に取ったのは、豪奢なネックレス。血のような深い赤色の大粒ルビーが見事な品ですわね。さぞかし高値が付くものと思われますわ。

「ああ、構わない」

けど、薬中がネックレス、というのも不思議ですわね、と首を傾げていたら……。

「ヴァイオリア！　これ、やるよ」

チェスタがネックレスを放ってきましたわ。難なくネックレスを空中で捕まえて……ええと。

「それ、お前の目玉みてえだからさ。似合うだろ、多分」

屈託のない笑顔でそんなことを言われましたのよ。ええ。ちょっとびっくりですわ。

「あー、ドラン。俺、そろそろ一発キメていい？」

「ああ、好きにしろ」

びっくりしてたらチェスタはもうお薬キメてましたわ。ゲタゲタ笑ってましたわ。もう完全に自分の世界に入っちゃってますわ。流石薬中、やることが違いますわぁ……。

……頂いてしまったネックレス、とりあえず、着けてみましたわ。宝石と黄金の重みがちょっぴり嬉しくってよ。

「似合うかしら？」

「お似合いですよ、お嬢さん。まるであなたのために誂えたみたいなネックレスじゃあないの、それ」

聞いてみたら、ジョヴァンが鏡を持ってきて見せてくれましたわ。……私、瞳が赤色をしていますし、元より赤が似合うのですけれど、確かにこのネックレスはよく似合いますわね。ちょっぴり嬉しくってよ。

「ではこれ、ありがたく頂きますわね。チェスタ、ありがとう」

「へへへ……目玉が三つある……」

……もう既に半分ラリりかけの薬中の意見は無視するものとしますわ！


それから私達、盗んできたものとあり合わせのもので晩餐としましたわ。何といっても、ワインセラー一つ分のワインと食料庫半分程度の食料を頂いて参りましたもの。贅沢したっていいと思いますわ。

ちなみにチェスタも飲んでますわ。薬と酒のチャンポンですわ。命知らずですわね。キメたら飲むな、飲んだらやるな、がお薬の常識ですのに！

「へー。お嬢さん、随分イケるのね。一人で一瓶空けてない？」

「まだ九分目までしか空いてなくってよ」

「それほとんど一瓶って言わない？」

　そして当然、私も飲んでますわ。ええ。私、上等なワインは好物ですのよ。どっしりと濃厚なチョコレートケーキとハムとチーズをおつまみに、赤ワインを空けたところですわ。とっても美味しくってよ！

「まるで酔いが顔に出ていないな。相当酒に強いのか」

「ええ。私、中々酔いませんの。そういうあなたも酔っていないように見えますわねえ」

　ジョヴァンはグラス三杯目でほろ酔いになってるようですし、チェスタはもうラリってますから関係ありませんわね。けれどドランはどうやら、お酒に強いようですわ。瓶から直飲みしてガンガン瓶を空けてますわねえ……。

「顔に出にくいだけだ。酔ってないわけじゃない」

　けれどドランはくつくつ笑ってそう言いますわね。まあ、本当に酔っているのかどうかは判別がつきませんけれど、少ーしばっかり、陽気になってる、かもしれませんわね。ええ。……いえ、それでも瓶二本目を空けておいて『少しばかり陽気』ってくらいなら、十分バケモンですわね！

「そうか。酒に強いなら……こっちに少し強いのがあるんだが、飲むか」

　更に、ドランは棚から蒸留酒の瓶を出してきましたわ。結構よいお品ですわねえ。折角ですからそっちも頂きましょう！　貴族の邸宅から頂いてきたグラスを鞄から取り出して机に並べれば、ドランがそこにお酒を注《つ》いでくれますわ。うふふ、綺麗な琥珀色……これは期待が持てますわねえ！

「ジョヴァン、飲むか」

「いーや。俺はこれ以上飲んだらおかしくなっちまうよ」

一応、ジョヴァンの分もグラスは出しておいたのですけれど、どうも彼、然程お酒に強くはないようですわねえ。ま、そういうことでしたら私とドランで頂きますわ。チェスタは知りませんわ。もうラリってますものね。ええ。

「あら、美味しい」

注がれたお酒を早速頂いてみたら、なんとまあ、美味しいこと！　ちゃんと熟成されたものらしく、酒気はすっかり角が取れていて、丸みのあるコクが感じられますわ。そして何より、華やかな香り！　まるで薔薇か何か、花のような香りが広がりますのよ！　これはいいお酒ですわぁ……。

「ようやく酒を飲む仲間ができたな」

ふと気づいたら、ドランがにやり、と笑いながら私を見てましたわ。……まあ、そうね。ジョヴァンは然程お酒に強くないようですし、チェスタは強い弱い以前にラリっちまいますものね。そう考えると、強くて美味しいお酒を楽しむ趣味があるのはドランだけだった、ということになるのかしら。

「ええ。私、お酒は強くってよ。そして味を楽しむ余裕も持ち合わせておりますもの。もし今後も美味しいお酒を開けることがあれば、是非、お相伴に与らせてくださいな」

「よし。言ったな？　なら今後も付き合ってもらうぞ」

ま、ドランもなんだか楽しそうですし、お酒を飲む仲間が欲しいということなら、こういうのもやぶさかじゃなくってよ。私も美味しいお酒、大好きですし、ドランは静かですからお酒の邪魔になりませんものね。

……私、つくづく、いい仲間に巡り合いましたわねえ。おほほ。

「さて。ではそろそろ私はお暇《いとま》しますわね」

そうして時計の針が両方てっぺんを過ぎた頃。私、ボチボチお暇することにしましたわ。流石にここで眠るのはちょっと憚られますもの。ちなみにチェスタはもう寝てますわ。リビングのソファで死体のように眠ってますわ。でも生きてましたわ。ですからほっときますわ。

「行くアテがあるのか」

「ええ。地下通路のどこかに居を構えようと思いますの」

ドランは心配そうですけれど、私の行き先は決まってますわ。このアジトがある地下通路。そのどこかにはもうちょっとばかり隙間があると思いますの。そこを私の城といたしますわ！

「いやいや、お嬢さん。若い娘さんが野宿同然の暮らしなんてするもんじゃあないでしょうよ」

「ベッドならある。チェスタを転がす部屋の他にもう一つ仮眠室があるからそこを使えばいい」

ジョヴァンもドランも心配してくれるようですけれど、私、そのあたりは抜かりありませんの。

「あら、ご心配なく。家具も頂いてきましたから問題なくってよ」

ほらね、と、空間鞄からドレッサーを取り出しましたわ。

……ええ。私、盗んできたものが書類とワインとケーキだけ、なんてみみっちいことはいたしませんわ！　ちゃんと家財道具一式も盗んできましたわ！　そうじゃなきゃー空間鞄を持っていった意味がありませんものね！　おほほほほ！

「……このお嬢さん、可愛いナリして大したタマじゃあないの」

「忘れたのか。こいつは国家転覆を目論む脱獄囚だぞ」

おほほほほ！　しばきますわよ！

ということで、夜明け前には私の城が出来上がりましたわ。

場所はアジトからほど近い通路のどん詰まり。そこを盗んできた家の塀とドアとで上手く区切って漆喰で固めて、私の城としましたの。こういうのってワクワクしますわねえ。

部屋の床には深紅に金糸が織り込まれた見事な絨毯。壁には蔓草模様が金で箔押しされた壁紙を張って、タペストリーで隙間風を防ぎますわ。タペストリーで隠れる位置にでも、ネズミ除けに私の血を使って魔法の紋様を描いておきましょうね。この魔法の文様の効果は単純ですわ。侵入してきた害虫害獣は死にますわ。以上ですわ。おほほほほ。

さて、天井からは鉄とガラスでできたキャンドルランタンを吊るしてみましたわ。このランタンは使用人室のものでしたわね。格の低い品ですけれど、歪みのあるガラス板に炎の光が揺らめく様子が気に入りましたの。こういうのも風情があって悪くなくってよ。

それから、磨き抜かれたマホガニーのテーブルと椅子のセットを置いて、黄金細工の燭台に蜜蝋の最高級蝋燭を立てますわ。蜜蝋の蝋燭って火を灯すと甘い香りがして最高ですわね。ああ、それから食器棚は気に入った食器が入っているものを丸ごと持ってきましたの。金で薔薇模様が入った白磁のティーセットは特にお気に入りですわ。茶葉もいいものを缶ごと頂いてきましたから、今後、いっぱい使いますわ！

それから、寝室も別途作りましたわ。たっぷりとした天蓋が付いた大きなベッドにふかふかのお布団。これは客間にあったものをそのまま頂いてきましたのよねえ。お隣に小さな書き物机と本棚を置いて、鈴蘭の花のような形のランプを設置しますわ。このランプも可愛くってお気に入りですわ！

更に、寝室の隣に食糧庫を作って、頂いてきたワインと食料……パンにジャムの瓶詰に、上等なハムにチーズにドライフルーツに木の実の蜂蜜漬けに、と並べていきますわ。食料庫の外には少しばかり火を使える竈をこしらえて、そこには小さなケトルだけ置いておきましょうね。お紅茶だけ淹れられるようにしておけば十分でしてよ。

それから、シャワールームも作りましたの。見当を付けてちょいと掘ってみれば、丁度いいところに貴族街用の温水上水管が通っているのが分かりましたの。ですからそれをちょちょいと弄って、温水を引けるようにしましたわ！　これで上水道はバッチリですわね！　そして排水は簡単ですわ。だってここ、排水用の地下水道なんですもの！　つくづくいい物件ですわあ！

後は細々とした箇所を整えて、完成ですわ！　我ながら、満足のいく出来栄えですわ！

「椅子はもっと気に入るものが今後見つかるかもしれませんわねえ……」

勿論、不足はいくらかありますわ。けれど、それも今後手に入ることでしょうし。その度にちょっとずつ模様替えをする、というのもきっと楽しくってよ。

「ではおやすみなさいましっ！」

ということで私、早速、できたての寝室で寝ますわ！　よく考えたらシャバに出てから初めてのまともなベッドですわ！　ぐっすりたっぷり眠ってやりますわよー！

＊

有言実行ですわ。いっぱい寝ましたわ。起きたら夕方でしたわぁ……。そのまま部屋の片付けや鞄の改造なんかを細々とやって、地下水道の水辺でぽよぽよしてたアオスライムを適当に捕まえて手慰みに戯れて……さて、夜になったらドラン達のアジトへ向かいますわ。

「ごきげんよう」

「ああ、来たか。どうする、対魔の栽培場へ行くなら今夜がいいかと思ったが」

「ええ、私もそのつもりで来ましたの。早速、出ましょうか」

ドランは既に旅支度をしていましたわ。……そう。これから向かう先は、エルゼマリンからちょいと離れた場所ですの。恐らく一晩は野営ですわねえ。

「チェスタはどうしましたの？」

「使い物にならない」

「あらぁ……まあ、そうでしょうねえ……」

見れば、昨夜見た通りにチェスタがソファの上で寝てましたわ。お酒とお薬でグデグデですわねえ……。ならしょうがなくってよ。今回は私とドラン、あと移動手段のジョヴァンで三人の仕事になりますわね。

さて。エルゼマリンは検問がボチボチ厳しくってよ。抜け出すのもちょいと難しいのですわ。なので今回は、積み荷に紛れて街を出ますわ。……ジョヴァンが商人で助かりますわねえ。

私達三人、途中で野営を挟んで、出発から一日半。ようやく栽培場に到着ですわ。まあ、普通の畑、といった風情ですわ。対魔の葉っぱって綺麗な形をしていますし、こうして見ている分にはただ綺麗な、背の高い草がたくさん茂った葉っぱ畑、なんですのよねえ……。

「どうする。この栽培場は燃やすか？」

「いえ。それですと人為的なものだと分かってしまいますでしょ？」

この栽培場以外にも、葉っぱ栽培場はあるはずですわ。というか、お薬業者が一つだけなはずがなくってよ。ですから顧客リストをジョヴァンに預けて、別の業者を探ってもらいますの。そしてそこには、私達が潰しに行くその時まで警戒せずにいてほしいのですわ。だから、この栽培場は『事故で』潰れてくれた方が都合がいいんですのよ。


……ということで、私、空間鞄を逆さにして、ふり、ふり、とやりましたわ。すると、まあ出るわ出るわ、大量のアオスライムが出てきてはぞろぞろと葉っぱ畑へ向かっていきますのよ。草食のアオスライムはこのまま葉っぱを食べつくしてくれるはずですわねえ。これでこの葉っぱ畑も終わりですわー！

「スライムがたまたま大量発生して食べちゃった分には、誰かの仕業だと疑えませんわ。次の栽培場を潰す前に警戒されたらたまりませんものねえ！　おほほほほ！」

「成程。いい策だな」

「……お嬢さん。それはいいんだけど、なんで空間鞄からスライムが出せるんですかねえ」

ドランがのんびりアオスライムの群れを眺めている一方、ジョヴァンがちょいと焦ってるのが見えますわ。

まあ、そうですわね。空間鞄って、元々は生き物を入れられませんのよ。

どうしてそうなってるのかは、まあ、古代魔法の設計者に聞かないと分かりませんけれど……恐らく、中に入れておいた生き物が暴れて鞄を壊さないようにするためだけじゃなくて、食品が腐敗しないように、ということなんじゃないかと思いますわ。ええ。ですから、空間鞄にしまってある食品は腐りませんし、熟成も進みませんのよ……。

まあ、でも、それだと魔物や人間を生け捕りにする時にちょいと不便ですわ。特に、スライムなんて大量に運ぶのが大変ですもの。空間鞄にでもしまえなきゃーやってられませんわ。

「まあ、簡単なことでしてよ。空間鞄を改造して生き物が入れられるようにしましたの」

ということで改造しましたわ！　仕組みが解明されてない魔法だって、ちょいと改造するくらいならできちゃうものなのですわ！

「スライムもこのように大量に運搬できるとなると、人為的に災害を起こせるようなものか。バッタを畑に放てば戦争にも勝てそうだな」

ええ、ええ、そうですの。生き物を大量に運ぶことができれば、途端に色んなことができるようになるのですわ！　これだから空間鞄って素敵ですわ！

「ね、お嬢さん。空間鞄……っていうか、解明されてない古代魔法の産物の改造って」

「ま、違法ですわねえ」

まあ、そのあたりは今更ですわ。私に冤罪吹っ掛けて死刑にしようとした法治国家の法なんざ、守ってやる義理はなくってよ。おほほほほ。

こうして私達、スライムに葉っぱ畑を襲わせて、お薬業者の栽培場を一つ、綺麗に潰してやりましたわ。ついでに帰り道で通りがかったどこぞの貴族のワイナリーにもスライムけしかけておきましたわ。今後、どんどんスライムを活用して『事故』を起こして参りましょうね！

「あの、お嬢さん。このスライム、一体何匹出てくるんですかね」

「さあ……分かりませんわね。私は出発の夜、地下通路に居たアオスライム三匹とお水を入れておいただけで……あ、後は道中で雑草をいくらか、鞄の中に入れましたけれど。でもそれだけですわ」

スライムってお水があれば、案外簡単に、かつ勝手に増えるんですの。餌となるものがあれば、もっとですわ。ええ、本当に便利な生き物ですわぁ……。だからしょっちゅう潰れて死んだり捕食されて死んだりしてるのですけれど。ええ。スライムって多産多死の生き物なんですのよね。

「ねえお嬢さん。それ、更にほっとくと鞄から溢れてきたりする？」

「……しないように気を付けますわ」

そうですわね。増えすぎには気を付けなくてはね。ええ……朝起きたらお部屋の中がスライムだらけ、なんてのは御免ですわよ！

「さて、次はどうする」

「そうね、ここでちょぃと張っておいて、業者が来たら捕まえますわ。その方から『お話』を聞かせて頂ければ手っ取り早くってよ。それと同時に他の貴族の家も強盗していきたいところですわ」

さあ、ここからまた頑張らなくてはね。この国からお薬業者が消えるまで、潰し続けるのですわ！　……そして潰し終わったところで私達の寡占市場が花咲きますのよ！　おほほほほ！

＊

……ということで、それから一月ほど、お薬業者を潰しに潰していましたわ。栽培場は五つ、業者は四つ、潰したかしら。それから、末端の売人を適当にボコしておいたので、エルゼマリンではすっかり、お薬を売る者が居なくなりましたの。裏通りに売人が居ない、珍しい光景が続いていますわ。

「じゃ、すっかり平和になり下がったエルゼマリンの裏通りに乾杯！」

そんな今宵、私達はささやかながらパーティを開いていますの。まあ、目障りな業者を全て潰し終えた記念、といったところかしらね。

貴族の家から頂いてきた高級ワインをバンバン開けて、業者潰しのついでに見つけて狩ったドラゴンのお肉をバンバン焼いて、飲んで食べて楽しく参りますわよ！

「俺は嬉しくねえ……どこで薬買えばいいんだよぉ」

「私から買いなさいな。はい、葉っぱですわ。金貨一枚でよくってよ」

唯一、チェスタだけは業者が潰れに潰れたせいで最近ラリれずにションボリしてますわね。まあ我慢なさいな。

「あ、チェスタ。こっちは私のためのお肉ですの。あなたはそっちからお食べなさいな」

ションボリチェスタが私の皿にフォークを伸ばしていましたから、その手をぴしゃりと叩いて躾けますわ。……こっちのお肉は私が私の矢で仕留めたドラゴン肉ですのよ。だからあげませんわ！

「いいじゃねえかよ、ケチだなぁ」

「よくありませんわ！　そっちにドランが仕留めたお肉があるじゃーありませんの！　そっち食べなさいな！」

文句垂れてるチェスタに言い返しつつ、私は私のお肉を死守しますわ！　これは他の人に食べさせるわけにはいきませんのよ。だって……。

……あらっ。

「貰うぞ」

「エッ!?　あっ、ちょ、ちょっとお待ちなさいなドランッ！」

私がチェスタと話している横で、ひょい、とドランの腕が動いて……私が止める間もなく、そのお肉、食べちゃいましたわ。

……私が私の血で仕留めたお肉、食べやがりましたわァーッ！

唖然として見てたら、ドランがふらっ、と倒れましたわ。……ドラゴン素手で投げ飛ばすバケモンが！　倒れ！　ましたわァーッ！

「吐けェーッ！　吐くのですわァーッ！」

もう待ったなしでしてよ！　ドランの口の奥に手ェ突っ込んで吐かせますわ！　吐瀉物とか気にしてられなくってよ！　さっさと吐かせたら水を大量に飲ませて、また吐かせますわ！

「なん、だ、これは……」

「だから！　食べるんじゃーないって！　言ったじゃありませんのよーッ！」

「お、おいおいおい、お嬢さん！　これ一体何なの⁉」

もう阿鼻叫喚ですわ！　もうなんだか分かりませんわ！　これどうしたらいいんですのーッ！

「毒だな」

……そこで、吐くだけ吐いて倒れっぱなしのドランが、私を見上げながら、言いましたわ。

「お前の血はどうやら、毒になるらしい。違うか？」


「もうこの際、隠しておくと死人が出そうなので白状しますわ。私の血って、毒ですの」

ということで、ドランが落ち着いたところでもう、しょうがないから話しますわ。うう、これ、私の切り札なんですのよ。手を組んだとはいえ、今後どうなるか分からない相手に明かしたい内容ではなかったのですけど……このままだと味方から死人が出そうですものねッ！

「血が毒？　そりゃ、どういう……」

「そのまんまですわ。私、毒への耐性を付けるため、幼い頃から毒を大量に食らって参りましたの。そして、より一層自らを高めるため、文字通り血反吐を吐きながら毒物収集する勢いで毒物を摂取していたら……私自身が毒物になっていたのですわぁ」

「待って、ちょっとわかんない」

ジョヴァンが頭抱えてますけど、実際、こんな事例他に聞いたことありませんものねえ。困惑もやむなし、ですわぁ……。

「お前の家は暗殺者の家系だったか……？」

「貴族ですわ」

フォルテシア家を勝手に暗殺者集団扱いしないでくださいまし。ぶっ飛ばしますわよ。

「まあ、それで、私の場合、摂取した毒があまりに多量で多種だったことと、丁度その時期が成長期で魔力が伸びる時期だったこと、そして元々はとっても魔法の才能があったこと、なんかが嚙み合ってこうなったんだと思いますの」

まあ、要は、私自身がそういう魔法の産物になっちゃったのですわ。どんな毒をも取り込み、どんな毒より強い毒を生み出す。そういう魔法が、私の体の中で生まれたんですのよ、多分。ですから私、どんな毒も効かなくて、そして、どんな毒より強い毒、なのですわ。

……そして、そのせいで私が使える魔法は火の魔法と身体強化魔法だけなのですわッ！　フォルテシア家において！　私だけ！　魔法の才能がほぼ無い状況なんですのよーッ！　ムキーッ！

「あー、つまり、魔法毒？　だっけ？　お前の血ってああいうやつなのかぁー」

「ええ。解毒剤も無く、只々強い、世界一複雑で強力な魔法でできた毒。それが私の血なのですわ。強さは……まあ、鏃に塗り付けられる分だけでドラゴン一匹仕留められる程度、ですわねえ……」

「それから、そうして仕留められたドラゴンの肉を一切れ食っただけで俺がこうなる程度だ……」

倒れたまま、ちょっと朦朧としてるドランがそう付け足しましたわ。説得力が違いますわね。

……今回のお肉は多分、場所が悪かったんですのよ。ドラゴンは首のお肉が美味しいもんですからそこを焼いたわけなのですけれど、首って頭に近くて、頭って私が矢を撃ち込んだ場所で……だから余計に毒の影響が濃かったんだと思いますわぁ……。

「まあ、そういうわけで、私は毒物を食べても効きませんし、私の血は毒物ですの。……ですから皆、私の血に触れるのはご法度ですわよ」

「あー、お前が怪我してる時に触るなって言ってたの、それかよ」

……まあ、そうですわ。こう、私の血がうっかり傷口から入ったりしたら、人間くらい簡単にコロリですのよ。あの時はチェスタ自身も怪我をしている可能性が高かったですし、危なかったですわねえ。

「俺もようやく納得がいった。お前が仕留めた肉は食うなと言っていたことも、血を塗っただけの矢一本でドラゴンを仕留められたことも……お前の血が毒だからだな」

「まあ、そういうことですわ。今後はお気を付けなさいな」

少なくとも、今後は私が私の血で仕留めた獲物を食べるようなことはしないようにお願いしたいですわねえ……。

「ところでお前とヤッたらどうなんの？」

……あまりにも不躾な質問がチェスタから飛んできましたわ。まあ、うん、ええ……よくってよ。

「試したことが無いので分かりませんけれど。まあ、ちんたま腐り落ちて死ぬと思いますわ」

正直に回答したところ、チェスタは股間をそっと押さえながら『こええ』と呟きましたわ。ええ、存分に怖がればよくってよッ！

「あれっ、てことはお嬢さん。あなた王子様の婚約者だったけど、つまり……」

「ええ。ダクター様は初夜に死ぬ可能性がボチボチ高かった、ですわねえ……」

……まあ、良好な関係を築けている様子を散々見せてきましたし、私が結婚相手である王子を暗殺する利点なんて無いのですから、私が疑われることはなかったと思いますわ。そして、一旦王族と婚姻関係を結んでしまえばあとはこっちのモンでしたのよねえ……。それがまさか、こういう風に婚約破棄されるとは思いませんでしたけれど！　ムキーッ！


「……まあ、お前とヤるとヤバいってのは分かったけどよー」

それから不躾チェスタが、妙に寂しそうな顔をして、ぽつん、と言いましたわ。

「お前が怪我した時に助けられねえってのは、困るよなあ」

……ああ、そこんとこはもう、覚悟してますのよ、私。

「あら、ご心配なく。私、そうそうヘマはしませんもの。自力で動けなくなるような怪我はしませんし、したとしたら……その時が死ぬ時ですわね」

私が怪我をしても、誰も助けられない。だからこそ、私は武術を磨いて参りましたわ。ドラゴンだって一撃死させられる能力を得たのですもの。怪我を恐れて何もしないのではなく、怪我の恐怖を乗り越えられるように強くなる。それが、私の生き方ですわ。

……その生き方ができなくなるくらいへマ踏んだら、まあ、その時は潔く死にますわ。案外、私みたいな奴にはお似合いなんじゃなくって？

「……ヴァイオリア」

そして。

「すまない……水を、くれ……」

ドランが、助けを求めていましたわ……。ドランは、こう、呼吸が荒くて、時折びくんと痙攣してますわね。あと、意識があるものの、ぼんやりしてて、ちょいと、気持ちよさそうな……。

……まあ、つまり、ラリってますわねえ！


「えええ……ちょっとちょっと、ドランが薬キメたみたいになってるじゃない。何だこりゃ」

「ああ……私の血の影響かもしれませんわぁ……」

私、自分の血を与えて殺さなかった生き物が一匹たりともいませんのよ。ですからごく少量……血で仕留めたドラゴンの肉を食べさせてから吐かせる、みたいな方法で私の血を摂取した生き物がこうなるって、初めて知りましたわぁ……。

「……ねえ、お嬢さん、お嬢さん」

「はい、なんですの？」

ちょっとラリッてるドランを興味深そうに観察したジョヴァンが、ふと、聞いてきましたわ。

「もしかしてお嬢さんの血って、ものすごーく薄めると、ラリれるってこと？」

……ええ、まあ、そう、なんでしょうけれど。

「これ、魔法毒系のお薬に効果が似てるように見えるのよ。ってことはね……」

そしてジョヴァンが、にんまり不気味な笑みを浮かべて、言いましたのよ。

「これ、売れませんかねえ」

……それは盲点でしたわァーッ！

六話　裏市場は私が独占しますわ

　ということで実験してますわ。実験動物にはお薬業者を適当に使いますわ。情報を出させるために空間鞄の中に放り込んでスライム漬けにしておいたんですけど、全身をスライムが這い回り続けるのって精神にクるらしくて、皆さんスンナリお喋りしてくださいましたのよね。そして、お喋りすることがなくなったらもう用済みですから、実験動物におなりなさいな、ってわけですの。おほほほほ。

「まあ、十倍希釈くらいだと当然ダメだろうし……そーね、一万倍希釈でいってみる？」

「ええー、薄めすぎじゃあありませんこと？」

「ま、それで駄目だったらもうちょい濃い目にして試せばいいじゃない」

　ジョヴァンが早速、私の血を薄めて一万倍希釈にしましたわ。もうこれ、血じゃなくってよ。赤っぽいこともなく、ただただ、普通に、水ですわ。見た目は本当に、水ですわ。

「じゃ、試しに……ほら、飲めっての」

　そうして、一万倍希釈の私の血液を一匙、麻薬業者のチンピラに与えましたわ。……すると。

「……死んだね」

「死にましたわね」

　死にましたわ。アッサリ、死にましたわ。

「えっ、おいおいおい、一万倍希釈だぜ？　それをほんの一匙……えっ、どうなってんの」

どうなってんのも何もありませんわ。こうなってんですわ！　私だってびっくりでしてよ！

「いやね、一応俺は頭脳労働担当としてちゃーんと計算したんですよ？　まず、今回お嬢さんが仕留めてきたドラゴンの体重が人間の百倍ぐらいだろ？　それが血一匙で死ぬ量を百倍に薄めて、さらに人間のためにそれを百倍に薄めなおして一万倍希釈だ！　……それでもダメなのね」

「ああー、私、古代種のでっかいドラゴンも矢一本で倒したこと、ありますわ」

「それ先に言って。……いや、でもおかしい。それでも体重は精々、人間の三百倍……それが一撃死した分量からさらに三十倍以上に薄めても死ぬ、ってことでしょ？　うわあ……うわあ……」

ジョヴァンが慄いてますわ。私もちょっぴり慄いてましてよ。つまり私、私の血を百倍に薄めたブツを使っても並のドラゴンなら一撃で仕留められそうってことですし、古代種ドラゴンの三十倍くらいデカいバケモンが居ても血の原液の矢一本で仕留められそうってことですわ！

「今までドラゴン達には随分と大盤振る舞いしてしまっていましたわねえ……」

「そうみたいね……」

……ジョヴァンが『次、何倍でいくかな』とボヤいてますわ。ちょっと遠い目してますわ。私もそういう気分ですわッ！


……結局。答えは百万倍でしたわ。

「百万倍希釈にすればラリれる、って……お前の血、どうなってんの？　すげえな」

「私が聞きたいですわぁ……」

チェスタがしげしげ眺めてる瓶の中には、ほぼ水が入ってますわ。でもそれ飲むとラリるんですのよ。そして飲みすぎると死にますわ。マジありえなくってよ。

「ま、あとはどれぐらいこれの毒性が日持ちするか、ってとこまで調べ終えたらいよいよ商品化しましょうかね」

「日持ちかあ。永遠に日持ちするといいけどなあー」

「良くなくってよッ！　永遠に毒性が続くようなことがあったら、つまりそれって私の血が零れた場所は未来永劫死の大地ってことですわッ！」

今まで私、血が床に零れるようなことがあったら水拭きしてましたけれど、拭いただけで床に残った血が百万倍以上薄くなっていたかはちょいと自信が無くってよ！　そういう場所が未来永劫毒性を持ち続けるってのは怖すぎますわ！

「ヴァイオリアが川に飛び込んで自死したら、その下流の町が全滅しそうだな」

流石にそこまでのことにはならないと思いたいですけれど、でも、それもあり得そうで怖いんですのよねえ！　私、おちおち下手な死に方できませんわーッ！

「で、これ、どうやって売るんだよ。量り売り？」

私の心配なんてまるで気にしていないチェスタが、ひょい、とジョヴァンの手から瓶を取り上げて、中身をしげしげ見つめていますわぁ……。こいつ、世界中が私の血で汚染されてもラリって幸せにゲラゲラ笑ってそうですわねえ……。

「いやいや、そんな油や安酒みたいな売り方するわけないじゃない」

ジョヴァンがひょい、とチェスタからまた瓶を取り返して、なんともにんまり嬉しそうに、骨みたいな指を一本立てて、くりくりと空気をかき混ぜるように振りつつ話し始めますわね。

「乙女の生き血から生まれた最高級魔法薬。他に類を見ない複雑な魔法毒の生成法により、従来の品とは一線を画したトクベツなお薬をご提供……もうこれは貴族向けに高級路線で売るべきでしょうよ。当然、売り方は個包装！　大売りなんてしない！　高級感溢れる小瓶にでも詰めてロマンティックに売り捌くしかないね！」

ロマンかどうかは知りませんけど、まあ、確かにそれが妥当でしょうねえ。元々、魔法毒って生産・開発がものすごくめんどくさいですから、魔法毒由来のお薬は高級品なんですの。ですから、貴族向けに高級路線で売り捌く、ってのは悪くない判断ですわ。元々、私達の標的は貴族ですものね。貴族に売りつけるなら、いかにも安心安全の高級品、ってツラさせたお薬を売るべきですわ。

「はァ？　大体、ヴァイオリアの血で作った薬がどういう効果かなんて分かってねえだろ。最高級かどうかなんて」

「んじゃあお前には先に味わわせてやろう。ほらよ」

「んあっ⁉」

……そしてジョヴァンの手によって、チェスタの口に百万倍希釈の私の血がぶち込まれましたわ。そして五分もすればチェスタはカンペキにラリりましたわ。幸せそうですわねえ……これなら最高級のお薬を名乗ってもよさそうですわ！

「じゃ、お嬢さん。早速だけど、これ、透き通った赤いガラスの小瓶に詰めて売るってのはどうですかね？　一見香水瓶みたいなかんじにして。どお？」

「悪くありませんわねえ。あっ、でしたら蓋もちょいと凝りたいですわ！　流石に金細工にするのは馬鹿馬鹿しいですけど、封蝋で固めて紋章を押すのはいかがかしら？」

「おっ、いいねえいいねえ！　じゃあ、その封蝋は黄金色にしましょうかね。お嬢さんにも黄金のアクセサリーがよく似合うし、丁度いいんじゃない？」

　ああでもないこうでもない、とジョヴァンと話し合いつつ、次第に私の血百万倍希釈の商品化が進んでいきましたわ！　こういうのって案外、楽しいんですのねえ！

　……ちなみに、正気に戻ったチェスタに私の血の感想を聞いてみたら『すげえよかった……お前とヤる奴はちんこもげても本望かもな……』って返ってきましたわ。幸せそうで何よりですわッ！

＊

　さて。そうして私謹製の血液百万倍希釈液『ミスティックルビー』が完成しましたわ。

　ジョヴァンと私の実験によって、このミスティックルビー、ちゃんとラリれるのは製造から大体二週間くらいまでということが分かりましたの。一か月も間を置いたら、多分、ただの水になりますわ。安心ですわ！　私のせいで死の大地が生まれることはなさそうですわ！

　使用期限があるってことは、当然、流通がちょいと面倒になりますわね。けれど同時に、転売を減らせるってことでもありますから、丁度よくってよ。

　ミスティックルビーの瓶の蓋には封蝋が垂らしてあって、そこに印章と使用期限の日付とが押してありますわ。未使用であること、ないしは品質の証明にもなりますし、やっぱり封蝋を使うのは良い案でしたわね。

さて、完成したなら早速、動かなくては！　この素晴らしいお薬を売りますわよ！

貴族相手にお薬を売るなら、場所は決まってますわ。そういう目的のサロンがありますもの。
ということで、やってきたのはエルゼマリンの裏通りの中でも特異的に小綺麗な一角。そこにある地味ながら金のかかっていそうな建物に、そっと入り込みましたわ。

「……いらっしゃい」

そこに居たのは、なんとも覇気のない店主。ま、そうでしょうね。お薬の製造元が潰れに潰れて、こういうところにまでお薬が入ってこなくなっているんでしょうから、商売あがったりですわね。
ええ。私達、お薬の製造元や、その元締めは手あたり次第全部潰しましたけれど、こういう、比較的ちゃんとした流通・販売の場は潰していませんの。何故なら、今日みたいに……『宣伝』に使うため、ですわ。

「チェリーのケーキをお願い。それに合うワインを見繕ってグラスでつけて頂戴ね」

店主に言づけたら、私はさっさとサロンの奥へ入りますわ。そして私の後ろにはドランとチェスタが控えていますわ。ドランは精悍な顔立ちの中の目が明らかに裏社会の鋭さを持ち合わせている上でタッパがあって筋肉の塊ですから威圧感がありますし、チェスタもナイフ仕込みの義手の物々しさとチンピラの見た目がありますから威圧感がありますわね。つまり威圧感がありますわ。

「ごきげんよう。ねえ、皆様」

というところで、私、サロンの一角に陣取る貴族の子女集団へ近づきますわ。湿気た葉っぱをみみっちく燻らせていた連中は、私達を見て警戒しましたわね。まあ、こちらは物々しい護衛付きですものね……。

　でも、私、さっさとミスティックルビーの入った箱を取り出してやりますの。ジュエリーボックスめいた箱の留め金をぱちん、と外せば、中に並んでいるのは、私の瞳にも似た深紅のガラスの小瓶。男はともかく、女は皆、『まあ、綺麗』と感嘆の声を漏らしますわね。

「最高級の、魔法毒由来のお薬ですわ。ぶっ飛び具合と安全性は保証しましてよ。お一つ、いかがかしら？」

　……貴族連中でお薬を嗜む奴らは皆、もう古い対魔の残りカスじゃあ満足できないはずですわ。そもそもこういうサロンに通ってる時点で、そうですわね。

　ですからこちらが不審だろうが何だろうが、新しくもたらされたお薬を前にして、奴らはすぐ、その警戒を解くしかありませんでしたのよ。おほほほほ。まいどあり、ですわ！


　ということで早速使って早速ラリり始めた貴族連中を横目に、私は甘口ワインとチェリーのケーキを頂くことにしましたわ。何を間違ったのか三人前届きましたから三人前、私が食べますわよ。野郎共に食べさせるケーキなんざ無くってよ。……チェスタが物欲しそうな顔してますけどあげませんわよ！

「上手くいきそうか」

「ええ。後は、ミスティックルビーがもっと欲しければ『ダスティローズ』を訪ねるように、と伝えてやれば、勝手に口コミで広がりますわ」

　ちょいと不安ですけれど、ミスティックルビーの販売は、ジョヴァンの店で行うのがいいかと思いますのよね。そうすれば在庫管理もできますし。新たに店を用意するのは面倒ですもの。

「なー、一口！　一口寄越せって！　腹減ってんだよ、俺も！」

こっちが真面目に話してるのに、チェスタは私のケーキをつっこうとし始めますわ。危機感の無い奴ですわねえ！　流石は薬中ですけれど……。

「……このケーキ、麻痺毒が入ってますけれど。それでもよろしくてぇ？」

……そう告げると、チェスタは途端に、ピタッと大人しくなりましたわ。

「麻痺毒……お前は大丈夫なのか」

「ええ、勿論。毒物の類《たぐい》は全て効きませんもの。お酒でも酔えないくらいですのよ？　私」

今も少々、舌にぴりりと来る感覚があるだけですわねえ。この刺激が案外、スパイシーな風味の甘口ワインに合いますわ。美味ですわ！

「毒を盛られた、ということは……来るか」

ただ……私にとっては調味料でも、毒は毒。これを盛ってきた相手の意図は、推して知るべし、ですわね。

「そうね。チェスタ、そろそろ構えておいて頂戴」

「はー、喧嘩かよ。まあいいけど、終わったらミスティックルビー、寄越せよ？」

「はいはい、どうぞご勝手になさいな」

チェスタの義手から、ジャキン、とナイフが飛び出して、ドランが静かに身構える中……サロンの奥からぞろぞろと、チンピラ共が現れましたのよ。

「なっ……何故、動ける！」

「お生憎様。対処済み、というわけですのよ」

間抜けなサロン店主にフォークを放ってやれば、フォークがしっかり右腕に突き刺さりましたわね。そしてそれを合図に、チンピラ達が身構えますけれど……。

「まさか一発目でこういう連中にお会いできるとは思ってませんでしたけれど。……あら？」

そのチンピラ達の中に、明らかに異質な気配を纏った小柄な人影が一つ。

「あらあら……お久しぶりね、雷使いさん？」

……そう。例の、可愛いお顔立ちの魔法使いですわ。


「知り合いか」

「最初に強盗に入った屋敷でお会いしましたの。取引相手だったみたいですわ」

あの魔法使いがここに居るってことは、最初の屋敷の主人の取引相手がこのサロンを経営してた、ってことなんでしょうね。運がいいというか、悪いというか……。

「……今度は、逃がさないからな」

魔法使いは早速、魔法の気配を漂わせながらじっと私を睨みつけてきますけれど、可愛いお顔でそんなことしたって怖くなくってよ。……でも私、強者へ払う敬意は持ち合わせておりますの！

「ええ。私も今度は全力でお相手して差し上げますわ。……歯ァ食いしばりなさいなッ！」

啖呵を切って、ドレスの裾に隠しておいた細身の剣を抜きますわ！　さあ！　いつまで持ちこたえられるかしらね！

……さて。

私、二番目に好きな武器は、弓ですわ。遠くから一方的に相手を殺してやるあの感覚が嫌いではありませんの。ドラゴン一撃死ができる爽快感もありますし、矢を放つあの一瞬の集中も悪くなくってよ。

でも、一番はやっぱり、剣ですわ。

そう。剣。私、一番好きで一番得意な武器は剣なんですの。

視線がしっかりぶつかり合うような距離で鍔迫り合いするのも好きですし、相手の一撃を躱しながら自分の剣の間合いまで潜り込むあの攻防も好きですし、そして何より、刃《やいば》で相手をぶった切ったりぶっ刺したりしてやるあの血沸き肉躍る興奮がたまりませんのよねえ！

「まずは一人！」

早速、剣で相手のチンピラを刺してやりますわ。

「二人目もすぐですわねえ！」

振り返り様、適当に、でも速く強く剣を振ってやれば、背後から飛び掛かろうとしていたチンピラに丁度剣が当たりましたわねえ。ばっ、と血飛沫《ちしぶき》が飛んで、二人目も倒れますわ。

「やっべ、全部ヴァイオリアに獲られちまう」

横を見てみれば、チェスタが義手から飛び出たナイフを振りかざし、チンピラ共の真っただ中に飛び込んでいくところでしたわ。……チェスタって、恐怖心がぶっ飛んでるからこそ、相手の懐に容赦なく潜り込んでいけますのねえ。そして、相手が攻撃してくる前に殺してしまえば反撃を食らうことも無い、ということですわ。ううーん、薬中ならではの刹那的で暴力的な戦い方ですわね。嫌いじゃなくってよ。

「楽しそうだな、俺も交ぜろ」

……そしてドランはドランですわ。ええ。もう言うことないですわ。ドラゴンと素手で戦える男が人間相手に戦ったらどうなるかなんて、すぐ分かりますものね。ええ。瞬殺ですわ。人間がぽんぽん宙を舞ってますわ。現場からは以上ですわ。

「……さて」

私もついでにもう一人刺して、剣に付いた血を振って払って……改めて、魔法使いに向き直りますわ。

もう、魔法使いの周りに護衛のチンピラは居ませんわ。私達が全員、瞬時に片付けましたもの。大方、私達をチンピラが止めている間に魔法を準備しようとしたのでしょうけれど……剣の達人たる私と、躊躇うことを知らない薬中と、そしてバケモン並みの筋肉野郎との三人にかかれば、魔法を用意するより先にチンピラ全員片付けるくらい、わけのないことでしてよ！

「いよいよあなたの番ですわねッ！」

ということで私、一瞬で魔法使いに向かって距離を詰めに行きますわ！　魔法使いはそれを見て雷の魔法をようやく放ってきましたけれど……。

「甘くってよ！」

私、剣を投げましたわ。すると雷は、私が投げた剣の方へ軌道を逸らされて、そのまま壁の燭台や何やらに伝播していって終わりましたわね！

「なっ……」

「これで終わりですわねェーッ！」

そして剣を投げて身軽になった私は、魔法使いへ素手で迫って……奴がナイフを構えて目をぎらつかせているところにも臆さず突っ込んでいきますわ！　捨て身の突きを躱して！　足払いをかけてコケさせて！　そのまま！　首絞めて！　落としますわーッ！

……少ししたら、魔法使いは意識を失ってぐったりと私の腕の中へ。これにて終了、ですわ！

おほほほほほほ！


「く、くそ、お前ら一体……」

護衛が全員やられた、となって、サロンの店主は蹲りながら恐怖と痛みに震えていましたわ。フォークぶっ刺しちゃいましたものねえ。よっぽど怖かったのかしら。

「ねえ、店主さん。一つ、提案がありますの」

でも私、優しく丁寧に、店主に持ち掛けてやりますの。店主も、まさかここで殺される以外の道が提示されるなんて思ってなかったのでしょうね。その希望に縋りつくように顔を上げて……。

「この子、私にくださいな！」

「……へっ？」

ぽかん、とする店主の前で魔法使いちゃんの頬をするり、と撫でれば、予想通りのすべすべの手触りですわ！　気絶しっぱなしで目は開いていませんけれど、それでもこの長い睫毛と整った容姿は分かりますわ！　とっても可愛らしくってよ！

「私！　この子、気に入りましたの！　くださいな！　くださいな！」

ということで私、この子を頂くことにしましたわ！


頂くのは簡単ですわ。だってこの子、『奴隷』のようですもの。

『奴隷』っていうのは、まあ、簡単ですわね。奴隷ですわ。言うこと聞かされて働かされる立場の人間ですわ。この国では『敵国の人間は奴隷にしていい』っていう前時代極まりない素敵な法律がありますの。ですからその法律に乗じて、『この人間は敵国の人間でした！』ってことにしといてそこらへんから攫ってきた人間を奴隷にする商売がまかり通ってますのよねえ……。

今、魔法使いちゃんの首には重たげな奴隷の首輪がくっついてますわ。これがくっついてると、主人の命令に違反できなかったり、主人から一定以上離れられなかったりするように魔法が働きますの。奴隷が奴隷だっていう証明にもなりますし、まあ、便利な首輪でしてよ。

そして！　この首輪がついてる以上、この魔法使いちゃんは奴隷！　このサロンの店主の『持ち物』ですから、譲渡だってできるはず、ということですのよ！　ですから頂きますわ！　この子、頂きますわ！

「……そいつを拾うのか。役に立つようには見えんがな」

私が意気込んでいたら、ドランが不思議そうに私達を見下ろしてきましたわ。どうやら彼、私と魔法使いちゃんの戦いの様子を観察していたようですわね。……まあ、チンピラが倒されるまでに魔法を用意できなかったことといい、私に絞め落とされる前に一撃も入れられなかったことといい、確かに役に立たなそうに見えますわ。……今は、ね。

「あら。それはここの環境が劣悪だからでしょう。ちゃんとご飯を与えてゆっくり寝かせれば、役立つ魔法使いになると思いますわ」

私の見立てでは、この子……栄養と休眠が足りてなくってよ。すべすべのお肌に整った容姿ではありますけれど、目の下には隈ができていますし、唇も乾いていますわ。勿体なくってよ！

「……この子、出るとこどこも出てなくってよ。私一人でも十分に支えられるくらい、体も軽いですわ。まるでジョヴァンですもの、これはまずくってよ」

「言ってやるな。あいつのアレは体質だ」

まあ、ジョヴァンがガリガリの骨野郎なのはどうでもよくってよ。でもこの子がガリガリなのはよくないですわ！

「ということで私、この子を拾って育てますわ。魔法使いでしたら大規模な攻撃だってお手の物ですし、雷使いなら天災に見せかけた攻撃だってできますもの。便利そうじゃありませんこと？」

魔法って貴重ですのよね。使える者が限られますもの。武術に優れた家柄の貴族ですと、大抵使えるモンですけれど、それ以外の貴族だのそもそもの平民だのだと、ほとんど魔法使いなんて居ませんわ。

更に、そんな稀有な才能がありながらもこんな悪徳業者に捕まって働かされてる魔法使いなんて、本当に本当に、居ませんわッ！　一緒に悪事を働いてくれそうな魔法使いはものすごく、ものすごーく、貴重ですのよ！　逃がしませんわ！　絶対に！　逃がしませんわ！

「それにこの容姿！　可愛らしい顔立ちにサラサラの黒髪！　これだけでも十分な価値がありますわよ！　上手く育てれば潜入捜査にだって使えますわ！　それに、私のお話相手にも！」

そして何より！　この子の容姿！　私、気に入りましたわ！　整った容姿はそれだけで使い出がありますし、それ以上に！　私が！　気に入った！　それが一番の理由でしてよーッ！

「まあ、俺は構わん。チェスタ、お前はどうだ」

「どうでもいいや。ヴァイオリアの好きなようにしろよ」

仲間の同意も得られたところで、私、改めてサロンの主人に聞きますわ。

「もしこの子を頂けるなら、あなたにミスティックルビーを卸して差し上げてもよくってよ。ついでに……そうね。あたり一帯の生産元は全て潰しましたし、流通もある程度潰しましたけれど、更に、売人も片っ端から潰してやってよくってよ。そうなればあなた達の専売ね」

「……え？」

ええ。持ち掛けてやるのは、好条件。お薬が枯渇したこの市場で安定してお薬を……それも、最高級のお薬を調達できる保証！　しかも、独占的に、なんていう、お薬の売人からしてみたら喉から手が出るほど欲しい好条件ですわ！

「いかがかしら？　勿論、あなたが嫌だというのなら、あなたを殺してあの魔法使いちゃんを頂きますけれど」

……さらに命もかかっている、となれば、もう、従わないわけにはいきませんものね！　サロンの店主は、喜んで私達と契約してくれましたわ！　よかったですわ！

……私としては、お薬を売り捌くのは切り捨ててもいい末端にやらせた方がリスクが少なくて嬉しいですもの。多少の利益減には目を瞑ってやりますわ。だって元々の目的は稼ぐことじゃあなくって、貴族共に出費させることですし、そもそも、多少の利益減なんて気にならないくらい、ミスティックルビーは売れるはずですもの。はした金程度、関係なくってよ！　おほほほほ！

「へへへ、じゃあ仕事も終わったことだし、早速ミスティックルビーくれよ！」

「ちょ、お待ちなさいな！　原液は流石に死にますわよッ！　このバカチンッ！」

契約成立してホクホクしてた私にチェスタがナイフ持って近づいてきましたから蹴り飛ばしましたわッ！　流石薬中はやることが違いますわねえ！

……チェスタは『ぜってー原液の方がトべるじゃねえか！　いつかやってやるからな！』とか言ってましたわ。やるなら私に迷惑かけないところでやって死んでくださいなッ！


……ということで。

「改めて、私達のアジトへようこそ、キーブちゃん！　これから仲良くしましょうね！」

私達は可愛い魔法使い、キーブちゃんをアジトへ連れて帰りましたわ！　ええ、この子、キーブちゃんって言うらしいんですの。お名前は奴隷の権利の譲渡に伴って、例のサロンの店主から聞いてきましたわ。

ちなみに、奴隷の権利の譲渡っていうのは、奴隷の首輪の魔法を書き換えて主人の登録を行う、っていう一連の手続きですわ。これをやらないと奴隷の前の主人が奴隷を魔法で縛れちゃいますものね。

「……は？」

そしてキーブちゃんったら、目が覚めて真っ先にコレでしたから、ちょっと混乱してるみたいですわねえ……。ええ、首絞めて落としちゃったもんだから、そのまま気絶してる内に運んできましたの。そしてその間に奴隷の権利の譲渡も済ませちゃいましたわ。逃がしませんわよ。おほほほほ。

「ああ、ごめんなさいね。私、あなたのこと、とっても気に入りましたの。ですからあなたのことをあのサロンの店主から買い取ってきてしまいましたわ。あなたの意思も聞かずにごめんなさいね」

　私が説明すると、キープちゃんは周囲を見回して、それから頭の中を整理し終えたみたいですわね。はあ、とため息を吐《つ》いて、『まあいいけど』とぼやいて、それで終了ですわ。いいですわねえ、裏稼業に慣れてるかんじが、とってもいいですわねえ！

「……それで。何を期待して買い取ったの？」

　そして、妙に疑わし気な目でこちらを探るように見つめてきますのよ。何を期待して、なんて、分かりきったモンでしょうに……あらっ、もしかして、自分の価値に気づいていないのかしら？

「そうね。まずはあなたの魔法の才能に期待しているわ」

「……あんた達に負けたのに？」

「ええ。勿論、今のままじゃ使い物になりませんわね。でも私、磨かれていない宝石の原石を、今光ってないからって見逃すほど甘くありませんのよ」

　疑わし気な目のキープをまっすぐ見つめ返して、私、言ってやりますのよ。この子の価値を！

「あなたは磨けば光りますわ。間違いなく。国一番の魔法使いにだってなれますわ！　あなた、満足に食べていないでしょう？　なら、ちゃーんと食事と睡眠を与えられて、魔法の先生がついて、そうして訓練したなら……あなた、もっと伸びますの。いえ、伸ばしますわ。私が、あなたを伸ばしますわ！　だってあなた、才能がありますもの！」

私、この子を磨いて、世界一の宝石にしてやりたいんですの！　ああ、考えるだけでワクワクしますわねえ！　そしてこの子の才能に気づいていない世間にちょいとばかり怒りを覚えますわ！

「才能？　そんなもん、どこに」

「あなた、魔法を躱されて距離を詰められても、まだ、戦うことを諦めなかったじゃありませんの」

尚も疑わし気な、それでいてちょっぴり不安そうなキーブに、教えてあげますわ。魔法使いが戦う上で、一番必要な才能のこと。

「あなた、戦うのが嫌いじゃないでしょう？」

……先程のことですもの。すぐ思い出せましてよ。キーブは、私が雷を回避して迫るその瞬間にも、ナイフを構えて私を狙ってきましたのよ。

目をぎらつかせて、捨て身の突進。……あれができるのは、本当に戦える奴だけですわ。そういう根性、そういう性格、そういう魂、というのかしら。とにかく、キーブはそういう素質を持っているのですわ。戦うことを躊躇わないだけの、そういう覚悟が下地として、ちゃんとできてますの。

「私が欲しいのは、共に戦う仲間ですわ。ついてこられない奴は不要ですの。その点、あなたは共に戦えるくらいの肝っ玉がありそうですものね」

……これ、ある種の狂気なのかもしれませんわ。戦うことを躊躇わない精神は、常軌を逸している精神、とも呼べるでしょう。でも、それが必要なんだから仕方ありませんわねえ。

「成程な、そういうことなら俺も歓迎しよう」

キーブがまごまごしてるところに、ドランもにやりと笑って入ってきましたわ。

「戦える魔法使いはそう多くない。お前のような目をしている奴はより少ない。俺達の仲間には最適だな」

「ええ、ええ！　そうなんですのよ！　私、この子のそういう……可愛い顔して泥臭く狂気じみて戦えるところに、すごーく、惹かれますのよ！」

我が意を得たり、ということで、私、ついついはしゃいでしまいますわねえ。キーブはぽかん、としてますけど……まあ、それはよくってよ。自分の価値は追々、自覚してくれれば、ね。

「それから二つ目に、あなたの容姿が気に入りましたわ！」

「は？」

続いて大事な二つ目の理由に入ると、キーブの目が明らかに困惑の色を帯びましたわぁ……。

「こんなに可愛い女の子が仲間になってくれたら、私、きっと楽しいだろうと思いましたのよ！一緒に戦える女の子のお友達って、とっても素敵じゃなくって？」

「……は？」

……話を進めたら、その、なんか、キーブの困惑の色が、変わりましたわねえ……？　あら？どちらかというと、これは、照れとかじゃなくて、呆れ、かしら。『こいつは何を言ってるんだ』みたいな、そういうお顔ですわねえ……？

「……僕、男だけど」

そしてキーブったらそういう冗談を言うんですのよ。

「……男？」

「何？　僕、女に見えたの？」

見えますすわ。女ですわ。この子絶対、女の子でしてよ。

「ほら、見ろよ」

……キーブがローブの上を開けて上半身を見せてくれましたけど、つるん、ぺたん、ですわ。何も無くってよ。虚無ですわ。あと……目立たないですけど、喉仏がちょっと出てたり、肩の骨がちゃんとしてたりしますわねえ……。

「女の子……？　あら？　ちょっと骨太で、つるんぺたんです、わねえ……？」

「いや、だから！　どこからどう見ても男だろ！」

「いいえ！　どっからどう見てもあなた、女の子ですわよ！　こんなに可愛いのに男なんてありえなくってよ！」

「か、可愛くない！　男だから！　僕、男だから！」

「あんまりですわァーッ！　騙されましたわァーッ！」

ほらァーッ！　ちょっと恥じらいつつ怒る姿も女の子のソレなのに！　なのに男なんて！　絶対にありえませんわーッ！　何かの間違いですわーッ！　あんまりですわァーッ！

「はい、お嬢さんが落ち着くまでに五分かかりました」

「落ち着きましたわ」

しょうがないから落ち着きましたわ。私、逆に考えましたの。『男の子でもいいですわ』って考えましたわ。こんなに可愛いんですもの。もういいですわ。もういいことにしましたわ！

「……で？　僕が男だったわけだけど、それでも僕を買うの？」

「当然ですわよ。あなたが女の子だったら嬉しかったですけど、あなたの戦ってる時の姿に惹かれて拾いたくなったんですもの。それはもうどっちでもいいですわぁー……」

女の子だったら嬉しかったですけど。女の子だったら嬉しかったですけど！　でも、もういいですわ……。男の子だって、こんなに可愛いんですもの。もういいですわ……。

「元気出せよ、ヴァイオリア。葉っぱ吸う？」

「だから、私、毒が全部効かない以上、薬も効きませんのよぉ……」

こんな気分ですけど、私の体質じゃあ酒や薬に逃げることだってできませんわ！

「ですから美味しいもの食べて元気出しますわ……キーブのご飯も必要ですものね」

しょうがないから食事の支度を始めますわ。ドラゴン肉の残りがまだありますものね。はあよっこいしょ……。


ということで、ドラゴン肉を暖炉でローストして、それにあり合わせでパンやチーズをつけて、お食事にしますわ。相変わらずドラゴン肉は美味しくってよ。今日はワインもありますから最高ですわねえ。はあ、うっとり……。

「……ドラゴン肉、初めて食べた」

そしてキーブも、この美味しさには目を瞠っていますわねえ。ええ、そうでしょうとも。ドラゴンって美味しいお肉なんですのよ！　一度食べちゃうと、もう、空飛んでるドラゴンは全部美味しそうに見えますのよ！

「まあ、ドラゴン肉がポンポン出てくるってのは、まずありえないよなー」

「いや、そもそも僕、肉自体、あんまり貰わなかったし……」

チェスタがケラケラ笑ってたら、キーブがなんだか笑えないことを言い出しましてよ！　まあそりゃそうですわよね！　奴隷ですものね！　奴隷にお肉食べさせる奴なんて普通、居ませんわよねえ！　キーブが細っこいわけですわ！

「……なら、いっぱい食っとけよ。遠慮とか要らねえから。な？」

そっ、とチェスタがキーブのお皿に焼けたお肉を載せましたわ。

「肉は体を作る基本だ。魔法使いだろうと、体は資本だろう。食っておけ」

ごそっ、とドランがキーブのお皿に焼けたお肉を載せましたわ。

「ま、肉ばっかってのもアレだから、お野菜も食べときなさいね。はい」

そしてジョヴァンが焼いたお野菜をキーブのお皿に載せていきますわ。……キーブのお皿が大変なことになっていますわ。

「ああ、キーブ。食べ終わったらあなたのお部屋を作りましょうね。お手伝いしますから、一緒にやりましょう。ああ、丁度いいベッドがありますのよ。それをあなたにプレゼントしますわ」

私までキーブのお皿に物を載せたらキーブのお腹が大変なことになりそうですからやめときますわ。代わりに私はキーブの睡眠を助けることにしましょうね。

「……なんで、僕にものをくれるの？」

キーブはなんだかちょっぴり不安そうな顔をしてますけれど……答えは簡単ですわ。

「不安に思うならね、キーブ。たくさん食べてたくさん眠って、強くおなりなさい。そして私の期待に応えて頂戴。……期待してますわ。いっぱい、ね」

サラサラの黒髪を撫でつつそう言ってみたら、キーブはなんだか困ったような、むにゅむにゅした顔でそっぽ向いちゃいましたわ。あらあら、可愛らしいこと。

「……まあ、解放されたとしても他に行き場もないし、当面は、ここに居るけど」

とりあえずキーブもここに居ついてくれそうですし、一件落着、ですわね。ふふ、この魔法使いの卵をあったためて孵すのが、もう、楽しみで楽しみで……うふふふ。


「ま、俺としてはこれからの収入に期待が持てるもんだからね。いやあ、楽しみだ！」

そしてジョヴァンも楽しみなようですわ。まあ、そうですわねえ。お薬業者を悉く潰した上での、お薬の販売。儲からないわけが無くってよ。莫大な資金を貴族共から巻き上げる仕組みが手に入ったのですから、ま、こっちも楽しみですわねえ。貴族連中がどんどん身を持ち崩していくのを高みの見物、といきましょうね！

「私も楽しみですわ！　キーブを磨きますわ！　磨きますわ！」

それにやっぱり、魔法使いの仲間が手に入ったのはとっても幸運でしたわ！　魔法があればとにかく色んな事ができるようになりますものね。これからキーブを育てて、最高の魔法使いにしてみせますわ！　楽しみですわ！　楽しみですわ！

……まあ、女の子じゃなかったのは残念ですけど！　ムキーッ！

＊

さて。それから二週間。キーブのお部屋を地下道に作ったり、お薬業者の残党狩りをしたり、そのついでにお薬売買の元締めをやっていた貴族の家に押し入ったり、更にそのついでに家具を頂いてきてキーブのお部屋を充実させたりして過ごしましたわ。

そして、その間にもミスティックルビーが貴族界のお薬市場を塗り替えていきましたのよ。

ミスティックルビーのお薬らしくない外見は、お薬に手を出したことのない層の獲得にも繋がりましたの。綺麗で高級感溢れる見た目は、貴族の警戒心を緩めるのに役立ちますのよねえ。

そして一回でも使ってしまえばこっちのモンですわ。後はどんどん溺れてくれるのを待つだけ。やっぱり薬って、ボロい商売ですのねえ！　おほほほほ！

……ただ、ちょーっぴり、問題も、出てきましてよ。

「あー……ドラン。悪い。ちょっと手ェ貸してくれる？」

ある日。アジトでキーブに魔法理論を教えていたら、血まみれのジョヴァンが帰ってきましたわ。

……ええ。血まみれ、ですわぁ……。

「えっ、あなたどうしたんですの⁉」

「あーあーあー、お嬢さんはそのままで。大した怪我じゃあないの。ちょいと見た目がハデになっちまっただけで」

ジョヴァンはそう言いますけど、死にそうな顔してますわよ⁉　本当にコレ大丈夫ですの⁉
ま、まあ、こういう時、私にできることってほとんど無くってよ。何せ私の体の中にはとんでもない毒が流れてますもの。私の体に小さな傷が一つでもあったなら、そこからジョヴァンの傷に毒が入り込んでコロッといく可能性が十分にありますわ！

「成程な、派手にやったか」

「あー、はいはい。派手にやりました、と……あーくそ、一張羅が血まみれ。どうしてくれんの、これ」

ドランが肩を貸してやったらジョヴァンはすっかりぐってりしつつ、なんとかそこらへんの椅子に座りましたわ。座る時に顔を顰めていたところを見ると、どこか傷が痛んだのでしょうけれど、大丈夫かしら。

「傷はどうだ」

「あー、どうかしらね。俺、頭、切れてるんじゃない？　目に血が入りやがってね、今、碌に何も見えてないの。……俺、どうなってんの？」

「血まみれだな」

「それは分かってんだよこちとら」

珍しくささくれ立った様子のジョヴァンがジャケットを脱いで、ついでにシャツも脱ぎにかかりますわね。まるきり私への配慮がありませんわ。まあ緊急事態ですから文句言いませんけど。

「二の腕と背中がやられている。これはナイフだな。頭は軽く切れているが、こっちは酒瓶か」

ドランは一通り、外傷の確認をしたみたいですわね。私も後ろから傷を覗き込んでみたら、まあ、よくあるナイフのよくある手口、ってかんじでしたわね。

「あー……ごめんなさいね、お嬢さん。見苦しいモンお見せして」

「これくらいでガタガタ言いませんわよ。でも手当てはそちらでなさってくださいな。私が下手に触って血が付いたらあなた死にかねませんもの」

「あら残念。じゃ、お嬢さんには俺がベッドに入った後に傍で見守る係をお願いするとして……」

勝手に役割を決められましたわ。これは遺憾ですわ。

「俺を襲った連中については、ここで話しとこうかね。今後の俺達の活動に関わりそうだし」

でもジョヴァンがそういう話をするなら文句も言ってられませんわね。……ええ。これ、結構危機的な状況ですのよ。何せ、うちの非戦闘員を狙った犯行かもしれませんし、だとしたら私は喧嘩を売られているってことですものね。

「どうも、うちの売り上げを狙ってきたらしいんだけどね。ただ、うちのカウンターの中にミスティックルビーの瓶があるのを見つけた奴が、金よりそっちに行ったのが引っかかっててね……どうも連中、薬中だったらしいのよ」

……ええ。これ、本当に結構、深刻なお話ですわねえ……。


現在のエルゼマリンの裏通りは、お薬が供給不足な状況にありますわ。

というのも、私達が片っ端からお薬業者を潰しまくったからですわね。売人連中はまだ生き残っているのでしょうけれど、生産されなくなったら売人だけ居たって意味が無くってよ。

ですから、前々からエルゼマリンの裏通りに居たお薬ジャンキー共は今、古い対魔をちびちびやるか、大金を出して貴族向けのミスティックルビーを買ってくるかのどちらかしかありませんの。そして、ミスティックルビーには使用期限がありますから、一瓶を何回かに分けてチビチビ、ってことができませんのよねえ……。

……となると、富裕層でもない、浮浪者一歩手前のお薬ジャンキー共が取れる方法は、二つだけですわ。一つは、お薬からスッパリ足を洗うこと。そしてもう一つは……ミスティックルビーを買うための金を、誰かから奪うこと、ですわね。

まあ、連中がどっちを選ぶかなんて、分かりきってますわね。お薬ってやめられないからこそ、売ったら儲かるんですもの。当然、連中がお薬とサヨナラバイバイするわきゃーないのですわ！

そう！　私達、エルゼマリンからお薬という、ある種の害悪を取り除いたのですけれど……それによってエルゼマリンの裏通りって、以前よりもずっと治安の悪い状況になっちまいましたのよ！

皮肉なものですわねえ。憲兵も大聖堂も、こぞってお薬を取り締まりたがりますけれど、取り締まると結果がコレですのよ……。まあ、私達は憲兵でも大聖堂関係者でもありませんから、知ったこっちゃーないのですけど。おほほほ。

ただ、まあ、エルゼマリンがどうなろうとどうでもいい、とはいえ、治安がいいに越したことはありませんわ。治安が悪いと貴族が寄り付きませんし、そうなるとミスティックルビーの売り上げが落ちて、バカ貴族連中から金を巻き上げるのが遅くなりますもの！

それに……まあ、今、ドランとキーブに薬を塗られたり包帯を巻かれたり、何か薬を飲んだりしているジョヴァンを見るだけでも、これはなんとかしないと、と思いますわよねえ……。うちの頭脳労働担当がこれ以上襲われたらたまったもんじゃーなくってよ。

「ところでジョヴァン。あなた、よく襲われて逃げられましたわね」

「え？　……あー、まあね。うん。そのあたりは抜かりなし、っていうか……うん」

そう。ジョヴァンは非戦闘員で、戦えないいんですもの。襲われたら逃げるのだって難しい、はず、なのですけれど……あらぁ？　妙に、答えを渋りますわねえ……。

「ま、手の内はナイショにさせて。秘密があった方が魅力的に見えるでしょ？　ってことで」

そして結局、そんなん言われましたわ。……まあ、何か隠している手札があるのでしょうけれど、どのみちそれって緊急事態の時の備えなんでしょうし、アテにはしないでおきますわね。


さて。ということで、私達、ちょいと考えますわよ。ちなみにジョヴァンは結局、ベッドに入らずに会議に参加してますわ。『頭脳担当抜きで方針を決められる方が怖い！』とのことでしたわ。

「裏通りからチンピラを全て排除する、ってわけにはいきませんものねえ」

「そうだな。現実的じゃない」

まず、いわゆる『正攻法』はナシですわ。ええ。私達に襲い掛かりそうなチンピラを全滅させるのって、正直なところ現実的じゃあありませんのよねえ。だってチンピラって無限に湧いてきますもの。ウジ虫みたいなモンですわ。おほほ。

「それに、下手にそういう連中が居なくなっちまうと、裏通りにまで表の連中が入ってきかねないからね。俺の商売相手が居なくなっちまうんで、裏通りの大掃除はご勘弁願いたいね」

そして何より、チンピラ共って金蔓でもありますのよ。特にジョヴァンの。ですから、まあ……

この時点で方針は大体、決まりますのよねえ……。

「となると、飼い慣らす方針、かしら。廉価なお薬を用意することになりますわねえ……」

「おー、いいじゃん。葉っぱ作ろうぜ！」

「作りませんわよ。どうやって葉っぱ農場を経営するんですの？　経営の手間とリスクを考えたら、葉っぱなんざやってられませんわ！」

チェスタは対魔栽培に目を輝かせていますけど、私はゴメンですわ！

何といっても、対魔って育てる場所と時間が必要で、更に、それを収穫して加工する手間が必要なんですのよ？　当然、私達が直接やるなんて馬鹿らしくってよ！

その点、ミスティックルビーのいいところって、製造の手間がほとんど無いことですのよ。だって、私がスプーン一杯分の血を出せば、それで百万本のミスティックルビーができるんですのよ？

改めて、ボロい商売ですわね、これ。

「じゃあ、ミスティックルビーをもっと薄めて売ったら？　手間はかからないんじゃない？」

キーブからも意見が出ましたわ。まあ、これが妥当なところだと思いますわよ。何といっても手間がかかりませんもの。……ただ。

「それにしたって、葉っぱはあった方がいいだろ？　じゃねーと流石にバレるって！」

そう。チェスタの言う通り、バレますのよ。

ただでさえ、魔法毒由来のお薬なんて珍しいんですの。それが、貴族にだけ流通しているのであったり、或いは、葉っぱだのキノコだの、他のお薬もたっぷり出回ってる状況で流通しているのであれば、まあ、そこまで不審に思われないと思いますわ。……でも、流石に、貴族も平民もこぞって全員が魔法毒由来のお薬ばっかり使ってたら、流石に、バレますわね！

そして、『この町のお薬の生産元がバラバラな状態だから取り締まりが難しい』と諦めていた憲兵や大聖堂の連中が、もし、『全てのお薬が一か所から出回っている』なんて嗅ぎつけてしまったら……いよいよ、大事になりかねませんわね！　私が取り締まられますわ！　冤罪死刑囚で脱獄犯なのに、更にお薬売買の罪まで吹っ掛けられて捜索されたら、流石にやってられませんわねえ！

「な？　やっぱり葉っぱ作ろうぜー。アレはアレでイイんだよ」

薬中にとっての葉っぱの使い心地なんざ知ったこっちゃありませんけど……知ったこっちゃ、ありませんけど……でも、ここは素直に、葉っぱ栽培した方が、よさそうですわぁ……。ムキーッ！

七話　畑が無いなら村を焼けばよくってよ

「ということで葉っぱ農場やりますわぁ……」

しょうがないので葉っぱ栽培しますわ。これ以上の面倒ごとは御免ですわ！

「農場やるったってね、お嬢さん。場所が無い！　人手も無い！　……どうすんのよ」

「そこなんですわぁ……問題はそこなんですのよぉ……」

まあ、そうですわねえ……。葉っぱ農場をやるにあたって、私達が自ら葉っぱを育てるなんてめんどくさいことはナシですわ。となると、葉っぱ農夫を雇わなきゃなりませんのよね。そして、その葉っぱ農場を作る土地を工面する必要があるのですけれど、それなりの広さと、憲兵共に見つからない好い立地が条件ですわ。そんな土地あるかしら……。

「まあ、葉っぱの乾燥だけは、この鞄の中でやればいいかと思いますのよねえ……」

ただ、唯一の救いは、葉っぱの加工だけなら、目立たず空間鞄でできる、ということですわね。

「え？　空間鞄？　空間鞄って、中のもの、時間が止まるんじゃないの？　対魔を入れておいても乾燥しないんじゃ」

「あ、それは大丈夫ですのよ、キーブ。この空間鞄、改造しましたの。中で時間は流れますし、生き物も入れておけますわ。ほらね」

そう。この空間鞄は違法改造したブツですもの。葉っぱの乾燥くらいできますのよ。

中からスライムを一匹摘まみ出して見せたら、キーブの目が如何にも興味深げに輝きましたわ。

あら、この子、こういうのも好きなのかしら。これは本当にいい人材を拾ってしまいましたわねえ。

「どこでこんなの、学んだの？　貸してもらった本には古代魔法の改造なんて書いてなかったけど」

「お兄様から教えていただきましたの。お兄様は鞄の中でお酒を密造してこっそり飲むために使いたかったらしいですわ」

そう。本来、空間鞄の中には生物が入れませんから、微生物も入れませんのよ。となると酵母の働きも止まってしまいますから、鞄の中では当然、お酒が造れませんのよねえ……。

「酒を鞄の中で作る、か……」

あら、ドランも鞄密造酒に興味があるのかしら、なんて思って、悩むドランを見ていたら……。

「改造した空間鞄を使えば、鞄の中で薬を作ることもできるのか？」

……それは、盲点、でしたわねえ。

確かに、良質な空間鞄の中でしたら、お屋敷くらいの大きさがありますわ。そしてその中で畑を作って葉っぱ畑を作れるならば……誰にも見つからず、そして持ち運びもできる、とっても便利な葉っぱ農場が出来あがりますわねえ！

「よし。そうと決まれば、空間鞄、店にある分持ってくるぜ」

「いえ、明日にしましょう。ねえ、ジョヴァン。流石にあなた、顔色が悪くってよ」

……まあ、急ぐ気持ちは私にもありますけれど。でも、ジョヴァンは怪我人ですものね。今日のところはこれで一旦、お開きにすべきですわ。ええ。私、怪我人に無理を強いるほど非情じゃあなくってよ。

「あら、そ？　じゃ、お言葉に甘えて、俺はちょいと仮眠させてもらうかな」

ということで、ジョヴァンが仮眠室に向かうのについていきますわ。

……けれど、仮眠室に入ったところで、ジョヴァンが怪訝な顔して振り返りやがりましたのよ。

「えっ、あの、お嬢さん、どしたの？　一緒に寝る？　俺は歓迎するけど」

「は？　あなたさっき、私はベッドの傍で見守る係だとか言ってたじゃーありませんの」

ジョヴァンったら『マジで？』って顔してますわねえ……。あれ、本気じゃありませんでしたの？　ちょいと腹立ちますわぁ……。ちょいと腹立ちついでに、もうちょっと喋りますわね。

「……私、小さい頃にワイバーンと戦って怪我をしたんですの」

「あの、お嬢さん。普通は小さい頃にはワイバーンと戦わないはずなんだけど」

まあそうかもしれませんわね。けれどフォルテシア家ではそれが普通ですの。おほほほほ。

「その時の怪我、本当に大したことのないものでしたわ。今のあなたの怪我よりも更に軽傷でしたの。……でもその時、お兄様やお母様が交代でベッドの傍に居てくださったんですの。それがとっても心強かったのを覚えていますわ」

思い出すのは、大好きな家族のことですわ。私が寝込むことなんて、そうそうありませんでしたけれど、それでも偶にそういったことがあると、いつも傍に居てくれましたのよ。

……あったかかったですわ。とっても。

「あー……そういうもんなの？　生憎、俺はそういう記憶、無いもんでね」

ジョヴァンはちょいとばかり及び腰ですけど、私、退く気は気は無くってよ。

「あら。じゃあ今日から覚えなさいな。……それにあなた、傷口から毒が入ってるんじゃーなくって？　なら、容体が急に不安定になるかもしれませんし、やっぱり傍に誰かいた方がよくってよ」

何といっても、ジョヴァンの切り傷。酒瓶でやられた方じゃなくて、ナイフの方。……傷口を見る限り、どうも、毒を塗ったナイフだったように見えましたのよねえ。ええ、私、毒物についてはそこらの学者や毒物辞典よりよっぽど詳しくってよ！

「げっ、お嬢さん、随分と博識でらっしゃいますね……？」

「まああなた、毒物への耐性がなんでかちょっぴりあるように見えますし、そんなに心配は要らないんでしょうけど……」

「あの、お嬢さん？　そういうのも分かっちゃうモンなの？　それとも、俺、話しましたっけ？」

まあ、毒物に関してはある程度見りゃ分かりますわ。ですから、あのナイフの傷の毒を受けても自力で逃げ帰ってこられる程度には毒の耐性があることも分かってますし、解毒剤と痛み止めを服用してたことも分かってますのよ。おほほほほ。

「はい、つべこべ言わずにお休みなさいましッ！」

ということでさっさとジョヴァンをベッドに押し込みますわ！　そしてそのまま丁寧に毛布を掛けて、ぽふぽふ、と胸のあたりを軽く叩いてやれば、ジョヴァンったら、猫の集会に間違えて紛れ込んじゃった狐みたいな顔しましたわ。ちょっぴり面白くってよ。

「うわあ……ねえ、お嬢さん。これ、お高くつきます？」

「ええ。起きたらミッチリ働いてもらいますわ。それから、解毒剤を別途調合しておいて差し上げますから、起きたら服用なさいね」

ジョヴァンったら『うわあ……うわあ……』とか言って戦慄してましたけど、その内寝ましたわ。ま、毒を食らった時には解毒剤を飲んで眠っておくのが一番ですわ。なんだかんだ、睡眠って人間を回復させる有効な手段ですもの。

様子を見に来たドランにお願いして、ジョヴァンの店にあったあれこれを持ってきてもらうことにして、それが届いたらフォルテシア謹製解毒剤の調合に取り掛かりますわ。私の境地にまで達すると、傷口を見るだけで毒の種類が分かりますし、その毒に合った解毒剤も分かりますのよ。なんでって、全部自分の体で試したことがあるからですわ！　おほほほほ！

ま、ドランが材料を持ってくるまでは、ジョヴァンを眺めてますわ。……あ、骸骨男って寝てたらただの死体に見えますわねえ。ま、穏やかな死に顔の死体、ってとこですわ。おほほ。

＊

さて。翌日の夕方、ジョヴァンの店から空間鞄を持ってきましたわ。ジョヴァンはまだ動かすのが心配な体調に見えましたから、私が行って取ってきましたのよ。そうして空間鞄が三つほど、ここに集まったというわけですわ。……空間鞄って高級品ですから集めるのも大変なはずですけれど、やっぱりジョヴァンって腕のいい商人ですのね。

ジョヴァンが集めておいてくれた空間鞄の内の一つは、軍用のものでしたわ。こんなんどこから仕入れてきたのかしら。まあ大方、軍内部にこれを横領して売り捌いたバカチンが居るってことでしょうけど、ま、私達にとっては好都合ですわね。軍用の空間鞄はとにかくでっかくて、中に農場ままましまえばいいかしら?」

「では早速ですけれど、鞄の中に畑を作って参りましょうね。畑は……ああ、元々あるものをそのままを作るのに最適ですわ!

さて。ここに土を運び入れて種を蒔いて、なんてやってたら大変ですわ。こういう時はもう、元々ある農場をそのまま空間鞄の中に収納すれば楽ですわ。……本来ならそういう収納方法、空間鞄にはできないのですけど。そこはまあ、違法改造でチョチョイ、ですのよ。

「そういうことなら、あいつらが隠してた対魔農園に一つ心当たりがあるけど」

「あらっ! 早速キーブあなた、働き者ですわねえ! よくってよ! ならそこを頂きましょう!」

私はキーブを褒めて撫でて、ちょいと嫌な顔をされましたわ。キーブったら、中々素直になってくれないものですから、褒めると照れてしかめっ面になりますし、撫でるとまた恥ずかしがってむくれた顔になっちゃいますの! これがまた可愛らしいんですけれどね。おほほ。

……ちなみに、これから出発するにあたって、面子は私とドランとキーブの三名ですわ。チェスタはラリってますからお休みで、ジョヴァンは病休ですわね。

そして、ジョヴァンが居ない以上、私達はエルゼマリンの町の検問を、抜けられませんのよ!

検問があって門を抜けられないなら、逆に考えるのですわ。門なんか通らなくったっていいさ、と考えるのですわ。

ということで私達、地下道を掘ることにしましたの。

「このあたりでいいかしら」

「そうだな。このあたりは丁度、エルゼマリンの外のはずだ」

私達のアジトがある地下水道は、辿っていけば当然、街のあちこちに繋がっていますわ。そして当然、その端っこの更に先は、街の外、というわけですの。

今回はエルゼマリンの北側……森だの山だのがある方に向けて、道を掘ることにしましたわ。より万全を期して、海の方に出て船で街を離れることも考えたのですけれど、まあ、使い勝手を考えると陸路に繋がっていた方がやりやすいんですのよねえ……。

「本当に掘るの？」

「まあ、今後も使う道だろうからな」

キーブはちょっと驚いていましたけれど、仕方ありませんわ。脱獄囚二人が一緒の道中は穴掘りと共にありますの。ごめんあそばせ。おほほほほ。

「じゃ、私がツルハシでレンガ壁を崩しますから、ドラン、あなた、崩れたところからどんどん掘ってくださる？　キーブは出た土やレンガを空間鞄で回収しておいてくださいな！」

「ああ、分かった」

「本当に掘るんだ……」

ということで早速、掘り始めますわ！　これからもきっと私達がお世話になる道ですもの！　気合入れて掘りますわよっ！

それから私達、トンネルを作りましたわ。ええ。案外ちゃんとしたものができましたの。ドランという筋肉お化けにスコップとツルハシ持たせておいたらすごい勢いで地面を削ることができましたし、出た土は空間鞄があれば簡単に処理できますのよね。そして、掘りぬいた穴の側面は、私の火の魔法とキーブの雷の魔法とで焼き溶かして固めて仕上げますわ。こうしておけば多少は頑丈になりますわね。ついでにキーブの魔法の練習にもなって、丁度よかったですわ。

さて、トンネルができたら早速、街の外に出ましたわ。エルゼマリン近郊の森の中、ですわね。この森はエルゼマリンの人間達のお出かけスポットになっていますわね。森の中を散策すると気分転換になりますし、学園の寮を抜け出して、私もよく来ていましたわ。

ただ、この森の奥の方って、魔物が出るんですのよ。ですから、一定以上の深さのところにはぐるりと柵が設けてあって、それより向こうには立ち入り禁止、となっていますのよね。まあ私、全く気にせず中に入って魔物狩りしてましたけど……。

「あらっ、丁度いいところに出たんじゃなくって？」

「立ち入り禁止区画の中か」

……こうしてトンネルの出口が立ち入り禁止区画の中なら、人目に付かなくてとってもいいんじゃありませんこと？

「一応、魔物避けに蓋をしておくか……」

まあ、私達が出入りするには丁度いいんですけれど、魔物までこのトンネルを出入りされると地下水道の中が魔物の巣になりかねませんものね。ええ。一応、ちゃんと魔除けを施した蓋をトンネルの口にかぶせておくことにしましたわ。魔除けの仕組みは簡単でしてよ。私の血で魔除けの紋を描いておくだけですわ。こうしておくと紋の魔法の効果と私の血の効果が合わさって、害虫害獣が通ろうとすると死ぬ素敵な魔除けができますの。とっても便利でしてよ。おほほほほ。

折角ですから、その日は森の中で野営しましたわ。トンネルを通ってまたアジトに戻ってもよかったのですけれど、折角ですもの。私、野生のベリーを摘んでおやつにしたり、魔物を狩って焼いて食べたりするのが好きなんですのよ。

立ち入り禁止区画の中とあって、ベリーの類《たぐい》がたくさん残っていますわ。私、もう鼻歌を歌う勢いでご機嫌ですわ！

「これ、こんなに摘んでどうすんのさ」

「あら。こうしたベリーはお砂糖と一緒に煮てパイに詰めると美味しいんですのよ」

私はキーブと一緒にベリーを摘んでいますわ。ベリーの爽やかな甘い香りって、最高ですわ。そして何より、自分で摘んだものがおやつになるのって、いいですわよねえ。

「あれ、ヴァイオリアって、貴族じゃなかったの？　貴族もそういうこと、するの？」

「ええ。フォルテシア家は成金貴族ですもの。私、小さい頃にはまだ貴族じゃありませんでしたのよ。ですから、お母様と一緒にベリーを摘んでパイを焼いたこともありますの」

貴族というと、料理は下々の仕事だからやらない、という者が多くってよ。まあ、それはそれでいいと思いますわ。分業するということは効率化につながりますもの。本来、貴族には貴族が為《な》すべき仕事がたくさんあるのですから、料理や家事は使用人に任せる、というのは悪くない選択だと思いますわ。

でも、まあ、私は出自が出自ですし、お料理もそう嫌いじゃないのですわ。まあ、嗜む程度に、というところかしら。

「それに、やっぱり、色々なことが自力でできた方が楽しくってよ。あなたはどうかしら？」

キーブにそう聞いてみたら、キーブはベリーを籠に入れながら、少し考えているようでしたわ。

けれど、少しして、ちょっとだけ笑って、頷きましたの。ふふふ、それは何より、ですわね！

「あっ、そうですわ！　ねえ、キーブ？　今度一緒にケーキ、焼いてみますこと？　お砂糖漬けのベリーを入れたバターケーキ、簡単なのに美味しいんですのよ」

「まあ、付き合ってもいいけど……」

そして言質《げんち》も取りましたわ！　やりましたわ！　ならキーブと一緒にケーキ焼きますわ！　その時にはフリフリの可愛いエプロン着せますわ！　楽しみですわ！　楽しみですわ！

「……ヴァイオリアって、案外、普通なんだね」

「エッ⁉　そんなん初めて言われましたわ……！」

浮かれてたら何だかとんでもないこと言われましたわ！　私、『普通じゃない』とか『正気じゃない』とか、そういうのはよく言われますけど、『案外普通』って言われるのは初めてですわ……。


それから私達、ディナーと相成りましたわ。

メインディッシュは、じっくりこんがりと焼き上げたお肉。それに野草のソテーと、野生芋のスープが付いて、デザートはよく陽の当たる位置の枝で完熟した、甘酸っぱい林檎ですわ！

毒草という毒草を食べ尽くした私は、逆に食べられる野草を見つけるのが得意ですし、ドランに任せておくと獲物が簡単にお肉になりますし、キーブは雷の魔法の制御が上達して、高い木の枝の林檎を落とせるようになりましたし……まあ、皆のおかげで野営にしては実に豪華なディナーになりましたわね！　やはりディナーはこうでなくてはね！

「さて、明日も早いですし、今日は早めに休みましょうね」

そして、食後のお茶を楽しんだら、早めに寝床を出しますわ。今日の寝床は天蓋付きのベッドですわ。空間鞄から出しますわ。ええ、空間鞄があると、野営の時でもベッドで寝られますの。

「見張りは？　僕、やろうか？」

「ああ、大丈夫よ。このあたりの魔物は私を襲いには来ませんし、ドランも襲われないでしょうし。私とドランの間でお眠りなさいな」

そしてこの面子なら、まあ、夜の間に魔物に襲われる、ということもありませんわね。

「……なんで僕だけ襲われるんだよ」

キーブはちょいと不服そうでしたけれど、これは仕方ありませんわねえ。

「私はここ二、三年ずっとここの魔物を殺しまくって恐れられてるからですわ。そしてドランは、さっきお肉を量産したから同じく、ですわねえ」

ちなみにドランはさっき、この森で最強の魔物と名高いステゴロザウルスと素手で殴り合って勝ってますわ。ステゴロザウルスの死体がそこらへんに放ってありますから、それを見た魔物は絶対に襲い掛かってきませんわねえ。この森の魔物、賢いんですのよ。助かりますわぁ。おほほほほ。

「……やっぱり普通じゃないな」

「え？　ごめんなさい、キーブ。今何か仰いましたこと？」

キーブが悟りを開いたような顔をしてますわねえ……。ちょっと心配ですわあ。一緒のベッドで寝てあげた方が安心するかしら……。

……結局、キーブはキーブでベッド出して寝ましたわ。私はちょっぴり寂しかったですわあ……。

何はともあれ、そうして魔物の巣窟の中心でぐっすり眠って朝を迎えた私達は、そのまま葉っぱ農園へ向かうことにしますわ。

「はい、ここ。僕が買われてた組織が作った対魔農場」

そうして辿り着いた農園は、エルゼマリン近郊の山の中。獣道としか思えない道を辿った先にありましたの。キーブの案内が無かったら絶対に見つけられませんでしたわねえ……。やっぱりキーブを拾ってきたのは大正解でしたわ！

「……ところで、ここを奪っていったら、ここで対魔を栽培していた連中はどうなる？」

「は？　ここの対魔を買ってた組織はもうあんた達が潰しちゃっただろ。買う奴が居なくなったんだから、栽培人が残ってる訳ない」

あっ、成程。私達、手あたり次第に元締めを潰しまくってましたけど、そうなると売る先がなくなるわけですから、栽培してた連中もトンズラこくに決まってますわねえ！

「なら遠慮なく畑を頂きますわね！」

「まだ栽培してた奴らが居たら遠慮したの？」

「遠慮するわけありませんわね！」

まあどのみち遠慮なんてしませんわ。違法行為は違法行為によって潰されるもんでしてよ。だから楽しく葉っぱ畑を鞄の中に入れていきますわ。

「……ねえ、この鞄の改造方法も教えて」

「ええ、よくってよ。いくらでも教えてあげますわ」

キーブは作業しながらも空間鞄に興味を示していましたわ。魔法に興味がある魔法使いって、いいですわねえ。伸ばし甲斐があってよ！


さて、鞄の改造や収納作業は、キーブがたくさん手伝ってくれましたわ。私がエルゼマリンの王立学園で学んだ魔法理論を話しながらの作業でしたけれど、それがキーブのお気に召したみたいですの。彼、学ぶことに対して結構貪欲で居てくれるので、私としてもやり甲斐がありますわね。

今までのキーブは魔法使いなのに学べる環境になかったようですし、新鮮に感じているんだと思いますわ。それからきっと、今まで自分の才能が燻っている感覚があったのでしょうね。

ええ、キーブは本当に、磨けば光る原石でしてよ。葉っぱ畑の収納作業を行う傍ら、ちょちょい、と教えただけの情報でもキーブは魔法を上達させましたのよ。戯れに放った水玉の、制御の正確さといったら！　私、本当にいい拾い物をしましたわぁ……。

「魔法を操るには感性がとっても重要ですわ。けれど、理論を知っておいた方が効率よく魔法を使うことができますのよね」

「うん。またちょっと分かった。……今まですごく無駄な使い方してたんだな、ってかんじ」

キーブはほんのり頬を紅潮させて喜んでいますわ。ええ、素晴らしいですわね。学び、強くなることを喜べる魔法使いって、やっぱり最高ですのよ！

「僕、本当にこの国一番の魔法使いになっちゃうかもね」

「ええ、当然ですわ！　私の目に間違いは無くってよ！」

ちょっと照れたように、嬉しそうにしているキーブを見ていると、私も嬉しくなって参りますわね。ええ、私、必ずやキーブをこの国一番の魔法使いに育て上げてみせますわよ！


……ということで、話しながら作業を進めて、私達、鞄の中にしっかりと葉っぱ畑を収めましたの。ええ。収めましたわ。そこそこの範囲に広がっていた葉っぱ畑は全て、鞄の中に入りましたわ。

これだから空間鞄って素敵ですわね。おほほほ。

「じゃあちょいと確認してきますわね」

「えっ……ヴァイオリアが鞄に、入るの？」

「ええ。ちゃんとこの目で確認しなくてはね。あ、ドラン。五分経っても出てこなかったら引っ張り出して頂戴な」

早速、鞄の中の葉っぱ畑がどうなったか、確認しましょうね。私も鞄の中に入って、と……。

「……暗くってよ」

まあ、打ち合わせ通り鞄の中ですものね。当然と言えば当然なのですけど、暗いですわね。しょうがないから火の魔法を使って周囲を照らしますわ。こういう時、ほぼ唯一使える魔法が火の魔法でよかったって思いますわぁ……。

「でも広さは十分ですわねえ……」

そうして照らされた空間は、相当に大きな畑を丸ごと収めたにもかかわらず、まだまだ隙間があるような状況ですの。普通の家でしたら余裕で数軒建てられますし、他にも畑を作れそうなくらいですわね。

まあ、ここまで分かったので早速、出ますわ。

……ええ。出たいんですのよ。鞄から。でもね。

「出口が分かりませんわぁ……」

鞄の内側からは、どっちが出口か分かりませんのね。まあ、多分出口は鞄の口の方……つまり、上空なんでしょうけれど。

「届きませんわぁ……」

私の身体強化魔法程度じゃ到底届かない位置が出口、ということになりますわね！　これはドランの救助待ちですわ！


「死ぬかと思いましたわぁ……」

「そうか。不用意に鞄に入ると危険だな」

まあ、五分経ったらドランが手を突っ込んでくれましたから、私はそれに掴まって、なんとか脱出できましたわ。鞄の中って、下手に入ったら一生出られませんのねぇ……。一度入ってしまったが最後、出口は遥か上空、となりますもの。

「あっ、でも鞄を横に倒しておけば、歩いていくだけで脱出できますわね！　ちょっとやってみますわ！」

逆に言えば、出口を上空じゃなくって横方向にしておけば、ただ歩いていくだけで脱出できますのよねえ。まあ、出入りにはこれが便利そうですわ。

「鞄を横に倒しても中身はぐちゃぐちゃにならないの？」

「ええ。そこは大丈夫ですわ。空間鞄の中の空間は向きが固定されてますのよ。あくまでも出入口の問題は、空間ではなく鞄の問題なのですわ」

こういうところがまた、空間鞄の便利さですわね。まあ尤も、違法改造した空間鞄は中に生き物が入る都合で、多少、他の鞄よりものが崩れやすいですけれどね……。ま、誤差ですわ、誤差。

「それで、中はどうだった？」

「そうね。結構場所が空いていてよ。これをそのままにしておくのは勿体ないんじゃあないかしら」

さて、問題はここからですわ。空間鞄の中の畑は、場所が余っている、そして暗い、出入り口が不明……。明かりはまあ何とでもなるでしょうし、出入り口についてもまあ、ある種の利点かもしれませんわね。つまり問題は、空いている場所をどう使うか、というところで……。

「なら他の場所も探して、畑、もっと追加する？」

キーブはそう提案してくれますけれど、私、頭の中に考えが一つ、閃きましてよ。

恐らく、ここの分だけで葉っぱは十分だと思いますわ。これ以上の葉っぱを流通させたら間違いなく値崩れが起こりますし、私達の管理から外れそうですもの。ですから、空いている場所に追加すべきは、葉っぱ畑じゃなくて……。

「家ですわ」

「……家？」

「それから、葉っぱ以外の作物を育てる畑も必要ですわね」

私の頭の中に、どんどんと計画が組み上がっていきますわ。そう。この鞄は、葉っぱの栽培を行う場。そしてできれば、収穫と加工までできればもっと便利ですわね。

……ならば、そこに必要なのは、『労働力』じゃなくって？

「決めましたわ。これ、鞄畑じゃなくて、鞄村にしましょう」

＊

ということでエルゼマリンのアジトに戻った私達は、早速、動き始めましたわ。

鞄の中に、葉っぱだけじゃなくて人間も生育できる環境を整える必要がありますものね。まあ、小さな村をそのまま鞄の中に移植する、っていう方針で参りますわ。ただし、効率化のために器具や設備は最新のものを用意しますわよ。古臭いチンケな村のやり方じゃあ私が満足できる効率は出せませんものね。おほほほ。

「鞄の中は常に葉っぱにとって最高の生育環境としますわ。太陽の石で日照を確保して、空絹を空間上部に張り巡らせて空らしくして……」

さて。これから私が行うのは、鞄の中にミニチュアの環境を整えることですわ。材料はジョヴァンが店から持ってきてくれましたの。何でもありますわねえ、あの店……。

まずは太陽が必要ですわね。村の中心には街灯のように棒を一本立てて、そのてっぺんに太陽の石を詰めたランプを据えましたわ。太陽の石は、太陽の光を放つ不思議な石ですの。日当たり良好な鉱山でよく採れますわね。この光、あったかくって私、大好きですのよ。

日光と変わらない光を放つランプの周りには、闇硝子の覆いを用意しましたわ。これはキープが上手くやって、時計と連動させてくれましたの。夜になると自動的に硝子の覆いが被さって、日光はすっかり隠れてしまいますの。よくできてますでしょ？　……出来栄えを褒めたら、キープがちょっと照れましたわ。可愛いですわぁ……。

それから、鞄の空間上部には空絹を張り巡らせましたわ。空絹というのは、数年前に大流行した布ですの。空をそのまま紡いで織り上げた、と謳われる通り、昼には空色、夕方には茜色になって、夜には漆黒に星をちりばめたような色柄になる、という不思議な魔法布ですのよ。数年前は淑女のドレスはこぞってコレでしたわねえ……。まあ、特定の風魔法をぶつけるとスケスケ透明になる破廉恥な仕様だということが判明して以来、衣類に使われることは無くなりましたけど。おほほ。まあ、こういう空間に疑似的な空を生み出すには最適な緞帳となりますのよね。

……他にも、風の金細工を太陽の街灯の周りに飾り付けて、葉っぱの生育に良いそよ風が吹く環境にしたり、水の水晶をそこに組み合わせて定期的に雨が降るようにしたり、太陽の街灯を調整して丁度いい気温を維持できるようにしたり……無事、鞄の中には葉っぱを最高効率で育てる環境が整いましたのよ。

「さて、後は家と人か」

環境が整ったとなれば、いよいよ入植ですわね。家は葉っぱの売人や栽培人が使っていた家をそのまま拝借してくれればよくってよ。食料の供給も、自給自足できるようになるまではこちらから適宜差し入れてやれば済む話ですわね。ただ……。

「人はどうやって用意するの？　奴隷を買う？」

キーブの言う通り、人を用意するなら一番手っ取り早いのは奴隷を買うことですわね。奴隷は例の首輪のせいで、ある程度動作に制限が掛けられますもの。脱走の禁止、秘密の口外の禁止、とかが有名どころかしら。まあ、そういうわけで奴隷って確かに便利なのですけれど……高いんですのよねえ、奴隷のお値段って。それこそ、葉っぱ農園を回せるだけの人員を確保しようとしたら、ちょいと嫌になる額ですわ。

……ですからやっぱり、人は無料で頂いてくるのが一番ですわね。ええ。簡単な話ですわ。人がここで自主的に働きたくなるような環境を整えてやれば、それで十分なはずですもの。

「村を焼きますわ」

ということで、私、村を焼きますわ。


翌日。私達はまず、キーブを連れて奴隷市に向かいましたわ。

「……本当にいいの？」

「ええ。今後あなたの容姿を有効利用するためにも、あなたには奴隷身分から解放されてもらった方がよくってよ」

私達が行うのは、キーブの奴隷身分の返上。まあ、要は、今まで奴隷だったキーブから奴隷の証である首輪を外して、一般市民階級にする、という手続きですわね。少々お金がかかりますけれど、キーブにはそれ以上の働きを期待しますわ。

「……僕、逃げるかもしれないけど」

「あら。あなたが逃げる気なんて起こさないくらいの待遇を今後も約束しますわよ？」

……当然、キーブを奴隷ではなくすることで、彼に逃げられる可能性も生まれますわね。首輪が無ければ、彼が私達の言うことを聞く義理は無くってよ。

でも、今後はそんなの不要ですわ。キーブを繋ぎ留めるのに首輪なんて必要ありませんわ。自発的に私の傍に居たくなるくらいの良い待遇と楽しい革命計画があれば十分でしてよ！　というか、その程度の待遇も約束できないほど、私、無能じゃありませんのよッ！

「それともあなた、逃げたいのかしら？」

「……もうしばらくはここに居てやってもいいけど。どうせ他所《よそ》行ったって働き口が見つかるでもないし、とりあえずヴァイオリアのところに居れば、寝食に困ること、無さそうだし」

ね？　キーブったらそっぽ向きながらもこの反応ですわ！　本当に可愛いですわねえ、この子！

……ということでキーブの首から首輪が外れたら、今度はお着替えでしてよ。

キーブには、貴族のお坊ちゃんがお忍びで狩りに出ている時のような服を着せますわ。品がよくて動きやすい服で、かつ、キーブに似合うような、そういうものをね。

そして私とドランは、鎧ですわ。……フルフェイスの兜って、脱獄囚が外を歩く時に持ってこいの恰好ですのよねえ！

「キーブ。あなた、馬には乗れて？」

「いや、乗ったことないけど……」

「ならあなたは私と相乗りしましょうね。ドランは一人でお乗りなさいな」

「そうしよう。俺一人の重さでも馬が辛そうだからな……」

そうして、私達が潰した葉っぱ農場に放置されていた馬を拝借してきて、それに乗って準備完了ですわ！　これで私達は、貴族のお坊ちゃんの狩りに付き合うお付きの騎士二人組、といったところかしら！　この恰好ならばまず間違いなく、警戒はされないことでしょう！

……ということで！　村を！　焼きますわ！


「キーブ。あなたやっぱり優秀ですわよ」

「あっそ。……まあ、ありがと」

その日、適当な村が燃えましたわ。簡単ですわ。適当な村を見つけたら、適当に農民が出払っていそうな頃にキーブが雷の魔法を落として家屋や納屋に火を付けて、そのまま畑やら何やら、全部燃やしていけば済む話ですもの。キーブの魔法は雷ですから、自然災害に見せかけてこういうことするのにピッタリですわねえ。それから、燃やす前に備蓄の麦は全て頂きましたわ。どうせ燃えるんですもの、誤差ですわ。

「焼け出されてきたな。数も丁度よさそうだ」

「ですわねえ。僥倖、僥倖……このまま夕方まで待ちましょうね」

雷で火が付いた村からは、どんどん村人達が逃げ出してきますわね。おほほほほ、これなら鞄村への勧誘も簡単ですわ！

夕方。すべてが灰燼に帰して途方に暮れている村人達のもとへ、私達が到着しますわ。

「あの……これは一体、何があったんですか？」

そして、キーブが村人の一人にそう、尋ねますのよ。村人は少々気分がささくれ立っているらしく、キーブを振り返って睨みましたけれど……当のキーブは、絶世の美少年。更に、貴族らしい良い服を着ていて、品のいい立ち居振る舞いをしていて……まあ、そんな相手に辛く当たる気は、削がれますわよね。

「雷が落ちたんだ。それでこの村、焼けちまってね」

「ああ、そんな……」

雷を落とした張本人のキーブは見事な演技力で、村人に同情しつつショックを受けているような、そういう表情を浮かべましたわ。この子、いい役者ですわね！　益々気に入っちゃいますわ！

「くそ、これからどうすればいいんだ……」

そうして途方に暮れるばかりとなった村人を見て、キーブは……村人達へ、提案しますのよ。

「あの、でしたら……皆さん、僕の家の農場に、お越しいただけませんか？」

鞄村への、入植を！

「僕の家では今、畑で作物を育ててくださる方を募集しているんです。来年の春までに必要な分を、王家が横取りする形で仕入れてしまって、それで、僕の家に卸してもらえなくて……」

キーブは強者でありながら弱者の気持ちも分かるような話を適当にでっち上げて、村人達に聞かせますわ。王家に虐げられて苦悩する美少年の姿に、村人達の警戒はどんどん消えていきますわね。

「必要なものは幸い、成長の速い植物なんです。今から育てれば、間に合うかもしれない。……ただ、生育に最適な環境は用意できたのですが、働き手が見つからないんです。できるなら元々農業に携わっていて、農業が得意な方の手が欲しくて……皆さん、もしよかったら、うちで働いてはいただけませんか？」

キーブが必死にお願いすれば、村人達はすっかりその気になりますわねえ。当然ですわ。住む場所が無くて困ってるってところに、住む場所と働く場所を提供されるんですものね。

「働くったって……確かに俺達は、作物を育てるのは得意だが……だが、無償でってわけには」

「当然、お給料はお支払いします。自給自足ができるようになるまでは、食料の供給もします。えと、お給料は……作物の豊作不作に関係なく、月に金貨二十枚で、いかがですか？」

そして、キーブが給料に言及した途端、村人達が大いにざわめきましたわ！　それもそのはず！こういうところの農民なんて、精々月給換算して金貨十枚の稼ぎが得られれば御の字、ってところですもの！　天候が悪くて不作ならそれ以下の稼ぎになりますわ。それが、金貨二十枚を保証されるとなれば、少々旨すぎるお話、ということになりますわねえ！

「若様！　それでは利益が出ませんよ！」

さて、旨すぎる話は、私達、お付きの騎士が諌めることで『旨すぎ』なかんじを減らしますわ。

「構わない。これは初期投資だ。ここに居る皆さんが働いてくださって、高品質な商品が出来上がったなら、今年は赤字だったとしても、来年以降、十分黒字が見込める！　生産者は財産だ！この縁を買うなら、金貨二十枚だって申し訳ないくらいだよ！」

キーブの熱弁に、私とドラン、お付きの騎士二人は少々たじろぎますわ。同時に『うちのお坊ちゃまが我儘を言い出したからもう止められない……』ぐらいの反応を見せておくことで、村人達に『旨すぎる話だ』なんて思われないように細工をするというわけですの。

……まあ、キーブの今の熱弁で、また多くの村人が心動かされたようですけれどね。王都の職人ならまだしも、鄙びた農村の村人程度なら『生産者は財産だ』なんて言われたことないでしょうし。

「お、俺は決めたぞ！　俺はあんたに雇われる！」

そうして村人の一人がこの旨い話に乗ってくれましたわ。

「俺も！　俺も雇ってくれ！」

「私達の家は男手が無いんですけれど……お給料は半額でいいから、どうか雇ってください！」

一人名乗り出れば、次々に全員が名乗りを上げて、遂に、村人は全員、雇われることに同意しましたのよ！

「ああ……ありがとう、皆さん！　是非、一緒に頑張りましょう！」

そしてキーブが感涙しながら笑みを浮かべてお礼を言えば、金貨二十枚だって遥かに超える価値が生まれますものね。もう、村人達も満面の笑みで、これからの希望に胸を躍らせて、鞄村に入植してくれる、というわけですわ！　これにて一丁上がりでしてよ！　おほほほほほ！

……ということで、鞄村が動き出しましたわ。

村人達には、鞄の中に入る、という不信感を持たれないように、鞄の外にカーテンを掛けておきましたわ。『カーテンを開けて入口をくぐったら、もう鞄村』というように細工してしまえば、村人は『王都の金持ちの技術はすごいなあ』ぐらいの感想しか持ちませんのよねえ。無知ってホント怖くってよ。

「ここが入植地です。今はまだ、目的の作物しかありませんが……横の方の畑は、皆さんが自由に

使ってください。それから、食料はこちらです」

キーブの説明を聞きながら、村人達は『すごい場所だ！』と感嘆の声を上げていますわね。まあ、こういう鞄内部の異空間にでもなければ到底実現し得ないくらいの高性能な農地ですものね、ここ。あっ、ちなみに用意しておいた食料はアレですわ！　焼いた村から頂いてきた麦を別の麻袋に詰め替えただけのやつですわ！　安く上がって丁度よくってよ！

「あの、作った作物はどうすればいいんですか？」

「中央の畑の作物は、葉を落として乾燥させて、袋詰めにしてください。魔法薬の原料にします。茎は表皮を剝ぎ取って、水に晒して繊維にしてください。これがうちの主力商品になるんです」

一応、対魔の正しい使い方の方もやっときますわ。ええ。この繊維、ちゃんとできればそれなりに売れますのよねえ。この国では対魔の栽培を禁止していますから、対魔法装備に使える対魔の繊維は輸入頼りですもの。そこに裏からちょいと対魔繊維を流してやれば、間違いなく儲かりますわ。

「必要な作物は、以上です。これ以外の畑で皆さんが作った作物があれば、それは自由にしてください」

給料を貰って働く小作農なのに、自由にしていい作物がある、という高待遇に、村人達はまたざわめきますわね。まあ、よくってよ。こいつらが楽しく幸せに働いてくれるなら、葉っぱの生産も捗るってモンですわ！　麦も人参も芋もどうでもよくってよ！　そんなの好きにすればよいのですわ！　おほほほほほ！

「ああ……なんて幸せなんだろう」

「神よ、感謝します！」

村人達が感涙を流して祈り始めたのを見ながら、キーブも私達も、よかったね、みたいな顔しておきますわ。

……まあ、この村人達は自分達の村を焼いた奴らの鞄の中で葉っぱを製造させられるわけなのですけれど、幸せそうだしこれでいいですわね。おほほほほ。

八話　海も私のものですわ

さて、一月もして、秋真っ盛りには、鞄村の葉っぱ製造が軌道に乗り始めましたわ。元々対魔は生育の速い植物ですけれど、それが鞄村の最適な日照と気温と降雨量、そしてしっかり与えられた肥料によって更に強化されて、一月で人間の背丈を超えるくらいの生育速度を見せていますのよ。

鞄村には数日に一度、キーブが食料の差し入れに行っていますわ。その度に村人達の好感度が上がっていくものですから、今や村人達はキーブを喜ばせるために一生懸命働いてくれてますのよ。

……そして、葉っぱ販売が軌道に乗る直前、廉価版ミスティックルビーを少量だけ生産してエルゼマリンの裏通りで販売することにしましたわ。

廉価版は私の血を三百万倍希釈したものですわ。それでもラリれるらしいですから、私の血も大したモンですわねえ……。名前は『メルティストロベリー』として、瓶も白い陶器のものにしましたわ。そしてお値段は金貨一枚。葉っぱの五倍くらいかしら。エルゼマリンの路地裏の薬中共でもちょいと頑張れば買える額ですわね。まあ、それを葉っぱより先に売り出しておけば、安い葉っぱに流れきる前にちょいと高級な魔法毒由来の薬の味を覚えさせることができますし、それでいて、メルティストロベリーが定着するまでには対魔も市場に戻ってきますから、お薬市場が私達だけの支配下に堕ちたことも誤魔化せますわね。おほほほほ。

……と、いうことで葉っぱが私達の管理の下で市場に流れるようになってからもボチボチ魔法毒由来のお薬が売れて、私達の資金が随分と潤いましたのよ。これは嬉しい誤算でしたわねえ。

さて、お金がたっぷり入りましたから、私、キーブと一緒に魔法の杖を買いに行きましたわ。エルゼマリンの裏通りに腕のいい職人が居るのを知っておりましたの。まあ、私自身は魔法をほとんど使えませんから、杖なんて文字通りの無用の長物なのですけど。でも、キーブにとっては杖ってとっても大切なものですものね。

杖を扱うお店って、大抵、お店の中が素敵なんですの。魔法の杖が長いものから短いものまで色々並んでいるのを見るだけでも楽しいですし、杖の素材となるものが所狭しと並んでいるのを一つ一つ確かめていくのも楽しいですわ。キーブもすっかり杖屋さんが気に入ったみたいで、ドラゴンの鱗や骨、ユニコーンの角、それに、人魚の真珠や永遠の石炭や剛力金剛石なんかをきらきらした目で見つめていましたわ。一つ一つ、素材の性質を教えてあげたら益々目がきらきらして、もう、可愛くってしょうがなくってよ。

キーブは元々、魔銀のチャチな芯が一本入っただけの、とっても雑な作りの杖を使っていたようで、ちゃんとした杖を手にするのはこれが初めてだったみたいですわね。

私が色々と教えながら購入したのは、彫刻が入った黒檀の柄に、魔銀で飾られた夜空水晶を据えた杖、ですわ。長さはショートソードくらい、ですわね。杖は長いほど魔法の威力が上がるのですけれど、その分魔法の取り回しが利かなくなりますのよね。キーブは長杖と迷ったようですけれど、結局は短めの杖を選んでいましたわ。まあ、私達と一緒に行動する分には身軽に手数を増やせた方がいいかもしれませんわね。

それにしても、新しい杖、キーブによく似合いますの。夜空水晶の瑠璃色がキーブの瞳のようで、誂えたようなんですの。魔法の相性もいいみたいで、キーブったらそれはそれはもう、嬉しそうにしてくれましたわ！　私も嬉しいですわ！　支給した装備の分の活躍を今後に期待しますわよ！

……と、まあ、そういうわけで思っていた以上に効率よく資金稼ぎができてキーブの杖も買えましたし、葉っぱが出回るにつれて、ミスティックルビーもメルティストロベリーも紛れて、お薬の出所を上手く隠すことができましたの。ええ、計画通り、ですわね。

……それから、もう一つ、私達の葉っぱ事業の効果がありましたのよねえ……。


「なんかここんとこ、小競り合いが減ったよなあ。野垂れ死にしてる奴も見ねえし。……なんで？」

ある日、チェスタがアジトのソファの上にうつ伏せに寝そべりながら、首を傾げましたわ。

「お薬が供給されるようになってお薬ジャンキー共が暴れなくなったせいですわね」

私が答えると、チェスタは『へー、そっかー』とか言いつつ、足をぱたぱたさせますわね。薬が抜けてる時のチェスタは何というか、ちょいと幼いというか、阿呆というか……。

「ま、喧嘩が無いのはいいことだよなー」

チェスタは妙に朴訥としたことを言いながら、ワインの瓶を開け始めましたわ。なので私、すかさずグラスを持っていって分けてもらいますわ。こうやってチェスタが一瓶丸ごと飲んでべろんべろんになるのを阻止して差し上げますのよ！

「楽しそうな話してるじゃない。俺も交ぜて。あと俺にも一杯分けて」

そこにジョヴァンがやってきて、棚から出したグラスをチェスタの前に持っていきましたわね。そうするとチェスタが飲む分が減って益々いいかんじですわ。

「ねえ、お嬢さん。あなた気づいてない？　薬中共が暴れなくなった以上に、エルゼマリンの治安は良くなってきてるんだぜ」

……けれど、続いた言葉はちょいと、聞き捨てならなくってよ。

「ほら、何といっても、お薬業者が全て解体されてウチに統一されちゃったから」

ええ……まあ、言われるまでも無く、分かっては、いますのよ。ええ。

お薬業者を全て潰したら、当然、お薬を求めるお薬ジャンキー共が暴徒と化して、却って治安が悪くなりますわ。けれど……お薬業者があったらあったで、業者同士の抗争があったり、それによって死人が出たりしますわね。お薬業者が競い合う中で粗悪品のお薬が製造されて、それによって死んでいく者も当然、多いですし……そして何より、お薬の売買で得られた資金はろくでなしの資金になりますから、そうした組織が余計に勢いを増すのですわね。

……でも。つまりそれって、『ヤバいところに資金を流さない』『ちゃんとした品質のお薬を生産する』『ただ一つの組織』がお薬を流しているならば、話は別なんですのよねえ！

「お薬を取り扱ってた商人同士の小競り合いが無くなったし、お薬を資金源にしてた組織は軒並み解体しちゃったから盗みも殺人も減っちゃった。そして何といってもうちはなんだかんだ、ちゃんと正しい薬を売ってるからね。キメたら死ぬような粗悪品が市場に出回らなくなったら野垂れ死には減るし、そして何より、お薬が出回ってるから薬中共が暴徒化しない！　実に理想的な状況よ！」

なんだかジョヴァンがニヤニヤしてますわねえ……ええ、まあ、確かに、その通り、なのですけれど……！

「お嬢さん、俺達のおかげでエルゼマリンの治安が良くなっちまいましたね？」

「そんなんどうでもよくってよ！　私の国家転覆計画のせいでうっかり治安が良くなったとしても、そんなの知ったこっちゃーありませんわ！　治安が良くなるっていうなら勝手に良くなればいいのですわ！　私には関係ありませんわーッ！」

にこにこ笑顔でワインを味わうジョヴァンや、『そっかー、俺達、いいことしてるのかー、おもしれー』なんて言ってるチェスタを横目に、なんとなく、間の抜けた気分が残りますわぁ……。

私、別に良いことをしたいわけじゃありませんのよねえ……。統治とはむしろ反対のことがしたいんですのよ……？

「ジョヴァン。治安はどうでもいいが、貴族の没落は進んでいるか？」

そう！　私に関係があるのは、ドランの方！　これ！　こっち側ですのよ！　こっちこそ、私がやりたいことですわーッ！

「ま、結論から言うと、トントン拍子で進んでますよ、ってとこかね」

ジョヴァンがニンマリなのにつられて、今度は私もニンマリ、ですわ。

そう！　私達の目下の目標は、貴族院の弱体化！　貴族達がそれぞれに財産を食い潰して没落していってくれれば、自然と貴族院の力は弱まっていく、というわけですわ！

そのためにお薬を売っているんですもの！　ちゃんと貴族共が没落してくれなきゃー困りますわ！　フォルテシアが没落したんですから、他の貴族も没落すりゃーよくってよッ！

「ひとまず、お薬はしっかり貴族連中に蔓延してくれてるみたいね。ミスティックルビーの高級感はしっかり貴族ウケしたみたいだし、一回使っちまえばもうその虜なわけだし。早速、元々資金が少なかったような家は領地を切り売りし始めてたから買っておいたぜ」

ココね、とジョヴァンが地図を指し示してくれましたわ。

……あらまあ。結構買えてますのねえ。地図上に、ペンで囲まれて斜線を引かれた部分が結構な面積、ありましてよ。

「ならばここはフォルテシア領としますわ」

「あら、それはゴメンねお嬢さん。流石にフォルテシア家の名前を出しちゃうと貴族院に警戒されるだろうと思って、こっちはバストーリン領になってて、こっちはトラペッタ領ってことになってるのよ。あ、それに合わせて俺とチェスタの貴族位、買っておきました。ヨロシク」

……バストーリン、は分かりますわ。ジョヴァンなら、『貴族との取引のために貴族位を購入した商人』ってことで十分通りますものね。……けれどチェスタに貴族位ってのは何なんですの⁉

「は？　俺？　冗談だろ？」

「俺だって薬中に貴族位なんざ与えたくありませんけどね！　ウチには名前を出したらヤバい奴が多すぎるの！」

まあ、フォルテシアの名を出したら一発でお縄ですものね。ドラン・パルクの名前もヤバいですわ。ええ。私達、脱獄犯ですものね。おほほほほ。

「ったく、俺自身が貴族、ってのも妙な気分だってのに……ま、次に領地を買う時はキーブの名前を借りるかな。ヨロシクね、キーブ」

「え、僕も貴族にされんの……？　うわあ」

あら、キーブが嫌そうな顔してますけれど、キーブには貴族位が似合うと思いますわ。少なくとも骸骨商人とか薬中チンピラよりはマシですわね！

「ま、そういうわけで貴族連中の没落は、もう時間の問題、ってとこまで来てる。勿論、薬に溺れてくれない真面目な家もあるわけだけど、そこは、ま、何とでもなるでしょ」

「そうですわねえ、ああ、ワイナリーを持っている家に、アオスライムだけじゃなくてアメジストスライムを嗾けるのはいかがかしら」

アオスライムは草食のスライムですけれど、アメジストスライムは、こう……酒食ですわ。お酒が大好きなスライムなんですの。ワインの樽の中に潜り込んで中身を空っぽにしてくれたりするスライムですのよ。だからワイン倉庫ではアメジストスライムを存分に警戒するのですけれど……空間鞄で大量増殖したアメジストスライムが一気に襲ってくる、なんてのは想定外なはずでしてよ！

「スライムの大量発生なら、人為的な事件とは思われないだろうからな。既に葡萄畑がアオスライムに襲われている。同様の『事故』なら然程警戒されないだろう」

ええ、ええ。そうなんですのよ。やっぱり悪いことするなら、バレないように、ですわ。はー、やっぱりこれだから『手っ取り早い手段』はいいですわねえ。何せ手っ取り早いんですもの。おほほ。

「ならまずはアメジストスライムの方からやってみる？　即座に現金化できるワインを全部やられたら流石に貴族連中も大打撃でしょ」

「そうね。じゃあ早速、空間鞄をお一つ頂いて……アメジストスライム適当に捕まえて、お酒と一緒にぶち込んでおきましょうね」

アメジストスライムはお酒を餌にしてどんどん増えますから、増やすのも簡単ですわ。空間鞄いっぱいに育ったら、適当な貴族のワイン蔵近辺に放してやりましょうね。おほほほほ。

「ワインを作ってる貴族はこれで相当痛手だろうな。だが、他はどうする。全ての貴族がワイナリーを運営しているわけではないだろう」

まあ、それはそう、なんですのよねえ。

フォルテシア家もワイナリーを持っていましたけれど、全ての貴族がそう、というわけじゃあ無くってよ。鉱山を持っている貴族も居ますし、そもそも、領地の作物だけで収入を得ているようなところもありますわね。

まあ、領内で全て完結しているような弱小貴族はどうでもよくってよ。そいつらはどうせ、貴族院の中でもはみ出し者。要は、私にとってもどうでもいい奴らですの。そいつらまで没落させる必要はありませんわ。

ですから私が狙うべきは、貴族院の中でも中枢の、いくつかの上流貴族。そいつらって大抵、既得権益だけで今も食べてやがりますのよ。

例えば、このエルゼマリンってクラリノ家の領地なのですけれど、同時にエルゼマリンはこの国一番の港にして、この国一番の関税の高さでいやがりますのよねえ……。

そう。この国に流通する多くの商品って、エルゼマリンを通りますわ。エルゼマリンの大きな港を通れば、この大都市エルゼマリンに商品が流れる他、エルゼマリンからそう遠くない王都にまで商品を流せますもの。ですから、エルゼマリンを利用する商人は多いのですけれど……エルゼマリンの港を通る全ての商品には、税が掛けられますの。ええ。それがエルゼマリン関税ですわね。大抵は商人の『コネ』を使って、商船一隻につき金貨十枚、ですとか、そういう風に簡略化されていますけれど、嫌がらせしたい相手には、本当に積み荷の一つ一つの一覧を作らせて、それに一つ一つ課税していく、っていう面倒な計算をさせるんですのよねえ……。ええ、フォルテシア家も嫌な目に遭わされましたわ。ですから別のところにフォルテシア専用の港を開いてやりましたけれど。おほほ。

ですから、まあ……これを潰してやる、っていうのが、理想的なんじゃ、ないかしら。そう。ワイナリーやってようが鉱山やってようが、商品を流通させたらエルゼマリンを通ることが大半ですわ。特に、王都に近い場所に領地を持つ上流貴族共は絶対にエルゼマリンを使いますわ。

なら……答えは簡単ですわね！

「私、海賊やりますわ！」

ほら、犯罪って、手っ取り早いんですのよ。おほほほほ。

「へー、いいじゃんいいじゃん。面白そうだし、俺は乗る！」

はい、早速人員が集まりましたわ。薬中の思い切りの良さは最高ですわねえ。

「いやー、流石にバレるんじゃないの？　だって海賊でしょ？　国を挙げて対策し始めるぜ」

「対策したけりゃすればよくってよ。その頃にはトンズラしときゃーいいのですわ！　そうすれば貴族院は間違いなく無駄な対策のために無駄な費用と労力をかけることになりますもの！」

「あっ、それもそーね……」

そう！　海賊の良いところって、これですわ！　こちらは好きな時に好きなように船を襲えばよくっても、向こうはいついかなる時も警戒しなきゃいけませんの。ですからその分、船に一々護衛を乗せなきゃいけなくなってお金がかかりますわねえ。港や近海を巡視するなら、それにもお金と人手と手間がかかりますわ！

そう！　私達の目的は、貨物を奪うことじゃありませんの！　奴らが大損こきさえすりゃーそれでいいのですわ！　となれば、海賊となって適当に商船を襲ってさっさとトンズラこくって、最高じゃありませんこと？

はい。ということで私達、早速動き始めますわ。善は急げ。悪だって急げ。そういうことですわ。

「海賊ってことは眼帯とかすんのかよ」

「しなくていいですわよ」

チェスタがどこからか眼帯持ってきてブラブラさせてますけど、わざわざ視野を狭める必要があって？　バカですの？　やっぱりチェスタっておバカですの？

「いやー、お嬢さん。見た目って大事よ。俺達が海賊っぽい恰好してりゃ、数隻襲うだけで『海賊』の噂が立つだろうからね」

けれどジョヴァンの言うことも尤もですわねえ。ま、そういうことでしたら多少は海賊らしい恰好をしてやってもいいかもしれませんわ。私、船上で使うための曲刀、嫌いじゃありませんの。今回の私の武器はアレにしますわ。おほほ。

「ねぇ、ジョヴァン。あなたも参加しますの？　間違いなく戦闘になりますけど」

ところでジョヴァンが乗り気なのが気になりますわねえ……。だって、海賊ですわよ？　相手を襲って海にほん投げて、船奪って逃げますのよ？　当然、戦闘になりますけど非戦闘員がわざわざ参加する意味、ありまして？

……と思っていたら、ちょいちょい、と手招きされたので、ジョヴァンに近づいてみますわ。

「俺の目、ね。実は片っぽ、作り物なのよ。ちょいとズルの利く特別性でね」

促されるまま、ジョヴァンの目ン玉を覗き込んでみたら……あらっ！　よく見たらジョヴァンの目、片っぽ義眼ですわ！　ブルーグレーの色合いは両目とも同じですから、今まで全く気付きませんでしたけれど……。よくできた義眼、ですわねえ。ええ。そして私、とんでもないことに気づきましたわよ。

「……これ、夜の女王の心臓じゃありませんこと？」

「ご名答！」

夜の女王、という実体の無いゴースト系の魔物が居るのですけど、そいつを殺した時に一つだけ手に入る宝石が、『夜の女王の心臓』ですわ。これを握り込んで少し魔法を使えば、暗視や生命探知の力を得ることができますのよね。つまり、夜の海、なんていう只々真っ暗な場所でも相手の船が見えちゃったりするんですのよ。ええ。確かにそんな人員が居れば、海賊行為には利になりますわね。ジョヴァンが参加する意義がようやく分かりましたわ。

……ただ問題は、『夜の女王の心臓』が目ン玉の代わりにぶち込んであるってことですわ。……そう。『夜の女王の心臓』って、本来、握り込んで使うモンですわ。魔物から取ったブツなんて、精々、その程度の使い方にしとかなきゃ危ないいんですのよ。ですから決して、義眼にして目ン玉の代わりに突っ込んどくもんじゃー無くってよッ！

「まあ、そういうわけだ。今回はジョヴァンも同行させる」

「偵察要員としてなら使ってくれていいからね。ただし俺は戦わないぜ」

まあ、ドランがそう言うなら大丈夫なのでしょう。こいつら同士の付き合いは長いように見えますし、私が云々言うべきところじゃありませんわね。ジョヴァンには偵察に徹してもらいますわ。

「今回は僕の出番は無い？」

「そうねえ、相手の船を奪うのが目的ですもの。雷落としちゃうわけにはいきませんわ。それにあなたはきっと、顔が割れない方がよくってよ」

今回、キーブはお留守番ですわ。相手を殺すことが目的じゃあありませんし、海賊の噂を広めて警戒させるのが目的ならむしろ、相手には生きていてもらわなきゃ困りますもの。雷を落とすわけにはいきませんわね。そして何より、顔が出る仕事は汚れ役がやった方がよくってよ。おほほ。

「何も見えねえ！」

……そしてチェスタは眼帯を両目に着けてゲタゲタ笑ってますわ。そうですわね。両目に着けたら見えませんわね。薬中ってこんなんであんなに笑えて安上がりですわねえ……。

そうして私達、出港しましたわ。勿論、エルゼマリンの港からなんて出港しませんわ。そんなことやったらあっという間にお縄でしてよ。

エルゼマリンを出て少し移動したあたりの入り江。そこにジョヴァンが買ってきた小さな船を停泊しておいてくれましたから、それに乗り込んで出港、ですわ！

出航は夜。そして襲撃は夜中。私達はエルゼマリンから離れて、海を南へ南へと進みますの。そうすると、隣国ウィンドリィとの間を行き来する貿易船が航行していますから、それを襲いますわよ。

「おー、幸先がイイじゃない。早速一隻、居るぜ」

そしてしょっぱなから大当たり、でしてよ。ジョヴァンが早速、商船を見つけてくれましたわ。

……まあ、私達の目には、ほとんど見えないのですけど。でもジョヴァンがあるって言うんだからあるんだと思いますわ、船。

ちなみにジョヴァンは、如何にも海賊らしく襟の高いコートに襟の開いたシャツ、そして頭にはトライコーン、という恰好ですわ。大変に乗り気でしたわ。衣裳係としての素養がありますわね。

「なら俺達三人で乗り込んで船員を海に落とすか」

ドランとチェスタは麻のシャツにズボンにブーツですわ。頭にバンダナ、という恰好ですから、下っ端海賊、ってかんじですわねえ。おほほほ。

「でしたら、ジョヴァン。私達が乗り移った時点で錨を下ろしておいて頂戴な。梯子も下ろしといてやれば、海に捨てた連中がそれを伝ってこっちの船に移れるはずですわ。適当に生き残りが居た方が海賊の噂が広まりますもの。可能なら殺さずに海に投げ込んで頂戴ね」

そして私はオフショルダーのブラウスにコルセットとスカートに金ボタンのコート、そして頭にはダチョウの羽根を飾ったトライコーン、という恰好ですわ！　海賊ですわ！　私、海賊っぽいですわ！　勿論、武器はカトラスですわ。海賊の曲刀ですから、揺れる船上でも使いやすい作りになってますのよねえ、これ！　ふふふ、楽しみでしてよ！

「よし、じゃあ船を接近させるぜ。ドラン、帆、動かしてくれる？」

「任せろ」

さて、早速、標的の船に接近していきますわよ！　船ごと全てを奪ってやりますわ！

「うひゃひゃひゃひゃ、前が見えねえ！」

だから、眼帯はせめて片っぽになさいなッ！


帆桁に結び付けたロープの端に掴まって、振り子の要領で一気に船の外へ飛び出しますわ。そのまま相手の船に飛び移ったら、見張りだったらしい人間を蹴り倒して海へ落としますわよ！

「襲撃！　海賊の襲撃だ！」

すぐに警鐘がガンガン鳴らされましたけれど、だから何ですの、ってお話ですわね。こちとら警鐘にビビるような肝っ玉してませんわよ。

警鐘でやってきた増援もボンボン海に投げ落としていきますわ。こういう時、ちょいと掴んだだけでひょいひょい人間をぶん投げられる馬鹿力のドランと、とにかく躊躇いが無いチェスタって強いんですのよねえ……。私はドランとは違って、相手を倒す、という一手間が必要ですし、投げるにもちょいと頑張らなきゃいけませんのよ。うーん、ちょいと後れをとってますわぁ……。

そうしている間にジョヴァンがおっかなびっくり、こっちの船に渡ってきましたわ。ロープで振り子のやつをジョヴァンもやったわけですけれど、まあ、ボチボチ如才なくできていてよ。まあ、これくらいはできないとエルゼマリンの裏通りじゃ生きていけませんものね。おほほほほ。

そうしている間に、こっちの船に居た人間を全部海に放り込み終えましたわ。海に放り込まれた人間達は私達が元々乗っていた船になんとか這い上がってますわね。ま、所詮そこまでですわ。今からこっちの船にもう一度乗り移って船を奪い返す、なんて気概は無いようですわね！

「よし、これでいいか。船を出すぞ」

更にドランが舵を切って船を離してしまえば、もう、この船は完全に私達のものですわね。ひとまず海賊行為が成功してよかったですわぁ。

「船の操縦は頼んだぜ、ドラン。俺は積み荷を確認してくる。お嬢さんもご一緒に、どーお？」

「ええ、よくってよ。チェスタ。あなたは……」

「もうキメていいか？」

……ええ。よくってよ！　元々チェスタは戦闘以外では仕事がありませんものね！　思う存分お薬とよろしくやってなさいなッ！

さて、それから私達、船の中の積み荷を選んで空間鞄に詰めましたわ。かさばるばっかりでお金にならないような積み荷は適当にエルゼマリン近郊の浜辺に放置しておくことにしましょうね。そうしておけば、『海賊の所業』が人の目に分かりやすいですものねえ。おほほほ。

「さて、これをあと何度かやればいいか」

「そうねー、悪くない、悪くない。今回の儲けは中々のモンよ」

さて、一旦海賊稼業が終わってみると、それなりのものになりましたわねえ。積み荷にあった白磁の食器類は上手く闇市で捌けばそれなりのお金になりそうですし、美味しそうなワインも樽でたくさん手に入りましたわ。これでいっぱい飲めますわ！

それに、貴族向けらしい豪奢な織物や金銀宝石の類《たぐい》、それから香水や何かも手に入りましたし、まあ、中々いい収穫でしたわ。どうやらこの船、貴族や富裕層向けの贅沢品を扱う商船だったようですわね。まあ、襲うには最高の船でしたわ！

「へへへへへ……地面が揺れてらあ……この世の終わりかなあ……」

「船の上ですもの、そりゃ揺れますわよ」

「星がきれーだなあ」

「確かに星は綺麗ですけれど、あなたちゃんと空見てますこと……？」

……まあ、薬中はさておき、このまま海賊続けてみると、とにかく儲かりそう、ですわねえ。貴族連中に嫌な思いをさせるだけじゃなくて、私達がいい思いもできるなんて、やっぱり海賊稼業は最高でしてよ！

「お嬢さん。そろそろ船室に入ってたら？　ここはちょいと冷えるでしょ」

まあ、確かに秋の夜の海は冷えましてよ。風も強いですものねえ。でも、これが爽快なんですの。

「もうちょっとここに居ますわ。チェスタじゃありませんけれど、星が綺麗なんですもの」

明かりも無く、遮るものも無い、夜の海。これって、夜空を楽しむには最高の状況ですのよね。

濃紺の空に、街では考えられないくらいの星が見えますわ。暗さに海と空の境もよく分からなくて、星空にぽんと投げ出されたような、そんな感覚ですの。これ、きっと他では味わえない感覚ですわ。

「あら、そ。なら風邪ひかないようにね」

星空を見上げていたら、肩に何か掛けられましたわ。あら、これ、上等な毛織のショール、ですわねえ。色柄は暗くてよく分かりませんけれど、手触りがとってもいいのは分かりましてよ。

「あら、これどうしたんですの？」

「積み荷にあったやつ。ちなみに俺とお揃いね」

見てみたら、ジョヴァンもショール巻いてましたわ。コートの襟の隙間を埋めるように、マフラーみたいに巻いてるみたいですわ。……お揃いだとなんか、ケチがつきますわねえ……。まあ、肩があったかくなりましたから、それはいいんですけど……。

ま、しばらく星空を楽しんだら、ついでにワインも楽しみましたわ。ドランが『飲むか？』って樽持って誘いに来てくれましたの。当然飲みますわ。私飲んでも飲んでも酔いませんもの。任務に影響は全く無くってよ！　樽ワイン、いいお味でしたわ！

……ちなみに、ドランはショール、お揃いじゃありませんでしたけれど、チェスタはショールでぐるぐる巻きにされて船室に突っ込んでありましたわ。変に暴れて海に落ちたら大変ですものね。まあ、当の本人はぐるぐる巻きの状態で気持ちよさそうに寝てましたけど……。


さて。朝になったらまた適当な海域をうろうろして、そして、また別の商船を見つけたら同じ要領で襲いましたわ。前回と違うところは、チェスタですわね。ええ、彼、ラリったまま海賊やりましたの。足元が覚束ない割にちゃんと戦えていたのが意外でしたわね。正気じゃない分、余計に攻撃的な戦い方になっていて、ボチボチ見ごたえがありましたわ。……まあ、戦い終わったところでぶっ倒れてましたけど……。

そうして同じ要領で商船を襲いに襲って十日。たくさん用意しておいた空間鞄も容量に限界を迎えたところで、私達はようやく、地上に戻ってきましたわ。

「なんかまだ揺れてる気がするんだけど……何だよこれ、もしかして地面、揺れてる？」

「揺れてるのはあなたですわ」

まあ、チェスタは陸酔いしてるみたいですけれど、他は元気ですわね。でも、それはそれとしても、久しぶりの陸ですもの。ちょいと嬉しくってよ。

……そして、久しぶりの陸で、更に嬉しくなるようなものを見つけちゃいましたわ。

それは、掘ったばかりの通路を使って夜のエルゼマリンに戻ってきてすぐ、見つけましたの。

「あっ、クリスですわ！　隠れて頂戴な！」

なんと、エルゼマリンに、居ましたわ。貴族院総裁の、クリス・ベイ・クラリノが！　あの目立つ金髪頭は間違えようが無くってよ！


ということで路地裏から覗き見ですわ！　クリス・ベイ・クラリノは忙しいみたいで、路地裏の私達には気づいていませんわねえ。ここに脱獄囚が二人も居るのですけど。おほほほほ。

「おやおや。お貴族様の頂点がここに居るってことは、俺達の働きが実を結んだ、ってことかしら」

「だろうな。どうも、有事の対応をしているように見える」

そう。クリス・ベイ・クラリノは、慌ただしく港を行き来しているんですの。そこで他の貴族や商人、船乗り達に何かを話しかけられてはそれに対処しつつ、兵士達ともやり取りをして……忙しそうですわねえ！　大方、海賊の被害を確認しているのでしょうけれど、こうも頻繁に船が襲われたんですもの！　被害も相当なものでしょうね！　それの対応、お疲れ様ですわー！

「うわ、あいつ、嫌そうな顔してんなあ……へへへ」

そしてクリス・ベイ・クラリノは疲れた顔になんとも嫌そうな表情を浮かべて諸々対応してますわね！　大方、最新の海賊被害についての報告でも受けたんでしょうけれど！　何せ、私達が最後に襲ったでっかい船、あれ、クラリノ家の船だったらしいんですのよ！　ええ！　いい気味でしてよ！　大損害を前に頭抱えてらっしゃいな！　おーほほほほほ！


……それから数日、クリス・ベイ・クラリノは大変だったようですわ。

エルゼマリンの街でキーブが買っておいてくれた新聞には、連日の海賊被害について、一面大見出しで載っていましたの。そして当然、海賊被害にあった商船の持ち主達は大損害を受けた、ということで……その後処理やら、そもそものエルゼマリンの保安やらでてんやわんやだったそうですのよ。海賊を取り締まるための法律なんかもできたりして、まあ、国がボチボチ揺れましたわね。予想外でしたわぁ……。あら、でも、被害額を考えたら当然のことかしら。おほほほほ。

更に、私達がそこら辺の浜辺に放置した積み荷の一部。アレ、大半がかさばる上に売り捌くのが面倒な食料品だったのですけど、それらが浜辺に放置されていたのを、エルゼマリンの裏通りやエルゼマリン近郊の村落に住む貧民達が見つけて……食べちゃったらしいんですのよね。

まあ、具体的に誰が食べたかなんて調べようがありませんし、それらを一々取り締まることなんてできませんから、貴族達はさぞかし歯噛みしたことでしょう。それと同時に貧民はお腹いっぱいになって喜んでるらしいですわ。新聞の小見出しにも『義賊現る』なんて書いてありますわ。呑気なことですわねえ……。ここまで平和ボケしてると、むしろアッパレですわぁ……。

まあ、おかげで貴族達は海賊を取り締まると民衆の反感を買う、というかわいそうな状況にありますわ。それでも貴族達は被害に遭っていますから、対策しないわけにはいかなくてよ。要は板挟みですわね。おほほほほ。

……まあ、こういうわけで、貴族達の中には海賊被害で没落した者も居たようですし、生き残った貴族達も、もうどこにもいない海賊を取り締まるために無駄な労力と費用を割いていますわ。

そんなエルゼマリンの様子を見ながら飲むワインって最高ですわねえ！　勝利の美酒のお味、でしてよ！　或いは、他人の不幸は蜜の味、といったところかしら！　おほほほほほ！

＊

私、それから数日間、地下に居ましたわ。そりゃそうですわ。海賊やったことで、エルゼマリンの街は警備が厚くなりましたのよ。ですから私とドランは特に、街をうろつけませんわね。チェスタはふらっと裏通りを歩くくらいはしているようですけれど、まあ、彼も脱獄囚じゃないにせよ、薬中ではありますものね、警戒は必要ですわ。ジョヴァンも同じく、裏通りの『ダスティローズ』とこのアジトとを行き来するだけの生活をしているようですわね。

……ですから今、外部とのやり取りはほとんど全てキーブにお任せ、なんですのよ。

キーブでしたら顔が割れてませんわ。それに何より、美少女と見紛うほどの美少年ですわ。美しさはあらゆる罪を覆い隠しますの。当然、キーブが街を歩いていたって、悪党連中とつるんでる奴だなんて思われませんのよねえ。

「ただいま。パン買ってきたよ。あと、屋台の串焼きが美味しそうだったからそれね」

「ありがとう、キーブ！　ああ、やっぱりあなたを海賊にしなくて正解でしたわぁ……」

ということで、キーブが食料品の買い出しをしてくれてますの。……まあ、食料も、無いわけじゃ、ないのですけど。船の積み荷にあった食料も、手に入ってますけど。でも、船の食料ってつまり保存食で、たっぷり儲けた後に頂くにはちょいと、侘しいのですわぁ……。

「串焼きか。つまみに丁度いいな……飲むか」

……それに、ほら。私とドランは特に、外に出られませんもの。今、楽しみが食べることくらいしか無くってよッ！　まだ私は刺繍やお茶や読書、それに毒物の摂取を楽しんでいますけれど、ドランは魔物狩りくらいしか趣味が無いもんですから、飲んで食べて寝て起きてまた飲む、みたいな生活ですわ。自堕落の極みですわねぇ……。

「パンは焼き立ての貰ってきたから、今食べちゃってよ」

「あらっ、嬉しいですわ！　このクランベリーとチーズのパン、大好きなんですの！」

「……前そう言ってた気がしたからそれにした」

まあ、私も食べることは当然、楽しみですわ！　特にこうやってキーブが可愛いことしてくれますもの！　最高ですわ！

ということで早速、焼き立てパンを頂きますわ。ああ、焼き立てのパンって、どうしてこうも魅力的な香りなのかしらね。たまりませんわぁ……。幸せですわぁ……。香ばしくってふわふわですわぁ……。

「……ヴァイオリア。食後、少し付き合え」

キーブが運んできてくれた焼き立てパンに幸せを感じていたら、少しそわそわした様子でドランがそんなことを申し出てきましたわね。

「あら、また運動ですの？　まあよくってよ」

……ドランの申し出は『運動』のお誘いですわ。一昨日から毎日やってますのよ。ええ。私としてもずっと地下に籠っていては運動不足になってしまいますもの。お誘いはありがたいですわね。

ということで私達、地下水道の一角にやって参りましたわ。

「では準備はよろしくて？」

「ああ。いつでもいい」

「なら、この石が水に落ちた時に始めましょう」

そして私、小石を適当に水道に投げ込んで……ぽちゃん、と音がした、その瞬間。

私達、一気に肉薄して、お互いに拳だの脚だのを繰り出しましたのよ。

……ええ。まあ要は、殺さない程度に手加減しつつ、手合わせしてるのですわ。訓練だと思えばこれも必要なことですし、お遊びだと思ったたって十分に楽しくってよ。こんな状況では出来る運動も限られますし、やる価値はありますわね。

特に、ドランは常に無手で戦ってるわけですから、手合わせしてみると学ぶことがたくさんありますわ。私、ステゴロもボチボチ強いのですけど、やっぱりまだまだ足りない部分がたくさんございますの。それを実感できるから、ドランとの手合わせは楽しいのですわ！

「随分と、楽しそうだな！」

「ええ！　自分がグングン伸びていくのが分かりますもの！　楽しくないわけがなくってよッ！」

自分に成長の余地があると分かることは楽しいことですわね。強い私がもっと強くなる。まだまだ強くなる。これを実感できるのですから、楽しくって仕方がないのですわ！

「そういうあなたも楽しそうですわね！」

「まあな」

そしてドランも楽しそうですわ。飲んで寝て食べてる時とは打って変わって、目はギラギラしてますし、表情ももう、肉食獣みたいな笑顔ですわ。満面の笑みですけど怖いですわねえ。狂気じみていてよ。

……まあ、ドランも私と同じ部類の人間なのでしょうね。要は、戦うのが大好き、という類《たぐい》の。

ええ、私、戦うのは好きよ。命が持っていかれそうになる緊張感と、命を奪ってやれそうになる興奮。全身の筋肉も頭脳も、余すことなく自分を使い切る達成感。これらが合わさったら最高の娯楽になるのは当然のことですわね。

……そして、こうも遠慮なく手合わせできる相手って、とっても貴重ですわね。何といっても私、お兄様以外でこんなにも楽しく戦える相手は初めてですのよ！　ふふ、これには私、大満足、ですわぁ……。


ということで私達、散々殴り合って、散々蹴り合って、まあ、楽しく過ごしましたわ。いい汗掻きましたわねえ。今日もお風呂が気持ちよさそうですわぁ。最近は奪った積み荷の中にあった香油を贅沢に垂らして、お上品にお風呂を楽しんでいますのよ。おほほほほ。

私とドランはさっきのステゴロ訓練の感想や分析なんかを互いに話しながらアジトへ戻りますわ。運動したらまた小腹が空いてきましたから、何かおやつでも食べようかしら、なんて考えて……。

「おーい、皆集まってる？」

……ただ、アジトに到着してすぐ、ジョヴァンがちょいと慌てながら入ってきましたのよ。

「どうした。何か問題でも起きたか？」

「いやいや。全ては順調よ。俺の腕に間違いはない。貴族は没落していってるし、領地の切り売りも順調。……ただ、落ち目の貴族の野郎から、ちょいと面白い話を聞いてね」

面白い話、という割には、ジョヴァンは焦っているみたいですけれど。どういうことかしら。

「それがね……『商船が海賊にやられたせいで金が足りなくなった』っていう哀れなお貴族様から領地を切り売りしてもらってたんだけど。そしたら、そこで聞いちゃったのよ。……『大聖堂の介入の予定』を、ね」

大聖堂の介入、というと……あ、読めましたわ。

「大方、貴族院が貴族にお薬が蔓延していることを憂えて、大聖堂の協力を取り付ける、みたいな話をしてますのね？」

「おおー、流石はお嬢さん。貴族なだけのことはある」

ええ。フォルテシア家の教養があれば、このくらいは読めることですわ。

商船の海賊被害については大聖堂の助けを借りる余地が無いでしょうし、そもそも大聖堂は『義賊』なんて呼ばれて民衆の味方のように扱われている海賊を取り締まることには賛成しないはず。

なら、大聖堂の助けを借りる余地があるのはお薬の治療ぐらいですわ。ええ、大聖堂は公共の福祉に関する慈善事業をやってますし、治療の類《たぐい》もやってますもの。お薬にかこつけて大聖堂の協力を得よう、っていうのはまあ、妥当なとこだと思いますわ。海賊被害で貴族院の手が回らなくなってる、ってのも含めて、大聖堂を頷かせるには丁度いい話題ですものねえ……。

「ついでに、多くの脱獄犯の手引きをした大罪人、ヴァイオリア・ニコ・フォルテシアの捜索についても大聖堂に依頼したいみたいね」

……そ、そこまでは読めませんでしたわ！　そうなんですのね⁉　私、国の三大権力全てに捜索されることになりますのね⁉　上等ですわーッ！

「ってことで、ぼちぼち大聖堂にも攻め入るいい機会かしら、って思うんだけど。どう？」

「……その前にチェスタにも分かるように説明してやれ」

……そうね。私には今ので十分に分かりますけれど、ドランとキーブにはもう少し説明が必要でしょうし、チェスタは何一つ理解してませんわ。ええ。チェスタは今、珍しくも寝起きなだけで素面《しらふ》は素面なんですけれど、それでも駄目ですわ。理解できてませんわ。まあ薬中のオツムになんて最初から期待してませんわ！

「要は、この国の三本柱の内の二本、貴族院が大聖堂と手を組もうとしてる、ってことですのよ」

ということで説明しますわ。私、こういうのも得意ですのよ。まあ、伊達に学園で首席生徒の座を保持してはおりませんの。おほほ。

「貴族院が大聖堂と手を組めば、貴族院は実質、民衆を動かすことができるようになりますの。そうなれば国家の基盤はより盤石となり、貴族の、貴族による、貴族のためだけの国家が出来上がっていきますわ」

ある種、大聖堂を取り込むことは、貴族院の昔からの悲願ですの。王家と貴族院がズブズブの関係で楽しくやってるのは周知の事実ですけれど、そこに大聖堂まで加われば、いよいよこの国は貴族王族のためのもの、ってことになりますわね。

「貴族院が大聖堂と手を組みたい、ってことは、今はまだ、大聖堂って貴族院の味方じゃないんだ」

キーブが納得したように頷いていますわ。まあ、そうですわね。大聖堂はこの国の中でも中立、どちらかといえば民衆寄りの反貴族、といった立場を取っていますわ。そうした立場の大聖堂があることで、この国は上手く均衡を保っているのですもの。そう。大聖堂って、本来、貴族院に取り込まれちゃいけない立場ですのよ。

「貴族院は、大聖堂にいくらか業務提携させたくらいで、大聖堂を取り込めるものなのか？」

……そう。だから、ドランの疑問通り、ですわ。大聖堂はどちらかといえば反貴族、という立場ですから、貴族院には与しないはずですわ。お薬の治療と、神に背いた大罪人の捕獲について大聖堂が手伝ったとしても、それだけですの。大聖堂が他の事柄でまで貴族院の味方をするわけはないのですわ。『手を組む』なんて、ありえなくってよ。……普通でしたら。

「ええと、皆、今の聖女様をご存じかしら？」

「あ、それは俺、知ってるぜ。女だろ？」

「まあ、聖女って言うくらいですから女ですわねぇ……」

「うん。で、なんか気の弱そうな奴」

……チェスタの『女だろ?』に呆れましたけれど、その後のには及第点をあげてもよくってよ。

「そうですわね。三年前に聖女選挙で最多得票した平民出身の少女。それが今の聖女様ですわ。ただ……中々の気弱なお方なんですのよねえ」

聖女は民衆からの投票で選ばれますから、必ずしも貴族出身の人間がなるわけではありませんの。ただ……私に言わせれば、平民が人の上に立つのは難しくってよ。残酷なようですけれど、学がありませんし、胆力もありませんもの。少なくとも、今の聖女様については、そういう方に見えましたわねえ。そして実質、そうですわ。アレはないですわぁ……。

「大聖堂の最上位は聖女、ということになっていますけれど、高位の神官が聖女を支えていますわ。つまり実質、彼らが大聖堂のことを決めていますの。民衆に投票させる選挙で聖女を選んでいる以上、とんでもないバカ娘が選ばれる可能性もありますものね。……でも、それでも、大聖堂の最上位が聖女、という名目に変わりはなくってよ」

「ああー……よく分かんねえけど、つまり、聖女にサインとかさせたら大聖堂のこと、動かせちまうのか?」

「薬中にしては早い理解ですわね。その通りですわ」

そう。今回の貴族院の狙いは、おそらく、聖女ですわ。

「そうよね? ジョヴァン」

「はいはい、その通り。……今回、情報をくれた落ち目の貴族野郎の情報によれば、どうも、建国祭の直後あたりの日程で、聖女様を直々に貴族院へ招いて会談を開くらしいぜ。つまり、そこで聖女様相手に色々契約しちゃって、大聖堂を貴族院の都合のいいように動かすつもり、ってこと」

にやり、と笑ったジョヴァンに私も笑い返して……結論が出ましたわね。ええ。

「で、俺から提案なんだけど。……聖女様をそこで簒奪させていただく、ってのはいかが？」

貴族院が狙っているというその聖女。こちらが手中に収めてしまうっていうのも面白いんじゃなくって？


「聖女さえ手に入れれば大聖堂を動かせる、というのは貴族院にとってだけの話じゃなくってよ。私達からしても同じことですわ。そして、大聖堂を動かせれば、この国の三本柱の内の一本を手中に収めることになりますの。私達に有利に働きますわね」

「国家を転覆させようとしているわけだからな。まあ、権力は欲しいところか。よし、俺は乗る」

流石、ドランは思い切りが良くってよ。ムショに入ってただけのことはありますわね！

「まあ、実際にやるとなると……提案した俺が言うのもアレだけど、結構難しそうよね」

一方で、言い出しっぺの割にジョヴァンは慎重派ですわねえ。まあ、彼、商人ですものね。理想と現実の間を埋めようとするのは嫌いじゃなくってよ。

「聖女様を誘拐して言うこと聞かせるにしても、貴族院は間違いなく動くぜ。むしろ、聖女救出って名目で大聖堂と提携するいい機会を与えることにもなっちまう」

まあ、そうですわねえ。でもそれ、普通に誘拐した場合のお話でしてよ。

「ええ。ですから聖女様には死んで頂きましょう」

こういう時は逆に考えるのですわ。誘拐したら取り戻されてしまう、というのならば、取り戻されないような誘拐の仕方を考えればよくってよ！

「……つまり、死んだように見せかけて攫ってくる、ということか」

そしてやっぱりドランは判断が早いですわねえ。ジョヴァンと腐れ縁だからかしら。おほほ。

「ええ。死んだものと思われれば、貴族連中だって聖女を探しやしませんわ。貴族のせいで死んだ、なんてことになれば大聖堂と貴族院の仲を引き裂くこともできますわ。そして、遺言が聖女様の筆跡で残っていれば今後の大聖堂の方針も、ある程度操作できますわ！」

「あ、つまり攫って死んだことにして遺書書かせる、ってことね。てっきり、本当に殺すのかと」

「まあ、遺書さえ書かせれば本当に殺してもいいのですけれど」

私、そこらへんに頓着はありませんわ。ガタガタ煩いようなら遺書を書かせた後で殺しますわ。

……でも、特に煩くないなら、生かしておいても別に良くってよ。ええ。頓着はありませんの。

「なら、どう実行する？　聖女様を攫うにしても、どうやって攫ってくるのよ。それも、生死不明の状態にしながら攫ってこなきゃならない、ってんなら、相当に条件が厳しいぜ？」

「ええ、そこが悩みどころですのよねえ……うーん」

そして、まだ悩むところが残ってますわ。そう。目的も、そこへ辿り着くまでの道筋も見えたわけですけれど、実行するとなると、難しくってよ。

生きたまま、けれど傍目には死んだように見せかけて、それで攫ってくる……どうしましょう。

「攫うのは簡単だろ？　ほら、空間鞄に生き物入れられるようになったんじゃねえの？」

「まあ、そこは簡単ですのよ。鞄に人間詰めて帰ってくりゃいい話ですもの。けれど、それができる状況にするのは難しくってよ」

そう。私達、人間を担いで逃げる、なんてことをしなくても、鞄に詰めてこっそり去れば済むわけですから、そこんとこは大分簡単ですのよ。……けれど、それでも難しいんですのよねえー。

「貴族院の連中と聖女の会談、なんてところに突入したら、流石に負けますわ。数が数ですもの」

「いや、でもこっちにはドランが居るじゃねーか！　な！　余裕だろ！」

「いや……少なくとも、真正面から突撃するのは、得策ではない、だろうな」

「あ、ドランがそう言うってことは、マジでヤベえんだな……へー……」

……チェスタのヤバさの基準って、ドランなんですのね。まあ、賢明な判断だと思いますわ。

「私も、一対一の戦いになるなら、負ける気はありませんわ。けれど、いくら雑魚でも、数があったら流石に厳しくってよ。……それに、会談には間違いなくクリス・ベイ・クラリノが来ますもの」

「へー、強いのかよ、そいつ」

「まあ、アイツが貴族界随一の強さですわねえ。私なら一対一で勝てる可能性がボチボチありますけれど」

武装した大量の兵士の警備に加えて、クリス・ベイ・クラリノと戦う羽目になったら、流石にちょいと負ける気がしますわねえ……。そうでなくとも、人の目が大量にあるような場所で誘拐は厳しくってよ。何せ、聖女様には生死不明になってもらわなきゃいけませんもの。

……そうして私達、一頻り悩んでいたのですけれど。

「あのさ、人攫いって、どうやって人を攫うか、知ってる？」

ふと、キーブがそう、話し始めましたのよ。

私達がキーブを見守る中、キーブはちょっと気まずげに、続けますわ。

「大水が出たり、火事になったり、地割れで酷いことになったりした場所があったら、そこに駆けつけるんだ。それで、逃げてる内にはぐれた奴を攫う。そうすれば、村の他の奴らは『ああ、アイツは死んだんだろうな』って判断するから」

……もしかすると、キーブ自身、そういう風にして攫われて奴隷になったのかもしれませんわね。でも、まあ、そういうことなら説得力のあるお話でしてよ。それに、おかげでとってもいい案が浮かびましたわ！

「成程、災害、もしくは大規模な事故、ですわね！　なら、会場を爆破しましょう！」

災害に紛れて人攫いをするのが一番なら！　災害を引き起こすのが！　得策！　ですわぁーッ！


ということで、決まりましたわ。爆破しますわ。

私達、聖女様が居る会場を爆破して、そこで多数の死傷者を出しながら聖女様を誘拐しますの。そうすれば聖女の生死は不明となりますし、大規模な爆発なんてあったらそっちの処理で貴族院は手一杯になるはずですものね。貴族院の仕事が増えれば貴族院が動く余地が益々少なくなりますわ！　国家転覆に向けての一石二鳥でしてよ！

さて。ということは……。

「じゃあ、まずは貴族院の会議場を爆破して……そこで聖女様が生き残ることを期待しますわ！」

こういうことですわね！　……ただ、これを言った途端、皆から何とも言えない顔で見られましたわぁ……。遺憾ですわぁ……。

「待て。攫ってから爆破しろ」

「だって、流石に爆破でも起きない限り、貴族連中の警備は薄れませんわよ？　侵入できませんわ」

……理想を言えば、ドランの言う通り『攫ってから爆破』なんですのよ。けれど、流石に、貴族院の会議場に忍び込んで、聖女様を攫って、そして爆破しながら逃げおおせる、っていうのは難しくってよ。

「あー……それなんだけど、俺からも一つ、いい？」

と、思っていたらジョヴァンがなんとも言えない顔で手を挙げましたわね。

「建国祭の催しでさ、ほら、あるじゃない。顔を隠して入れる場所、ってのがさ。……仮面舞踏会、っていう」

……あー、ありますわね。貴族の道楽ですけど。よくご存じだこと。

「で、少なくとも今、俺とチェスタは貴族位を買ってる。じゃ、あと三名分貴族位を買っちまえば、そこに潜入できない？」

あら。それは悪くなくってよ。……貴族であるはずの私がまた貴族位を買わなきゃいけないってことについては深く考えませんわ。身分の偽造のためにも必要なことですものね。ええ……。

「悪くないな。だが、仮面舞踏会に聖女が来るか？」

「建国祭の仮面舞踏会なら、貴族院の主催でしょ。非公式の場とはいえ、聖女様は招待されるはず。で、招待さえされてるなら……」

「招待状に偽の返信を出して、出席することにできる、と」

ドランとジョヴァンが顔を見合わせてにやりと笑ってるのを見る限り、こいつら、似たようなことを前にもやったことあるんでしょうね……。まあ、深くは聞きませんけれど。

「なら、早速準備に取り掛かりますわよ！　聖女様を仮面舞踏会に出席させて！　私達も会場に潜入して！　聖女様を攫って！　会場を爆破して死傷者多数にした後！　逃げますわ！」

「ははは。派手でいいじゃんいいじゃん！　俺も乗った！」

「ねえ。こういう作戦だと、雷って使い勝手がいいんじゃない？　僕も使えば？」

チェスタとキーブの賛同も得られましたし、私も目標がハッキリして元気になって参りましたわ！　さあ、早速準備を……まずは、招待状と爆薬の準備から始めましょうね！

＊

それから二週間ほど、私達、随分と忙しく動き回りましたわ。

まず、ジョヴァン。彼が一番忙しかったと思いますけれど……全員分の貴族位を買い揃えましたわ。勿論、私とドランは偽名で、ですわ。私の偽名は『アイル・カノーネ』となっておりますの。ドランは『エド・ハウデス』という名前で貴族位を取ったようですわね。ま、どうせそう使わない偽名でしょうけど……。

他にも舞踏会用の衣裳に、爆薬の調達に、と、ジョヴァンはあれこれ頑張ってくれましたわ。あまりにも頑張ってくれたものですから、私、貴族のワイナリーで頂いてきた最高級ワインを彼にプレゼントしましたわ。おほほ。

そして私は暇潰しに、貴族のワイン蔵を潰して回っていましたわ。アメジストスライムは空間鞄の中でたっぷり増えて、ミッチミチになってましたの。それをワイン蔵の傍で行ってらっしゃいましてやれば、ぞろぞろとワイン蔵へ向かっていって、そこに貯蔵されているワインを悉く飲み干してくれますのよねえ……。スライムを鞄一つでこんなに大量に輸送できるなんて考える人は居ませんから、私の犯行だとバレることもなく、ただこれは『不幸な自然災害』として片付けられましたわ！　スライムって本当に便利ですこと！　おほほほほ！

チェスタは私と同じように動いていましたわね。もう一つ、空間鞄をアメジストスライムでミッチミチにしておきましたから、それで他のワイン蔵を潰してくれたはずですわ。……本人もワイン蔵に侵入したらしくて、帰ってきた時にべろんべろんに酔っぱらってたこともありましたけど。なんですの？　チェスタってアメジストスライムでしたの？

ドランはというと、大聖堂から貴族院へ向かう書簡をこっそり奪う、という大仕事をやってくれましたわ。そして、聖女様からの『仮面舞踏会には欠席します』の返信を見つけて、キーブが上手く『仮面舞踏会に出席します』の返信を作ってくれましたの。後は、それを貴族院へ届けさせればよくってよ。

……少しした頃から、大聖堂がちょっとバタバタする様子が見られましたわね。まあ、多分、『欠席にしたつもりが出席にしてしまったらしい！　こちらの間違いだから、今更突っぱねるわけにもいかない！　急いで舞踏会の準備をしなければ！』とかやってるんだと思いますわ。

何しろ、聖女様の出席は、聖女様と一刻も早く繋がりを持ちたい貴族院の連中からしても好都合なはずですもの。この『ミス』を貴族は大いに喜んで、今更聖女様が『やっぱり欠席で』なんて言えないように裏から手を回しまくってくれたのでしょうね。ええ。ここまで織り込み済みですわ！

……というように、準備は着々と整って参りましたのよ。

聖女様は舞踏会へ参加を余儀なくされて、貴族連中はそれを歓迎。私達は爆薬を準備して、貴族位も買い揃えて、後は会場へ乗り込むだけ……。

……となったところで、一つ、問題が発覚しましたの。

「ところでこの面子って男女比に偏りがあるけど、どうしましょうかね、お嬢さん」

そうですの。……舞踏会なんですから、男女同伴で行くのが一番怪しまれませんわ。でも、この面子、私以外全員、野郎ですのよ。……どう足掻いても、男女同伴は一組分しか作れませんわッ！

「なら、潜入は私ともう一人、ということにすべきかしら……？」

「どのみち、外で爆薬をどうにかする奴が一人は必要だからな。会場の外に残る奴が居るのはいい。だが……手が必要なのはむしろ、会場の中、だろうな」

そう。そうなんですのよ！　今回はとにかく早さが命ですわ！　仮面舞踏会ですから、全員顔は隠れてますの。だから私達も聖女様に接近できるわけですけれど……その聖女様を探すのが一苦労、というわけなのですわ！

ですからそこは人海戦術がいいかと思いましたのよ。目が増えればその分、より早く聖女様を見つけて鞄に詰めることができますものね。

……だからこそ、二人しか会場の中に入れない、というのは、すごーく、嫌なのですけれど……。

「まあ、しょうがないんじゃない？　あるいは、俺くらい面の皮が厚けりゃ、一人でフラッと会場に入れるかもしれないけど」

「不審ですわよ、どう見ても」

……ま、まあ、何故かジョヴァンって立ち居振る舞いがそれなりに洗練されてますし、本人の言う通り『面の皮が厚い』ですから、一人で会場に入っても然程怪しまれないかもしれませんけれど……他はちょぃいと、難しいでしょうね。ええ。

「できれば、会場にはキーブを連れていきたかったんですのよねえ……」

「じゃあ、僕がヴァイオリアをエスコートしていく、ってこと？　……できるかな」

「でも、実働としてはドランの力が欲しいところなんですのよ。荒事になったらドランが居た方がよくってよ。それに、人攫いならジョヴァンの目利きもあると助かると思っていましたの」

まあ、要は、中に連れていきたい人員が結構多いんですのよねえ。皆それぞれにできることが違いますもの。……チェスタが『俺は？』って顔してますけど、薬中は躊躇なく爆薬に着火する係が一番向いてますわッ！

「はあ、キーブが女の子でしたらよかったのにぃ……」

「ま、まだそれ言うの？」

言いますわよ。だって、こんなにお肌すべすべで、お目目ぱっちりで、睫毛も長くって髪の毛サラサラで……女の子の恰好してなくたって女の子に見えるくらいなんですもの。女の子じゃないのが惜しまれ……。

「……そうですわ」

私、閃きましたわ。そうですわよね。女の子じゃなくったっていいやって、考えるのですわ。

「キーブ。あなた、女装なさい」

男の子だって、女の子にすればよくってよ！

「は、はあああ⁉　嫌だけど⁉」

案の定、キーブは顔を真っ赤にして嫌がりますわね！　知ってましたわ！

「そこをなんとか！」

「嫌だ！　絶対嫌だ！」

「ご褒美いっぱい出しますわ！　ね、ね！　お願いですわー！」

「だ、大体、なんで僕が……だったらジョヴァンが女装すればいいだろ！」

「悪いな、キーブ。俺も流石に似合わない女装で舞踏会に行けるほどには面の皮が厚くないんでね」

ジョヴァンが悟りを開いたような顔してますけど、そりゃそうですわ。物事には限度ってモンがありましてよ。ジョヴァンが女装したってバケモンができるだけですわ。

「キーブ！　あなたなら会場一の美少女になれますわ！」

「嬉しくない！」

「……なら、逆に聞きますわね」

キーブがぷんぷん怒ってるところで、私、ちょいとやり方を変えますわよ。

「あなた、どういう条件なら、女装して舞踏会に行ってくれるかしら？」

ええ。私だって、キーブが望まないことはさせたくありませんわ。ですから、そこはちゃんと対価を払う所存ですのよ。キーブが納得できる対価を私が出せるなら、それがお互いにとって一番いい形ですわね。

「え、ええと……」

……あっ、キーブが悩み始めましたわ。ということはこれ、望みは零《ゼロ》じゃありませんのね？

「……なんでもいいの？」

「ええ。私に出せるものでしたら、何でもよくってよ！」

期待を込めてキーブを見つめ返すと、キーブはまた少し、考えて……。

「最高級ドラゴン革の手袋とブーツと鞄。あと、魔導士用の長杖。僕に合うやつ」

あら。結構ちゃんと吹っ掛けてきましたわね。

ドラゴン革の手袋とブーツと鞄、となれば、金貨にして三百枚ほどになるかしら。葉っぱ農場の農民十五か月分ですわね。それから、魔導士用の杖、となると、これも素材によっては高くつきますわ。今、キーブに与えている杖は肘から指先くらいの長さのもので、黒檀と魔銀に夜空水晶、というちょいとお高い組み合わせのやつですけれど……長杖となると、さらにいいお値段するでしょうね。ま、よくってよ。

「分かりましたわ。それで、これだけでいいんですの？　他にもっと欲しいものは無くって？」

「えっ？　……まだ、いいの？」

キーブは少し警戒しながらこちらの様子を窺っていますわね。多分、相当吹っ掛けた自覚があるんでしょうけれど、甘くってよ。私にとってドラゴン革なんてお肉のオマケに付いてくる安いものですし、キーブが強くなるために杖を買い与えるのはむしろ当然のことですものね。

「ええ、よくってよ。だってあなたにはそれだけの価値があるんですもの」

それに、キーブの価値を安く見積もるようなことはしたくありませんもの。バンバン吹っ掛けてもらいたいものですわね。

なんだか嬉しくてにこにこしてたら、キーブはなんだかまごまごして……。

「……じゃあ、魔導書。先生付きで」

迷った後に、そう、言いましたの。

「あら、つまり私を先生にご所望かしら？」

「そう！　ヴァイオリアがちゃんと教えて！　あと……ケーキ！　ケーキ焼いて！」

「ええ！　いくらでも教えますし、もう、あなたのために何台だってケーキ焼きますわー！」

ああ、ああ、嬉しいですわ！　キーブが女の子になってくれることも嬉しいですけれど、それ以上に、ちゃんとものをねだってくれるのが嬉しくってよ！　それに……私！　ケーキを一緒に食べる仲間ができますのね⁉　ああ、とってもとっても嬉しくってよ！

……ということで、数日後。ちょっと怒って見せながらもケーキを食べてご機嫌な様子で魔導書のページを捲るキーブの姿が見られましたわ。とっても可愛いですわ！　とっても可愛いですわ！

幕間　バカンスですわっ！

はい。ということで私達、ちょいと無人島でバカンスすることにしましたわ。

動機は単純でしてよ。どうも、ジョヴァンが私達全員分の貴族位を購入したあたりから、『急に稼いでいる連中』ってことで恨みを持つ奴らがボチボチ出てきたらしいんですの。まあ、貴族としては貴族位を買って新たに貴族になる新興貴族は目障りでしょうし、元々の貧民層からは単純な妬みがぶつけられますし、仕方ありませんわねえ。

ま、そういうわけで、ちょいと行方を晦ませて追跡を諦めさせてやった方がよろしいかしら、ということになって……ならいっそのこと全員で休暇を取ってしまえ、となって……今、私達は手頃な無人島を見つけたところですわ。

「エルゼマリン近郊にもボチボチいい島が残ってますのねえ」

エルゼマリンは港町で、かつ、貴族の別荘が多い町ですわ。そんなエルゼマリンから船で少し行くだけで到着するような位置の美しい島って、大抵は貴族の別荘地として購入されているのですけれど……この島はカンペキに無人島のようですわねえ。

砂は白く細かくサラサラとしていて、波打ち際は緑がかった青い海の色。そして遠くを見渡せば、深く青く、美しい海が周囲をぐるりと囲んでいて……こういう美しい島が残ってるモンですのねえ。

「そーね……まあ、こういう島が無人島なのにはワケがあるのよ、お嬢さん」

と思ったら、ジョヴァンがまるで幽霊でも出てくるみたいに横からヌッと出てきて笑いましたわ。

「こういう島が売れ残ってたらね……強力な魔物が住み着いている、ってコトなのよ」

「あらっ、余計に素敵ですわぁ」

「休暇中に狩りも楽しめるのか。至れり尽くせりだ」

「あーあ、ドランとお嬢さんはそう言うと思ってたぜ」

ジョヴァンは『やれやれ』みたいな顔してますけど、私とドランはわくわくのにこにこですわ！　貴族連中がこんなに美しい島の購入を躊躇うくらいですもの。きっとさぞかし歯ごたえのある魔物が棲んでいるのでしょうね！　楽しみですわ！　楽しみですわ！

「それに、キーブの魔法の練習台だって居た方がよくってよ。ね？　キーブ」

「うん、まあ……別に、好き好んで戦いたいわけじゃないけど」

あらあら。そんなこと言ったって、きっとキーブは戦いたくなると思いますわ。新しい魔法を覚えたら、自分の力を確認したくなるモンですわ。

「なー、俺、そろそろ腹減ったんだけど」

「早くありませんこと？　まあ……そういうことなら、もうお家を出しましょうか」

さて、チェスタにせっつかれましたし、私もそろそろ屋内で休憩したいところですし……別荘を建てましょうね！


最初にやるべきことは、建てる場所を決めることですわ。砂浜から歩いて少ししたあたりに開けた土地がありましたから、まずはそこに、巨大な四角い枠組みを空間鞄から出して設置しますわ。そうしたらその枠の中に、巨大スライムを一匹、ミッチリムッチリ詰めておきますわ。……スライムって元が水だからか、水平になりたがるんですの。そして、こういう巨大なスライムになればなるほど、自分の足元が水平じゃないのはちょっぴり腹立たしいらしくって、むにむにと地面を溶かして食べては水平な地面を作ってくれますのよねえ。建築現場でよく使われるスライムですわ。とってもいい子でしてよ！

さて、こうして巨大スライムが満足する水平な土地ができたら、そこで私は……空間鞄から、別荘を出して設置しましたわ。

……ええ。空間鞄から別荘を丸ごと、出しましたわ。これにて建築終了ですわ。

軍用の空間鞄なら、小ぶりな別荘くらい収納できますすもの。こうして別荘を直接運んじゃうこともできますのよ。便利なモンですわぁ。

「なー、この別荘、どこから持ってきたんだよ」

「あー、これ？　これね、貴族の土地を買い漁ってた時、ある貴族がね、『別荘をやるからもっと買値を高くしろ』って言ってきた割に、いざ別荘とやらを拝見しようとしたら『この別荘がある場所の土地だけは売らない。だからお前は別荘に足を踏み入れることはできない』とか言われちまって、ちょいとカチンと来たもんでね……」

「あー、それで鞄に別荘詰めて持って帰ってきたのかよ。おもしれー」

ジョヴァンは当時のやり取りを思い出してか、遠い目してますわね。でも私、その場面、ちょっぴり見たかったですわぁ……。

まあ、こうして無事、別荘も建ちましたし、早速バカンスと洒落《しゃれ》込みますわ！

別荘のリビングルームは、海に面した大きな窓があって、なんとも開放的な造りですわ。海の青さと空の青さがすぐ目に飛び込んできて、とっても素敵。

素焼きタイルの床と、白漆喰の壁が明るい印象ですわね。ええ、こういう海辺の別荘には丁度よくってよ。

「じゃ、飯食っていい？」

「お好きにどうぞ。じゃあ、キーブ。早速ですけれど、私達はケーキを焼きましょうか。手伝ってくれるかしら？」

「しょうがないなあ」

チェスタがテーブルに食事を並べて勝手に食べ始めたのを横目に、私とキーブは厨房へ向かいますわ！　キーブと一緒にケーキを焼くの、楽しみにしてましたのよ！　目いっぱい張り切って作りますわよー！

今回、キーブと一緒に作るのは、素朴なケーキにしますわ。エルゼマリン近郊の森の中で採れた野生の木苺を煮て、それをバターケーキに混ぜ込んで焼こうと思いますの。キーブはお菓子作り初挑戦みたいですし、デコレーションケーキを作る技術は流石の私にもありませんし、このくらいが身の丈に合ってて丁度よくってよ。

バターをかき混ぜてたっぷりの空気を含ませたら、そこにお砂糖を加えて、卵も加えて、またよく混ぜて……この工程を私のお母様は『これもまた修業ですよ、ヴァイオリア』と仰っておられましたわね。ええ、バターを混ぜるのって、ちょっぴり力仕事なのですわ。私、小さい頃はケーキを作りながら身体強化魔法の調整を覚えましたのよ。懐かしいですわあ……。

「……これ、ヴァイオリアがお母さんと一緒に作ってた、っていうケーキ、だよね？」

「あら、覚えてましたの？　ふふふ、そうですわ。小さい頃は木苺を摘んでは、お母様と一緒に厨房に立って、こういうケーキを焼いていましたのよ」

今日はキーブがバターを混ぜる係ですわね。彼、身体強化の魔法はあまり得意ではないようなのですけれど、風の魔法を使ってバターを上手く混ぜていますわ。中々、やりますわねえ……。

「……あのさ。ヴァイオリアの家族って、どういう人達？」

そして、ふと、キーブがそう聞いてきましたのよ。バターを混ぜる手を止めて、首を傾げて。

なので私も、琺瑯のお鍋で木苺を煮ていた手を止めて、答えますわ。

「そうね。お父様もお母様もお兄様も、大好きな自慢の家族ですわ」


「私のお父様とお母様は、それぞれに大きな商家の一人息子と一人娘。お互いに跡継ぎとしての教育を受けて、若くして素晴らしい才覚を発揮しておられましたの」

ということで、ケーキをオーブンに入れて、焼き上がるのを待つ間に、ちょいと私の家族のお話をさせてもらうことにしますわ。

「お父様の商家とお母様の商家は敵対関係でしたわ。……でも、商売敵の一人息子と一人娘が出会ってみたら、恋に落ちちゃったらしいんですの！　それを機に『敵対するのも馬鹿らしいよね！』ってことで二つの商家が統合されましたのよ」

「へえ……そういうものなんだ。ええと、二人の気が、よっぽど合った、ってこと？」

「ええ。商家の跡取りとして教育を受けていた者同士、話が合ったらしいですわ。お母様は『私より賢い男が居た！』ってびっくりされたそうですし、お父様は『私より賢い女が居た！』ってびっくりされたそうですわよ。……まあ、後は、拳で語り合った時にピンときたらしいですわ」

「拳……あの、ねえ、ヴァイオリアの家って、皆ヴァイオリアみたいなかんじ？」

「似たもの家族とは言われますわねえ」

ついでに仲良し家族でもありますわ。毎年、魔物の多い地域へ小旅行に出かけて、そこで仲良く魔物狩りをして、美味しいドラゴンのお肉を頂くのが恒例の家族行事でしたのよ。私達の旅行先では魔物被害が減るということで専らの評判でしたわ。おほほほほ。

「まあ、そういうわけで、私が生まれて数年で貴族になったフォルテシア家ですけれど、その前はただ裕福なだけの商家でしたから。私、根っからの貴族ってわけじゃああありませんのよね」

「そうなんだ。……納得半分、意外半分、ってかんじ」

あ、あら、納得と意外さが半分半分、ですの？　それどういうことですの？　貴族っぽいところと貴族っぽくないところが混ざっちゃってるってことですの？

それからケーキが焼き上がるまでの間、色々な話をしましたわ。

私が五歳の頃、お父様から弓を頂いたのが嬉しくて、ワイバーンを一人で狩りに行って怪我をしてしまった時の話。その時に私が仕留めたワイバーンでお母様が作ってくださったシチューがとっても美味しかった話。お兄様と一緒にエルゼマリンの裏通りでカツアゲされて、カツアゲし返した話。お父様が鉄鉱石の鉱山を貴族連中から上手く巻き上げた話。学園の武術大会の決勝戦が毎度毎度私とお兄様の兄妹《きょうだい》対決になってしまうあまり、武術大会が男子の部、女子の部、フォルテシアの部に分けられるようになってしまった話。そうしてフォルテシアの部ができてからクリス・ベイ・クラリノが武術大会に参加するようになったのを見て、お兄様が『あいつは今まで私に負けるのが怖くて出場できずにいたのか！』って笑っておいでだった話……。

話すにつれて、私の中でも家族のことが思い出されますわ。そして、思い出すことってほとんど全部、笑い合っていた時のことばかりですのね。

……本当に、大好きな家族ですの。私のよき理解者であり、よき仲間であって、そして、たくさんの思い出がある、大切な大切な人達ですのよ。

「ヴァイオリアって、家族と仲、いいんだね」

「ええ。皆、大好きですわ」

ですから、屋敷が燃えたってお父様もお母様もお兄様もどこかに逃げ延びて生きておられるって信じていますし、私達の思い出がたくさん詰まった屋敷を燃やした王家の連中は皆殺しにしますのよ。

そう、改めて思うことができましたから、お話ししてみてよかったですわ。

さて。お話ししている間にケーキが焼けましたわ。金型からケーキをそっと出して、網の上で冷まして落ち着かせますわ。焼き立てほやほやのケーキはやわやわですから、ちょっと冷めてから切ってやらなきゃいけませんのよねえ。これもお母様に教わったことですわ。あ、これ、ケーキだけじゃなくてポヤポヤドラゴンのお肉とかでも言えることなんですのよ。あの手の魔物は死体が冷めてからの方が切りやすくってよ。おほほほほ。こういうの初めてやった」

「ケーキってこうやって作るんだね。こういうの初めてやった」

「ふふふ、人生何事も経験、ですわね」

オーブンでケーキが焼き上がるのを待っている時のわくわくした気分も、漂う甘い香りも、自分でケーキを焼いてみないと分かりませんものね。この感覚、キープに教えることができてよかったですわ。

「なー、なんか美味そうな匂いするんだけど」

と、そこへチェスタがのそのそやってきましたわねえ。既に半分減ってるワインの瓶を片手にやってきたところ申し訳ないのですけれど、まだケーキは焼き立てほやほや。食べるのはもうちょっと後ですわ！

「煮た木苺の残りがありますから、それあげますわ。確かクラッカーが鞄に入っていますから、アレと一緒にお食べなさいな」

チェスタがケーキを覗き込んで『うまそー』ってやってるのを横目に、小皿へ木苺のジャムを取り分けてやりましたわ。チェスタは木苺のジャムの匂いを嗅いで、『うまそー』ってにこにこ帰っていきましたわ。チェスタって、案外甘党なのかしら……。

「さて。もうちょっとジャムが残ってますから、これを片付けて、お鍋を綺麗にしましょうね」

「洗う？　僕やるけど」

「洗うんじゃ、勿体なくってよ。折角の新鮮なジャムですもの」

キーブが覗き込んできたところで、私、空間鞄から新鮮な牛乳を取り出しますわ。

そして、木苺を煮たお鍋の中へ、牛乳を投入しますわ！　後はお砂糖でちょちょいとお味を調えて……。

「いちごミルク、ですわ！　これ、美味しいんですのよ」

出来上がったピンク色の飲み物をカップに注いでキーブに渡すと、キーブったら目をほんのりきらきらさせて、カップを大切そうに抱えましたわ。あら可愛い。

「……おいしい」

更に、ちびび、とカップの中身を飲んで、キーブったら、花が綻ぶような笑みを浮かべてますのよ！　ああ、可愛いったらありゃーしませんわねっ！

「お母様と一緒に木苺のケーキを作った後は、お母様がこうやっていちごミルクを作ってくださって、それを二人で飲むのが楽しみでしたのよ」

厨房でお行儀悪く楽しむ背徳のお味、ですわね。甘酸っぱくてまろやかで、今飲んでもこれ、美味しくってよ。

「あらお嬢さん、イイコトしてるじゃないの。いいなー、いいなー、俺にも分けてくれたりする？」

「しょーがありませんわねえ……」

「へへへ、ありがとお嬢さん。偶にこういうの、欲しくなるのよねー」

それから厨房へやってきたジョヴァンにもいちごミルクを振る舞ってやりましたわ。木苺をたっぷり煮たおかげで、たっぷりできちゃいましたのよねえ、いちごミルク。

……あっ、でも、ジョヴァンにコレ、ビックリするほど似合わなくってよ！

「ところで、ドランはどうしてますの？　さっきチェスタはおやつをタカりに来ましたけれど……」

「ん？　外で遊んでる」

ジョヴァンの言う『遊んでる』は間違いなく、『戦闘してる』でしょうね。ドランが浜辺で砂のお城をこしらえたり、貝殻を拾い集めたりしている様子なんて全く想像できなくってよ。

ちょいとリビングルームに戻って、窓から海の方を眺めていたら……銛とキラーマグロを手に戻ってくるドランの姿が見えましたわ。今夜はキラーマグロでディナーかしら。美味しいんですのよねえ、キラーマグロ……。


夕方。私達は浜辺に出て焚火を熾しましたわ。夕焼けに染まる空も海も、そしてぱちぱちと燃える火も、綺麗な赤色ですわ。影は長く黒く砂浜の上に伸びて、どこか郷愁を感じさせるような風景ですわねえ。

「切り分けたぞ。各自焼いて食え」

さて。そんな綺麗な夕焼けの浜辺で私達は……キラーマグロの身を焚火で炙って食べることにしましたわ！　キラーマグロはちょいと固めですけど、軽く炙ると筋がトロリと蕩けて、とっても良いお味になりますのよねえ。うふふ……。

「キラーマグロと素手で戦うのは流石に厳しかったな。流石に銛を使った。どうも俺は水中戦に向いていないらしい」

「あー、水中で戦う時は身体強化の魔法のかけ方が変わりますのよねえ」

私も水中戦、ちょいと苦手ですわ。このバカンス中に磨いておこうかしら。いつ何時、どこでどう戦うことになるか分かりませんものね。備えあればなんとやら、ってところですわ！

「案外、水中戦はチェスタの方が上手いかもしれないな」

「えっ、チェスタって、泳ぐの得意なんですの？」

「あー、俺、小さい頃はもの作る工房で世話になってたんだけどよ、海で真珠採りとかもしてたんだぜ。結構いい小遣い稼ぎになるからさあ」

ああ、海辺の町のストリートチルドレンの仕事といったら、素潜りや荷運びですものね。それで、水の中の動きに慣れてる、ってことなら納得ですわ。

「それによー、そもそもドランは、水に沈むだろ」

「……まあそうだな」

そして何より、ドランは筋肉の塊ですから、水にガンガン沈みますわね。ええ。多分、ドランは水中で他の人がしなくていい苦労をする羽目になってますわ……。

「じゃ、明日は何、皆、泳ぐの？　なら俺は寂しく浜辺で貝殻拾いでもしとこうかしら」

ジョヴァンは水に入る気が無いらしいですわ。まあ、そういうことなら貝殻拾いしながら蟹とでも戯れててくださいな。

「貝殻……あ、結構綺麗なの、落ちてるんだね」

キーブが拾い上げたのは、綺麗なピンク色の桜貝、ですわ。あら綺麗。そうねえ、貝殻拾いっていうのも、案外楽しいかもしれませんわ。明日からもバカンスはもう少し続きますけれど、折角ですから色々なことを試してみるのも悪くなくってよ！

……と、いうことで、キラーマグロを美味しく頂いて、デザートに私とキーブとで焼いた例のケーキも食べて、満足して……そこで。

星が見えてきた空を、すっ、と横切る大きな影が、一、二、三……あら、十もありますわねえ。

「……ドラゴンだな」

「ドラゴンですわねえ」

ええ。ドラゴンですわ。しっかりはっきり、ドラゴンでしたわ。しかも、ふと海の方を見てみたら、シーサーペントが跳ねて水飛沫を上げるのが見えましたわ。これはこの島、売れ残るワケですわねえ……。

「ひとまず、明日はドラゴン狩りか」

「それでディナーは焼きドラゴンですわ！　素敵！　ね、キーブ！　一緒に行きましょうね！」

「しょうがないなあ、付き合ってあげてもいいけど……」

このバカンスの間に、ドラゴン狩りが楽しめるなんて！　これは予想外の喜びですわねえ！

明日への期待が大いに高まったところで、今日のところはもう休むことにしますわ。キラーマグロの頭を別荘の前に飾っておけば大抵の魔物は寄ってきませんし、ドラゴンやシーサーペントは自分達の縄張りからどうせ出てこないでしょうし……。

何より、楽しみを一気に味わいつくしてしまっては勿体なくってよ！　折角のバカンスですもの、優雅にじっくり、余すことなく楽しみたいのですわ！

……ということで、その日はそのまま、寝ましたわ。波の音を枕に、なんだかいい夢を見て眠れましたの。

そして翌日から、ドラゴン狩りに、シーサーペント狩り、そして貝殻拾いや真珠採りなんかも楽しんで、思う存分、バカンスを満喫しましたの。とっても楽しかったですわ！

……もし、家族全員、再会することができたなら、その時は家族旅行の行き先として、こういう島を提案してみようかしら、なんて、思ってみたりも、しましたわ。

まあ、その日を実現させるためにも、バカンス明けには舞踏会でガンガン暴れてやりますわよ！

ああ、なんだかやる気がガンガン出て参りましたわァー！

九話　人攫いし放題ですわ！

さてさて。そうして迎えた舞踏会当日。私は早速、キーブを飾り立てますわ。

「ああ、やっぱりあなた、とっても可愛いですわぁ……」

「……もうちょっと吹っ掛ければよかったかな」

キーブは複雑そうな顔してますけれど、最高級ドラゴン革のものを含めた装備一式をしっかり支給されてますから文句はあんまり言わなくってよ。ちょっぴりは言われてますけど、それは可愛いものですわね。おほほ。

「やっぱりあなた、瑠璃色が似合いますわね」

キーブのドレスは選ぶのに苦労しましたわ。だって彼、何でも似合うんですもの。ふんわりしたピンクも、華やかなシルバーも、よく似合いますのよ。もう、延々と着せ替え人形にしたいくらいですわ！

……けれど結局、瑠璃色のものにしましたわ。スカート部分には漆黒から濃紺、瑠璃色へと変わる薄布が何枚も重ねられていて、袖や裾のひらひらした具合と色合いが夜明けの海の人魚を思わせますわね。品が良くて、中々素敵な装いですのよ。

「さて、後は軽くお化粧すればいいとして……私も着替えなくてはね」

ちなみに今、私達、王都の宿屋に居ますわ。エルゼマリンから王都までは余裕を持つと二日かかる道ですものね。……けれど、ここがどこであろうと関係なくってよ！　そう！　空間鞄の中に衣裳を適当に突っ込んでありますもの！　何百着だって持ち運び自由！　選び放題、ですわ！

　ということで、とりあえず鞄から数着出したドレスの中で迷って、迷って……そうして一着に決めたところで、唐突に、ばたーん、とドアが開けられましてよ。

「ヴァイオリアー、これ、着方分かんねー」

「着替え中かもしれないのによくノックも無く入ってきますわねえ、あなた……」

　まあチェスタですわ。こういう思慮の無いことをするのはチェスタですわ。ええ。

「着方が分からないって、どういうことですのよ……あああ、ジャケットを着るのはタイを締めてからになさいなッ！」

　ま、まあ、薬中チンピラも舞踏会会場付近に居るなら礼装しておいた方が無難ですから、しょうがなく、チェスタにも礼装させているのですけれど……予想以上の駄目っぷりですわねえ。ええ。あ、シャツのボタンが掛け違えられていてよ。まあチンピラが礼服着る機会なんてありませんものねえ……。

「タイはもう選びましたの？」

「タイって何？　魚？　あれ美味いよなあ」

「ああ、もう私が選びますわぁ……」

　こいつ、一応薬は抜いてあるはずなんですけれど大丈夫かしら。

「ん？　これ、お前が着るやつ？」

　私が空間鞄を漁ってタイを探し始めたら、チェスタはその間、鞄の外に出してあるドレスを眺め始めましたわ。

「ええ。それ、今日私が着るドレスでしてよ。ほら、あなたのタイはこっちですわ」

私のドレスは落ち着いた亜麻色のものにする予定ですの。少々お地味にしてみましたわ。仮面舞踏会ですし、あまり気合を入れすぎるのも躊躇われますもの。ただ、合わせるアクセサリーをどれにするかでまた少々悩んでおりますのよねえ……。

「いや、お前のは絶対こっちだろ。ほら」

けれど、チェスタは私の悩みなんかまるきり無視して、横に避けてあったドレスの中から一着抜き出して、突き出してきましたわ。赤の地に黒のレースのものですわね。キープのドレスのような軽やかさは無くて、その分重厚な王道のドレスですわ。色が色なだけに派手ですし、胸元と肩が開いていますから余計に派手ですわ！

「お前が着るなら絶対こっちだろ。これ赤いし、お前、赤っぽいし」

「まあ、確かに瞳の色に合わせるのは定石ですけれど……これだと派手で、潜入には向かないんじゃなくって？」

私の瞳は赤色ですし、それに合わせてドレスを選ぶっていうのは悪くなくってよ。そうね。普段も私、赤色を好んで着ることも多いですけれど……。

「いや、目玉もだけど、お前、中身が赤っぽいじゃん」

……と思ってたら、チェスタがケラケラ笑いながらとんでもないこと言いましたわ！　大抵の人間は中身、赤くってよ！　逆に、赤くない人間っていますの？　斬った人間の中身が青かったら私、ちょっぴり嫌ですわぁ……。

「ほら、こっちのが似合うって！　な？　な？」

チェスタはすっかりご機嫌で、赤いドレスを私に合わせてはしゃいでますわ。でも、確かに赤のドレス、私に似合いますのよ。

そう。自分で言うのもアレですけれど、私、赤が似合いますわね。赤は炎の色で、血の色ですわ。派手で熱くて華やかな色。ええ。私、そういう色が似合いますのよね。それってきっと、私がそのようにあれと生きてきたからだとは思いますの。

そう。私、赤が好きですわ。だから、赤が似合う者であれ、と思って生きてきましたのよ。自分に似合う色って、ある程度は自分で決められるものじゃないかしら。望む自分であれ、と生きることで、案外そのあたりって変えられますのよね。だから私は、炎や血の色が似合うべくして似合うんだと思いますわ。

「でも、聖女を攫うのに、お派手なドレスというのもどうかと思いますのよねえ……」

けれど似合う似合わない以前に、今回は目立たず行動することが求められますのよ。だからこそ、私、亜麻色のお地味なドレスを選んだのですけれど……。

「そんなの気にすんなって！　それこそお前に似合わねえって！　コソコソやるよりゲラゲラ笑いながら建物に火ィ点けて全員皆殺しにする方がお前っぽい！」

なんだか、チェスタが満面の笑みでそんなことを言うものですから、少し、心が動いてしまいますわね。

そうね、赤くお派手なドレスを着ていたら、逆に目くらましになるかしら。まさか脱獄犯が真っ赤なドレスで舞踏会に来るなんて思いませんわよねえ。それに、会場に放火する時にはきっと、赤いドレスの裾を翻して駆け抜けた方が見栄えがしますわよね。

……そうね。私は、私らしく。それが一番ですわね。

「さあ、チェスタ。私のドレスはさておき、あなたのタイをどうにかしますわよ」

さて、私は鞄から適当にタイを見繕いますわ。チェスタのですから緑にしましたわ。葉っぱ色ですわ。薬中にお似合いの色ですわね。

それに……案外、チェスタには少し落ち着いた優しい色が似合いますのよね。薬中の癖に。

「はい、チェスタ。締めてあげるからこっちを向きなさいな」

「ん」

そしてタイの締め方なんて絶対に知らないであろうチェスタのタイを手早く結んでやって、一丁上がり、ですわ。ジャケット着せてみたら、まあ、それなりに見られるものになりましたわね。

「似合うか?」

「ま、悪くなくってよ」

さて、によによ嬉しそうなチェスタを部屋から追い出したら、私も着替えなくてはね。赤のドレスにするなら、アクセサリーはどれにしようかしら。……あら。ドレスを赤にすると決めたら、さっきより楽しくなって参りましたわ。面白いものね。おほほ。

＊

それからキープのお化粧と私のお化粧を手早く済ませましたわ。ま、どうせ仮面舞踏会ですから顔面の細かいところの出来はあまり関係なくってよ。雑で結構ですわ。

「ああ、お嬢さん達も準備できた？」

「ええ。よくってよ」

隣の部屋では既に準備ができていたらしいドランとジョヴァン、私達より先にこっちに戻ってきていたチェスタがのんびりしてましたわ。

ドランは黒の礼服を着ていますわね。なんてこたない、ごくありふれたデザインのものなのに、筋肉お化けが着ると途端に迫力が増しますわぁ……。一方のジョヴァンはグレーの礼服ですわね。濃い赤の花なんか襟に飾って、こちらはちょっぴりお洒落に揃えてありますわね。

「なあに、お嬢さん。そんなにマジマジと見つめちゃって。照れるね」

「あなた達ってそれなりに見目が整ってましたのねえ……」

ドランが元々それなりに男前なのは知ってましたのよ。ちゃんとした服を着るだけでここまでちゃんとして見えるとは思ってませんでしたけど。けれど何より、ジョヴァンが驚きですわぁ……。ぱさぱさした白髪に見えるような髪も、ちゃんと整えると艶やかな銀髪に化けますのねえ……。うーん、貴族だって言ってもまかり通りそうな姿でしてよ。

「普段から整えておけばよろしいのに」

「やぁだよ、めんどくさい」

技量と素質があるなら使えば良くってよ。勿体ないですわぁ……。

「俺は？　俺は？　なあヴァイオリア、俺は？」

「はいはい、あなたもそこそこ見られる恰好になってますわよ」

それからチェスタもまあ、ボチボチですわ。理性がありそうな表情してれば、それなりの見た目してますものね。ええ。理性がありそうな表情さえしていれば！

「そろそろ出るか」

「そうね。それじゃあ楽しんで参りましょう」

……ということで、私達は早速、舞踏会へと赴きますのよ。目標は聖女様の誘拐！　そして会場の爆破！　ああ、楽しみですわね！

＊

舞踏会の会場である『白薔薇館』は、最近貴族が貴族のために建てた建物ですわ。それだけあって、やはりというべきか、華やかですわね。

重厚な分厚い絨毯が敷かれて、高い天井には黄金とクリスタルを惜しみなく使ったシャンデリアが輝いて。そして奏でられる音楽は一流のものですわ。まあ、ここに客として集ってる連中は三流も多いのですけれど。それが仮面舞踏会の醍醐味ですものね。おほほ。

笑い声も囁きも音楽に混じり合って、こうした舞踏会特有の空気を生み出しますわ。ついでに軽めのお酒と品のいい軽食、そして『仮面』舞踏会というちょっとしたスリルが加われば、もう、言うこと無しですわねえ。

「さて、聖女を探すことにするか……」

……ま、私達は舞踏会を楽しみに来たわけじゃなくて、誘拐と爆破を楽しみに来た招かれざる客なのですけれど。でも偽造の身分証明書で会場に入れてしまいましたし、そこは諦めて頂きましょうね。いくら上品な恰好してたからって犯罪者の集団を会場に入れた以上は爆破されたって文句言えなくってよ。

「げっ。この中から聖女様を探せって？　……これは結構、骨が折れそうじゃないの」

……けれど、まあ、私達の目的を達成するのも、大変そうですわね。

何せ、ここは仮面舞踏会。顔面は隠れてますし、華やかなシャンデリアいくつかだけに明かりを頼って、わざと薄暗くしてあるわけですのよ。シャンデリアって華やかですけれど、然程明るくありませんのよねえ。こんな状況で聖女様を探すのは中々大変ですわぁ……。

「まあ、片っ端から攫えば多分当たりますわよ」

「そんなに攫ってどうするんだよ」

「優秀な人材なら、適当に野に放ってやるべきですわね。国王が死んだ後も国は続いていくんですもの。そうした国を引っ張っていく人材は積極的にこの会場から攫って行くべきですわ」

そういう知っている人材があれば鞄に突っ込んでいくつもりですわ。ま、要は、殺すのに惜しい奴はとっておく、ということですわね。

「あー、お嬢さん。優秀じゃない奴拾っちゃったらどうする？」

「売りますわ！」

それに、人間って結構高く売れますのよ！　貴族の令嬢だったりすると本当に高く売れますわ！ということで、ガンガン鞄に詰めていきますわよ！　おほほほほ！

そこからは二人ずつに分かれて行動しますわ。私とジョヴァン、キーブとドラン、という組み合わせですわね。理由は簡単ですわ。キーブはどんなに可愛くたって男の子ですもの。歩く骸骨ことジョヴァンの隣なんかに立たせておいたら、ちょっと逞しい部分が目立ちますのよッ！　その点、ドランは全身が筋肉ですものね。多少キーブが逞しくてもまるで気にならなくなりますのよ。やっぱりバランスって大切ですわぁ……。

「で、お嬢さん。どうやって聖女様を探す？」

「ああ、ある程度、目星はついていますの。どうせ白っぽいドレスを着てると思いますわ」

聖女という役割ですから、聖女様は白っぽい恰好だと思いますわ。聖女用の衣裳も白に金刺繍ですし、まあ、大方それに近い色合いのものを着てくるんじゃあないかしら。いくら仮面舞踏会といえども、完全に正体が分からないわけじゃあありませんし、聖女は常に聖女っぽく振る舞うことが求められますし。

……それに、あの聖女様だと、真っ赤とか真っ青とか、そういう派手なドレスを着る勇気なんかどうせ無くってよ。精々冒険して薄ピンク止まりですわ。ええ。

「じゃ、白っぽいご婦人を探す、ってことで……ってお嬢さん、ちょっとちょっと、どこ行くの」

「ええ！　あそこに居るのはこの国きっての研究者ですわ！　捕まえますわ！　……あらっ！　あそこに居るのは有能なのに次男なせいで家督を継げない商家の息子！　捕まえますわ！」

まあ、聖女様だけに注目するのも勿体なくってよ。とにかくたくさん攫えるだけ攫いますわ！

そうして私、空間鞄の中にたくさんの人を詰めましたの。研究者は特に優先的に攫いましたわ。何せ、この国を支える人達ですものね。私、優秀な人間は好きよ。

それから、庭師と駆け落ちしたい商家の娘だとか、王家に財産を巻き上げられた下級貴族とか、そういうのも攫いましたわ。こちらは革命を喜んでくれるはずですから生かしておいた方が得でしてよ。

そして残りは攫いませんわ。だってこの会場、ほとんどが貴族なんですもの。そしてこの国の貴族って腐敗しきった無能共ですわ。全員会場と共に爆発四散すればよくってよ。

会場の主だった場所は全て隈なく探しましたわ。そして攫うべき人間は攫いましたの。……けれど、聖女様が見つかりませんわね。

「……土壇場で欠席したのかしら？」

「いやぁ、そんな度胸、ある？」

「無いでしょうねえ……」

あの聖女様のことですから、出席ということで話が進んでしまった舞踏会を欠席するなんてこと、無いと思うのですけれど。うーん、となるとやっぱり、貴賓用の休憩室にずっとこもっているのかしら。ちょぴっとくらいは会場に出てきてくれれば嬉しいんですけれど。

とりあえず、会場を離れて、休憩室や何かの方へと向かってみますわ。今日は満月ですから、月光ではっきりとした影が落ちるくらいの明るさですわね。……なので、よく見えますのよ。中庭で貴族の男女が乳繰り合っている様子が。まあ、仮面舞踏会って大方こんなモンですわ。

「貴賓向けの休憩室は上の階、かしらね」

中庭はほっといて、中庭脇の回廊をより人気《ひとけ》の無い方へ、と進んでいくと、いよいよダンスホールの喧騒も遠くなって、夜の静けさと乳繰り合う貴族の嬌声だけがあたりを満たすようになりますわ。

……ですから、その中でカツカツと規則正しくやってくる足音って、すごく、目立ちますのよ。

「ジョヴァン！　こちらへ！」

「へ？」

靴音に聞き覚えがあった私は、咄嗟にジョヴァンを引き寄せて回廊の柱の陰に引っ込みましたわ。そのままジョヴァンを引き寄せておけば、傍目には私達も乳繰り合ってる貴族同士に見えるでしょうね。癪ですけど。

……そうしていると、ジョヴァンも状況を把握したらしく、より私を足音の主から隠すように動いてくれましたわ。如何にもキスでもしていそうな密着ぶりになりながらも、目はしっかりと、回廊の方へ向けられていますわね。

私もジョヴァンに隠れながらそっと窺ってみれば……案の定、金髪を揺らして颯爽と歩いていたのは、クリス・ベイ・クラリノ。貴族院の若き総裁、ですわ。


「……クリスですわね」

「ああ、貴族院の。……ちょいと急いでるみたいだったけど」

「ええ。ついでに、巻紙とペンを持っていましたわ。……嫌な予感がしますわね」

貴族が自ら持って運ぶ紙ですもの。余程重要な書類、と考えられますわ。そして、そんなものをこんな舞踏会の夜に持ち歩いている、となれば……目的は、絞られますわね。

「聖女様に何かの契約書へのサインを追っている、とか？」

「ありそうですわねえ……」

……ま、どちらにせよ、後を追うしかありませんわ。私達はそっと、さりげなく、クリスの向かった方へ向かいますの。廊下は長いですから、ある程度離れていてもクリスが進んだ方向は分かりましてよ。

そうして後を追っていけば……クリスは、貴賓用の休憩室の、向かい側。そこへ、入っていきましたの。

「……どうする、お嬢さん。賭けに出る？」

「ええ、そうね」

あそこにクリスが入っていった以上、聖女様もあの部屋にいる可能性が高くってよ。なら、すぐさま突入するしかありませんわね！

「おっと、待った」

けれどもジョヴァンが私の腰に手を回してやんわり止めつつ……にやり、と笑いましてよ。

「どのみち、突入して聖女様を攫ったって、クリスにバレる。聖女様の生死はクリスにも分からない状態じゃなきゃいけない」

あ、ああー、そうでしたわ。……クリスも攫ってしまえたらいいのですけれど、流石にあいつを空間鞄に突っ込める自信はありませんわねえ。

「だから賭けに出るのはお嬢さんの役割じゃあない。もっと相応しい奴にやらせようじゃないの」

ジョヴァンはなんとも嬉しそうに笑うと、振り返って、言いました。

「出番だぜ、大将」

「ようやくか」

……するとそこには、ドランが居ましたのよ。いつの間に来たんですの、こいつ。


「キーブはどうしましたの？」

「ああ、キーブならダンスホールだ。引く手数多《あまた》でな」

まあ、そうですの？　それは私もちょっと見たかったですわぁ……。

「ね、お嬢さん。聖女様とクリスの野郎が居る部屋に、突如として暴漢が襲撃してくる、ってんなら、筋書きもピッタリ。少なくとも麗しの淑女が突然襲い掛かってくるよりはね。……ってことでドラン。ここはお前の出番だと俺は思うんだけど、どお？」

「成程な。そういうことなら俺の出番だろう。ある程度のところでクリスを引き付けて部屋を出る。その隙にお前達が聖女を捕らえればいい」

それでしたら私かジョヴァンがその役目、かしら。キーブは不測の事態に備えて待機、ということになるかしらね。

「それはいいですけれど、ドラン。あなた、ツラが割れますわよ？　よろしくて？」

「ああ、構わん。元々が犯罪者で、その上、脱獄囚だ。襲撃犯の名目が一つ増えたところでな」

あ、すごいですわ。汚れ切った奴ってこれ以上汚れるのに躊躇がありませんのね……。

「それに、お前の存在を表沙汰にするよりは、俺が表に出た方がいいだろう」

「ああ……それもそうですわねえ」

思うところが無いわけではありませんけれど、ドランがそう言うなら私もそれで構わなくってよ。

……ところでドランって、元々は何の罪でムショに入れられていたのかしら。チェスタと違って薬をヤッてるわけでもなさそうですし、人を殺すのに躊躇はありませんけれど、バレるような下手を打つとも思えませんのよねえ。

……というか、ドランを捕まえてムショに入れるのって、罪状云々以前に、ものすごーく、難しいんじゃありませんこと？　ドランなら大抵の兵士に勝てると思いますのよねえ。捕まりそうになったら捕まえようとしてくる兵士を殺して逃げる、ぐらいのことはできるはずですもの。よ、よく考えてみたらドランのムショ入りって、中々のミステリーなんじゃなくって⁉

「準備はいいか」

「え、ええ。よくってよ」

けれど、今ドランのムショ入りについて考えている暇はありませんわね。今はただ、聖女誘拐に集中しなければなりませんわ。

「では、開けるぞ」

……そうして私とジョヴァンは柱の陰に隠れて、ドランがクリスの休憩室へ突入していくのを見守ることになりましたのよ。

恐らく、ドランは初手でクリスに襲い掛かったはず。それに対応できないクリスではありませんから、即座に戦闘開始、ですわね。鍔鳴りの音が聞こえてから一拍遅れて女の悲鳴が聞こえましたわ。ということは、聖女様もここに居るということでしょう。大当たり、でしてよ。

「待て！　逃がすか！」

そしてドランが部屋から出てきてすぐ、クリスも後を追いかけましたわ。……誘導ご苦労さま、といったところね。

……さて。あのクリス相手ですけれど、きっとドランは上手くやってくれますわね。何せあいつ、バケモン並みの身体強化の持ち主ですもの……。

「では私達は聖女様を頂くとしましょう」

ま、そういうわけで遠慮はナシですわ。私は空間鞄を片手に、うきうきと部屋に入って……。

「……他にも護衛が居るなんて、聞いてなくってよ」

……聖女様の傍に控える騎士三人を見つけちゃいましたのよ。ええ。……聞いてなくってよ！


こ、こんなところで泣き言なんざ言ってられませんわッ！　相手がまだ戸惑っている間だけが勝機！　即座に戦闘開始ですわ！

私はドレスの裾の中からミドルソード二振りを取り出して構えますわ。……対する相手は全員、礼服に剣、という出で立ちですわね。ここが舞踏会の会場でよかったですわぁ。ドレスコードを気にしてくださったおかげで、鎧がありませんもの。……つまり、雑にでも剣が当たれば殺せますわね。私の剣には私の血が仕込んでありますもの！

「ごめんあそばせッ！」

ということで、先手必勝。私、一気に距離を詰めて聖女の護衛の一人目を狙いますわ。狙う位置は脛。鎧があったら間違いなく防御されている場所ですけれど、礼服じゃあ剣から身を守るには不足ですわね。

……ただ、相手も流石に反応してきましたわ。聖女の護衛の騎士ともなれば、そこらのチンピラとはまるで違いますわねえ。しかも、相手は三人。一人に剣を防がれている間にもう二人が襲い掛かってきますのよ。……でも、私だって伊達に鍛えてませんわ。

一人目の剣を捌いて、二人目の剣を躱して……狙うのは三人目。ええ。ちゃーんと、ぶっ殺しますわよ。何のために剣を二振り用意してきたかって、こういう時のためですわ！

三人目の剣を警戒する余裕も手数も無くってよ。なら、簡単なことですわ。殺される前に殺せばいいのですわ！　剣を防ぐためではなくて、相手を殺すために、剣の一振りを使ってやりますの！

「おくたばりなさいましッ！」

普段ならば鎧兜に守られて、然程警戒しなくていい場所、それでいて、相手が咄嗟に動かせない場所……相手の左胸を、一気に貫きに参りますわ！

ドスッ、と鈍い音がして、私の剣がしっかり騎士の胸に刺さりますわね。心臓は外してますけれど、ま、悪くないアタリですわね。聖女様の悲鳴が上がりますけれど、それも私にとってはファンファーレ。やりましたわ。とりあえず一人、仕留めましたわね！

……けれど、まだあと二人、残ってますわ。どさくさに紛れて三人目は殺せましたけれど、しっかり体勢を立て直した二人の騎士、それもそこそこの腕前のを相手に、ものすごーく急いでる状況で戦う、ってのはあんまり嬉しくないですわねえ……。

「お嬢さん！　こっち！」

そこへ突如飛んできたジョヴァンの声を聞いて、咄嗟に走りますわ。……部屋の出口へ向かえば、すぐ横にジョヴァンが居て……そして、私が部屋から走り出た直後に、ぐっ、と何かを引きましたのよ。きらり、と一筋光って見えるのは……金属線、かしら？

「うわあああ！」

「なっ、なんだ⁉」

……金属線の片側はドア横の柱、脛当たりの高さに結んでありましたわ。それが急に引かれて張られたわけですから、当然、私を追いかけてきた騎士は足を引っかけますわねえ。

「いただきましたわ！」

そこを狙わない私じゃあなくってよ。舞台の上でのお上品な戦い方も嫌いではありませんけれど、あるもの全部使って戦うやり方も私の好みですもの。

コケた騎士の背中を刺してやって、残る一人がたたらを踏んだところに突っ込んでいってやりますわ。そして適当に肩口を斬ってやれば、そこから私の血が入り込んですぐ死にましたわ。あっ、私、やっぱり今日、赤いドレスを着てきて正解でしたわね。返り血が目立たなくって丁度いいですわぁ。おほほほほ。

「よし！　お嬢さん！　聖女捕まえて脱出！」

「よくってよ！」

さて、こうなったらさっさと退却ですわ！　私は部屋に戻って、そこで悲鳴を上げるばかりの聖女様を鞄に突っ込みますわ！　更に、聖女様の前の机の上にあった契約書っぽいのも別の鞄に突っ込みますわ！　他に、部屋にめぼしいものがあればとりあえず突っ込んでおきますわ！　はい！これで目標達成ですわね！　後は会場を爆破して脱出するだけですわーッ！

「こいつらの死体、どうする?」

「ああー……一応、部屋の中に放り込んどきますわ。よっこらしょっと」

……廊下にはみ出る形で騎士の死体があるのはよろしくありませんわね。適当に部屋の中に蹴り込んでドア閉めときますわ。血は絨毯に吸い取ってもらえますし、この薄暗い廊下なら目立たないってことで放置ですわ。流石にお掃除までしていく余裕は無くってよ! オサラバですわッ!


さて、聖女様を詰めた鞄を片手に、ドランを探しますわ。ドランを探して、キーブを回収して、脱出したらチェスタに合図をして会場を爆破、ですわね。

「ところでジョヴァン。あなた、いつの間にあんな罠、用意してたんですの?」

「あー、ドランが突っ込んでいったあたり? ま、エルゼマリンの裏通りじゃ、ああいうのが意外と有効でね。戦えない奴の、戦えないナリの嗜み、ってやつ?」

ジョヴァンは苦い顔をしてますけど、私は明るい顔をせざるを得ませんわねえ。私、ああいう戦い方、嫌いじゃなくってよ!

「本当ならもうちょっとばかり上等なのを出したかったんですがね。流石にさっきの今じゃ、仮ごしらえのお粗末なモンしか出せなかったってわけで……」

「十分ですわ。助かりましたもの」

ああいう不意の突き方って、実戦では本当に有効ですわねえ。つくづく、実感できますわぁ……。

ああ、これだから戦うのって楽しいんですのよねえ。

「ところでジョヴァン。あなたもしかして、エルゼマリン中に罠を仕掛けているのかしら?」

「……それはナイショってことで、おひとつ」

あらそうですの？　まあ、大方、前にチンピラに襲われて逃げてきた時も罠で対処してきたんだと思われますけど。折角ですから今度、エルゼマリンの路地裏を探してみようかしら。きっとあちこちに色々仕込んであるんでしょうねえ。楽しみですわ！

「……ところでドランはどこまで行っちまったのかね」

「ダンスホールが特に変わりないところを見るに、人気の無い方へ行ったんじゃなくって？」

さて、ちゃんと脱出するまでが誘拐ですもの。ちゃんとドランを回収しなくてはね。キーブはダンスホールの真ん中で色んな殿方の中心ですわ。流石ですわ。キーブ、大人気ですわ。

「ジョヴァン。あなたはキーブと一緒に居て頂戴」

「あー、はいはい。じゃ、俺は僭越ながらあちらの美しいお嬢さんにダンスのお誘いでもしてきますかね。ついでに少々、仕込みでもしとくとして……」

ジョヴァンはくつくつ笑いながら、キーブの方へ向かっていきましたわ。これでキーブの回収はできるでしょうから、やっぱり問題はドランですわねえ。さて、彼はクリスを引き付けて、どこまで行ってしまったのかしら。

……そう、思っていたら。

ぱぁん、と、派手な音が一発、響きましたの。

……私、今の音に、聞き覚えがありますの。何故、何故あの音が、ここでするんですの？

あの音は……フォルテシア家が開発していた武器……『銃』の音、ですわ！

私は即座に、銃声の聞こえた方へと走りますわ。場所は、中庭を挟んで向こう側の小ホール。さっきの銃声を聞きつけて、警備の兵もそちらへ向かっていますけれど、構ってられなくってよ！

私は走って、走って、小ホールに辿り着いて……。

「……そうか！　貴様、あの時の人狼か！」

私が見たのは、硝煙を上げる銃を構えたクリス。そして、クリスの前に倒れて、血を流しながらもじっとクリスを睨んでいるドラン。

……そしてそのドランに、狼の耳と尻尾が生えているところ。以上ですわ！

十話　舞踏会、燃やしますわ！

人狼、という種族が居ますわ。人間ではなく、けれど魔物でもない。そんな生き物ですわね。身体能力は人間を遥かに超え、特に、月の光を浴びればその力はより強まる、とも言われていますわ。狼に変ずることができる一方、耳も尻尾も隠して人間に紛れて生きることもできるそうですの。

……そして、この国では存在を許されておりませんわ。

ええ。人狼は存在するだけで違法ですわ。『悪しき人狼を排除せよ』とする政策は、現国王が出したものですわね。今から二十年前かそこらの話でしてよ。

……人狼は強いんですの。素手で、かつ真っ向から人間が勝つのは難しい。だから国王はそんな人狼を恐れ……そして、人狼への恐れを煽って、民衆の王家への怒りを全て、人狼へと向けさせたのですわ。私が生まれる前に始まった人狼狩りですけれど、その甲斐あって人狼はほとんど死に絶えた、とも言われていますわね。

ドランが人狼だとしたら、色々と納得がいきますのよ。彼のバケモンみたいな身体強化は、人狼の力を使ったものなのでしょうね。普段は耳と尻尾はありませんけれど……今、全く予想していなかった銃という攻撃手段にやられて、耳と尻尾を出さざるを得なかった、ということかしら。

そしてクリスは、そんなドランを殺そうとしている。

……まずい状況ですわ。

まず、クリスが居る。銃を持っていて、剣も持っている。どう考えても絶好調ですわ、あいつ。対して、こちらには手負いのドランと、気づかれていない私が居ますけれど……でも、駄目ですわね。もうじき警備の兵士達が駆けつけてくるはず。今から逃げたとして、交戦は間違いありませんわ。その時、私一人ならまだしも……手負いのドランを連れて逃げるなんて、不可能でしてよ。ですから、私の最適解は、このままこの場を去ること。ドランを置いていくのが、最も賢い選択ですわね。

……でもね、私、フォルテシア家の娘ですの。

そう。私、お父様とお母様が心血注いで作っておられた『銃』を奪われたこと、決して許しませんわ。大切な、フォルテシアにとってとても大切な『銃』を我が物顔で使っているクリスに一撃もお見舞いせず、その上、人狼を狩らせてやるなんて、絶対に許しませんの。

だって私、フォルテシア家の娘ですのよ！　フォルテシアの誇りはそう簡単に捨てられるほど安くありませんわ！

……ですから私、ドランを諦めませんわよ。ええ。諦めた方が賢くったって、諦めませんわ。

ここでクリスを殺していくのが難しい以上、ドランまでをも諦めるなんて、絶対に、してやりませんわ。クリスに吠え面かかせてやりますわよ。絶対に。

さて。どうすれば、この状況を脱することができるのか。今の状態ではパズルのピースがいくつか足りませんわ。

今の状況で足枷となっているものは、三つありますわね。

一つ目は、ドランの負傷。……これによって、ドランはまともに動けない状況となっていますわ。ですから、脱出するにしても、私が運ぶ必要があって……まあ、現実的じゃありませんわね。どう考えても。あの筋肉の塊を私が運ぶなんて、流石に無理ってモンでしてよ！

二つ目は、クリスの存在。元々が強いのもそうですけれど、今は何故か、フォルテシアの銃を持っているようですもの。手負いのドランが居る状況で戦いたい相手ではありませんわね。元々、こいつとはマトモに戦わないつもりでしたし……。

そして三つ目は、そう遠くなくやってくるであろう警備の兵士達。……もし、私がクリスと真正面から戦ったとしても、すぐ兵士に囲まれて死ぬでしょうね。そして、兵士達を片付けながら逃げるには、クリスが邪魔ですわ。そしてドランを運べませんから、どのみち逃げられませんわね。

……どう考えても、手数が足りなくってよ。クリスを無視したとしても、クリスから逃げながら兵士達をなぎ倒していくなんてどう考えても手数が足りませんわ。そしてドランを運ぶには手が足りなくて、クリスと戦うには手が足りなくて、これから来るであろう兵士をなぎ倒して逃げるにも手が足りませんの。ついでに、今からジョヴァンかキーブかチェスタを呼びに行く時間は無くってよ。つまり、詰みですわ。おほほほほ。

……いえ、まだ終わってませんわ。詰んでたって終わらせませんわ。

だって、ドランが居ますもの。

……私、手負いだからって容赦しませんわよ。自分のケツは自分で持って頂かなければね。彼が本当に人狼だというのなら、それも十分、可能でしょう。

ええ。私、この状況を打破するために、ドランを救いますわよ。

最初にやることは簡単。ミドルソードをぶん投げて、ステンドグラスの大窓をぶち破りますわ。一振りだけ、なんてケチなことはしませんわよ。どうせもう、戦ってる余裕なんざありゃしませんもの。なら、できる限り大きく窓を破るためにも、剣は二振りとも投げてやりますわ。

ひゅ、と風を裂いて飛んでいく二振りの剣に、クリスが気づかないわけはありませんわね。けれど遅くってよ。派手な音を立ててステンドグラスが割れ砕けますわね。ガラスの破片が少々飛んで、それを避けるためにクリスが顔を腕で庇った、その瞬間が狙い目。私は隠れていた場所から一気に躍り出て、クリスの背後へ突撃。そして……。

「動かないで頂戴ね。さもなくばあなたの心臓に穴が開きますわよ」

クリスの背中に、『銃口』を押し当ててやりますのよ。

「ごきげんよう、クリス・ベイ・クラリノ様。銃を持っているのがあなただけだとお思いにならないことね」

クリスが息を呑むのが分かりましたわ。服越しにも硬く冷たい金属の感触を味わって、身を硬くしていますわね。……銃の威力はよく知っていることでしょう。自分でドランを撃ってるんですもの。だからこそ、今、背中に『銃口』をぐりぐりやられてる状況を恐れないはずが無いのですわ。

「そのまま振り返らずに銃をお捨てなさい。そうすればあなたを殺す前にお話しする時間くらいはくれてやってもよくってよ」

時間が欲しいのは私もですけれど、クリスもそのはず。……むしろ、ここで時間稼ぎができるなら、クリスとしては嬉しいでしょうね。だって警備の兵がここに押し寄せてくれれば形勢逆転できますもの。
……ということで利害が一致したクリスは、銃を床に放りましたわ。これでひとまず、ドランに二発目をぶち込まれる心配は無くなりましたわね。

「……何者だ？」

さて、心配が一つ減ったところで、ここから先は時間稼ぎですわ。警備の兵が来ようが、私の逃げ場が無くなっていこうが、それでも時間を稼ぎますわ。

「あら、ご挨拶が遅れましたわね」

……今、私が破った窓からは月光が差し込んでいますわ。そして月の光は、ドランを照らしていますの。人狼が月光によって強化されるというのなら……あれで動けるくらいまで回復してくれるんじゃ、ないかしら。

そして、月光は私達をも照らしますわ。ここはまるで、スポットライトに照らされる舞台ね。

「ごきげんよう。私、ヴァイオリア・ニコ・フォルテシアですわ。……忘れたとは、言わせませんわよ？」

さあ、ドランが回復する時間を稼げるか。そもそもドランは回復してくれるのか。諸々を賭けて、勝負、ですわ。

「……何が、目的だ」

さて。私が何かするより先に、クリスが時間稼ぎに貢献してくれましたわね。まあ、こいつとしても、兵士達が駆けつけてくるまでの時間を稼ぎたいんでしょう。

「目的？　あら。そんなの、あなたが一番よくお分かりでしょう？」

そうとなれば、私も嬉々として時間を稼ぎますわ。相手に問いかけるような言葉は、相手に考えさせて間を繋ぐための策略。クリスが考えて、けれど答えを出すより先に、私がまた喋りますわ。

「うちの武器を、よくも盗んでくれやがりましたわね」

ぐり、と『銃口』をクリスの背に押し付けながら、会話の主導権は私が握りますわよ。

「……盗んだ？　何のことだ」

「あら、まさか『押収しただけ』とでも仰るつもり？　罪無きものから名誉も研究も取り上げておいて、よくもまあデカいツラできますわねぇ」

「……貴様は法の下で裁かれたに過ぎない。貴族院と王家の認めがあっての罪だぞ」

「あーら、随分と都合のいい法ですこと。ついでにあなた達の頭の中もご都合がよろしすぎるんじゃなくって？」

適当にクリスを煽りつつ、ちら、とドランへ目をやれば……思いの外、意志が強く宿った目と目が合いましたわね。……そして、冷や汗を流しながらも、にや、と彼、笑いましたのよ。笑う余裕ができる程度には回復できたみたいで何よりですわね。どてっ腹に穴開いてるはずですけど、でも、本当の本当に、何とかなるんじゃないかしら。

「犯罪者風情が、何を偉そうに」

「その言葉、そっくりそのままお返ししますわ。罪無き家に火をかけ、罪無き令嬢に死刑を宣告して……その上、その家の努力の結晶を盗み出して、我が物顔で使っている。あなた、犯罪者じゃないとしたら何なんですの？　それともあなただけ前時代を生きてらっしゃるのかしら？」

クリスが苛立っているのが分かりますわ。今すぐにでも動き出しそうな気配もありますわ。でももうちょっとばかり、時間が欲しくってよ。

「本当にこの国は変わりませんわね。百年前とやっていることが同じ。まあ、他国から奪っていたものを自国民から奪うようになった分、より小物になった感は否めませんけれど」

「貴様、王を愚弄する気か！」

「ええ、勿論。……あんなアホ、中々居ませんわよ？　あなたはそうは思いませんこと？」

まあ、クリスから見ても国王はアホでしょうね。でも、アホが権力を握ってアホなことをやっている。賢い者から奪い、賢い者を滅ぼして、アホが頂点に立っている。それがこの国ですわ。

「でも……いつまでもアホが国を治めては、いられないでしょうねえ。ええ。いつまでも賢者達が黙って奪われていると思わない方が良くってよ」

私の言葉に、クリスが少々、焦るのが見えましたわ。まあ、クリスはアホ共の中ではマシな方ですから、私の言葉なんて聞かなくたって予想しているはずですのよ。だからこそ、新興貴族への締め付けを強めて、今回フォルテシアを潰したのをはじめとした見せしめを行っているのでしょう。

「ねえ。この国、滅びますわよ」

「……そうはさせない。お前達犯罪者の好きにはさせん！」

「あら、威勢がよろしいことね。やれるもんならやってごらんなさいな」

さて。そろそろ、向こうの方から兵士のものらしい足音が聞こえてきていますわね。……そして、ドランは。

「既に申し上げたことですけれど、もう一度、お聞かせしますわね。……私、許しませんわよ」

ドランは、私を見て小さく頷いてくれましたわ。私もそれに頷き返して……。

「地獄の底で、後悔なさいな」

クリスの背、『銃口』が触れている箇所に、火の魔法で着火してやりましたわ！


クリスの背中に火が付いてすぐ、クリスは氷の魔法をギュッと凝縮して展開しましたわね。

……ま、読めたことですわ。背後から攻撃されたとしても凝縮した魔法で防ぐくらいのことはやってのけますのよねえ、彼。……だからこそ、いつか殺すのが楽しみなのですけれど！

「魔法の無駄撃ちご苦労様」

それに、この火は単なる誤魔化しですわ。『銃』で撃たれると思っていたクリスに、銃弾を受け止められるくらいの強力な魔法を展開させるための、簡単な嘘。それを信じてくれたおかげで、今、クリスは極限まで魔法に集中してしまった、というわけですわね。

……そして、この隙を、私達は見逃しませんのよ！


まず、ドランがクリスに襲い掛かりましたわ。

クリスは背後の私に警戒を払っていましたし、魔法に集中していましたもの。咄嗟にドランへの対応が遅れますわね。死にかけだった奴が動くなんて、流石に予想できなくってよ。

ドランはクリスへタックルかまして、同時に私が背後から脚払いを掛けますの。そのままクリスを床へ倒しましたわ。けれど、そのままやり合うほどには、ドランがまだ回復していないようですわ。ならさっさと逃げますわよ。

勿論、退却前には一撃お見舞いしていきましょうね。私は、早速起き上がろうとしているクリスに向けて、手の中に持っていたものを、向けますわ。

当然、クリスは、それを存分に警戒して動きを止めましたわ。大方、銃を警戒していた、ということなのでしょうけれど……。

「それでは、ごきげんよう！」

私、追いかけてくるクリスに、手の中にずっと持っていた……燭台を、投げつけましたわ！

「なっ」

……この瞬間、クリスの頭の中には色々なことが廻ったでしょうね。銃はどこへ行った、とか。銃を撃ってくるんじゃなかったのか、とか。さっきまで背中に押し当てられていたはずの銃は……本当に、存在していたのか、とか。

ええ。勿論、銃なんて私、持ってませんわ。持ってたのはそこらへんにあった燭台だけでしてよ。でも、ただの燭台の足だって銃口だって、背中に押し当てられれば只の金属の筒ですもの。銃を知ってる奴が相手なら、簡単にハッタリが効くってわけですわ！　おほほほほ！

「それ、あなたに差し上げますわ！　あなたにお似合いの『銃』ですものね！　おほほほほほ！」

ドランに続いて私も逃げつつクリスを馬鹿にしてやれば、クリスは床に落ちた燭台を見て……それから、激しい怒りの形相を露わに、私達を睨みましたわね。

「この……！　待て！」

そしてクリスが追いかけてきましたわ！　まあそうでしょうね！　なので逃げますわ！

……ここで戦って、そうしてクリスを殺しても、兵士に追いつかれて死にますわ。というか、そもそも武器をぶん投げちゃった以上、もう戦えませんわ。逃げる以外の選択はあり得ませんわ。

でもよくってよ！　クリスをここで殺しても今後の安全がちょいとばかり増すだけですわ。そして何より！　こんなところでクリスを殺しても！　お派手な復讐はできませんのよッ！　私、やられたことをそのまま返すくらいじゃ物足りなくってよ！　このふざけた野郎にも王家にも、フォルテシアが受けた屈辱の十倍か百倍の屈辱と没落を味わって頂かなくてはね！　……ということで、ここでの決着は避けて逃げますわ！　クリスには後で必ず、相応しい処刑場を用意してやりますのよ！

ですから私！　今日のところはさっさとトンズラこきますわァーッ！

クリスから逃げ始めてすぐ、兵士達が集まってきましたわ。危ないですわ。けれど、後から後からなんとか追いつくような形で到着する兵士って、然程統率されていませんもの。ドランが薙ぎ倒し、私が払って突き進んでいけば、なんとか振り切れますわね。はあー、統制が取れてなくって助かりましたわぁ……。それに、なんだか予想していたよりも兵士が少なくってよ。これは幸運でしたわねえ。

「ドラン！　あなた、大丈夫ですの？」

さて、私ももう一人ばかり適当な兵士をぶちのめして走りつつ、ドランの様子を窺いますわ。

「ああ。血は止まってる。走るくらいは問題ない」

……あらあら。人狼の力って、本当にすごいんですのねえ。脇腹に銃弾を食らったはずなのに、もう、その血が止まったなんて。……勿論、血が止まっただけで、痛みが無いわけはありませんし、傷が開いたら元も子もありませんから、あんまり無理はさせられませんけれど。ま、ドランが言うなら、私もこれ以上のことは言いませんわ。

「あら、そう！　なら遠慮はしませんわ！　ダンスホールを突っ切りますわよ！」

「何をする気だ」

「革命の舞台を整えに行くんですのよ。私、やるべきことはちゃーんと全部済ませていきたいんですの！」

話しながらも、私達は中庭を抜けて、ダンスホールへと向かっていきますわ。

ダンスホールを抜ければすぐ玄関ですけれど、勿論、ただ逃げるだけなら、正面から出るよりも抜け道から逃げた方がよくってよ。でも、そんなことしませんわ！

何故かって？　……私達がこのまま逃げたら、『聖女を攫うために来た』と簡単に勘繰られるはずですわ。ええ。だって、聖女様とクリスが居る部屋に飛び込んでいって、クリスを引き付けて戦って、その上でクリスを殺すことより逃げることを優先しているんですもの。目的が透けてますわよねえ。

ですから、それを誤魔化すための小細工くらいは、お派手にやらせて頂きましょうね。

そうして私達、ダンスホールに到着しましたわ。

華やかな音楽、さざ波のように聞こえてくる歓談の声。煌びやかなシャンデリアの光の中。

……そこへ飛び込む、私達！

ダンスホール中の注目を集めて、私達は無遠慮に、ダンスホールを突っ切る形で駆けていきますわ！　そして私はダンスホールの中心で、ドレスの裾をふわり、と翻して半回転。背後から追ってくる兵士と、更にその奥からやってくるクリスを確認しながら、立ち止まりますわ。

「おほほほほ！　ねえ、クリス・ベイ・クラリノ！　あなた、まんまと引っかかってくれましたわねえ！」

「……何？」

立ち止まる私を囲むように、徐々に、兵士達が動きますわ。そしてその中で、クリスは訝し気に私を見つめますの。まだお喋りに付き合ってくれるらしいですわ。余裕ぶっこいてやがりますわね。

「あなたが私や人狼を追いかけている間に、会場への細工が終わりましたの」

「細工……？　な、何を言っている！」

クリスが一瞬で青ざめましたわね。ええ。まだ失うものがある奴って、こういう時に弱くってよ。

「明日の新聞の大見出しは決まりましたわね。『貴族院主催の舞踏会、爆破』ですわ。ついでに、『死者多数』ですとか、『貴族院の責任は重い』とかも書かれるかもしれませんわ」

会場の爆破、なんて言葉を聞かされて、クリスも兵士も、周りの貴族連中も皆、青ざめますわねえ。いい気味でしてよ。

そして彼らは皆、私達の『手段』を『目的』だと勘違いしましたわ。

……そう。あくまでも聖女の生死を不確かにするための『手段』である会場の爆破こそが、私達の『目的』であると、しっかり勘違いしましたのよ。

「ま、まさか、復讐のためにそんな、馬鹿げたことを……!?」

「あら。失うものが無い奴はこれくらいやりますわよ。……そうね、あなた達は無実の罪をフォルテシアに着せて、私を没落させてくれましたものねえ！」

会場がざわめきますわ。フォルテシア家の没落は、多くの貴族にとってどうでもいいことでしょう。だからこそ、その没落よりも、今、私がここで放った言葉の方が彼らの印象に残るのですわ。

『フォルテシア家は無実の罪を着せられた』とね。

「あなた、私から家も家族も名誉も奪って満足してたのかもしれませんけれど……こうして、無敵の私を生み出してしまったんですのよ。そこまで考えておいでだったかしら？」

なんとか頭を働かせてこの状況を打破しようとしているらしいクリスを嘲笑って、私、言ってやりますわ。

「さあ、己の罪を省みなさい、『極悪人』クリス・ベイ・クラリノ！　そして、よーく御覧なさいな！　あなたのせいで、これから死体が増えますわよ！」

……そう言ってやったら、クリスの顔が中々の見物でしたわ。おほほほほ。

さ。小細工も済んだところで、いよいよフィナーレと参りますわよ。兵士が私達に向かってきて、貴族達が混乱しながら我先にと逃げ出していく中、私は……。

「私の復讐はここからよ！　さあ、シャンデリアを落としなさい！」

こう、叫びましたのよ！

……当然、打ち合わせとかナシですわ。そんなん話してませんでしたわ。でもまあ、誰も居なかったら多分、ドランがやってくれたと思いますわ。そして、ドランがやってくれなかったとしても、私の言葉に兵士が竦んでくれれば十分でしたわ。事実、私達を追ってきた兵士は皆、身構えて足を止めてくれましたもの。

けれど……私、罠使いの骸骨男が一足先にダンスホールに向かっているのを、知ってますのよ。

ふっ、と光が揺れますわ。皆が天井を見上げますわね。そこには、ギ、ギ、と嫌な音を立てて軋み、揺れるシャンデリア。……そして。

光が、降ってきますの。

派手に鮮やかに煌めいて、豪奢なシャンデリアが、私を囲もうとしていた兵士達の上、そして私とクリスを隔てるような位置に降ってきて……。

……凄まじい音がしましたわ。シャンデリアのクリスタルが割れ砕ける甲高い音に、黄金細工がひしゃげる鈍い音。そして悲鳴や叫び声に……絨毯へ蝋燭の炎が燃え移っていく、心躍る素敵な音も加わりますわね。

そう。シャンデリアが落ちて、ダンスホールは一気に明るくなりましたわ！　絨毯に炎が燃え広がっていきますもの！　中々にお派手でよい見た目ですわねぇ！　やっぱり炎ですわ！　炎って最高ですわ！　足止めとしてもバッチリですわーッ！

そうしている間に、他のシャンデリアも次々に落ちていきますわ。ガシャンガシャンとあちこちで派手な音が響いて、逃げ惑う貴族達の悲鳴が上がって、兵士もクリスも炎とシャンデリアに行く手を阻まれて……そして私とドランは、砕け散るクリスタルと炎の煌めきの中を、颯爽と駆けていきますの！

「それでは皆さん、ごきげんよう！」

振り向きざま、笑顔で挨拶した瞬間。……私の挨拶を合図にして、爆破が始まりましたわ。

会場の奥の方から、爆音が響いてきましたわね。そして……その爆発は連鎖して、煌めくダンスホールまでもがバンバン吹っ飛んでいきますのよ！

もう、楽しくって仕方ありませんわ！　ドレスの裾を翻してダンスホールを飛び出して、ハイヒールで玄関前の階段を駆け下りて、爆風に後ろから髪を煽られながら……王都の大通りを高笑いしながら逃げますわ！

私とドランが走っていく内に、別方向から逃げてきたらしいジョヴァンとキーブが合流して、それから爆破役だったチェスタも追いついてきましたわね！

「さあ、野郎共！　ずらかりますわよーッ！」

……こうして派手に火の手を上げる会場を背に、私達は明るく楽しく、脱出成功してやったのですわーッ！　ごきげんよう！　おーほほほほほ！

＊

「で。随分と無茶してくれたもんですけどね。そのあたりの申し開きは？」

さて。エルゼマリンに無事帰ってきた私達ですけれど……今、アジトで正座してますわ。ええ。

私とドランが、説教されてますわ。……ちなみに、今もドランからは耳と尻尾が出っぱなしですわ。

どうやら彼、『こうしておいた方が傷の治りが早い』ということらしいんですの。でもこれのせいで余計に絵面に緊張感が無くってよ。

「ドラン！　お前なら上手くやってくれるって信じてたんだぜ⁉　それがなんだって、脇腹に穴開けて死にかけたんだよ⁉」

「悪かったな。二度目は食らわない」

「お嬢さんも！　打ち合わせも無しにシャンデリアを落とせってのはどうなんですかね！」

「ええ、どうもありがとう。あなたならやってくれるって信じてましたわ」

「お礼言われたって誤魔化されないぜ！　今回の逃走もね！　俺とキーブがダンスホールで色々やって兵士を引き付けてたからギリギリ逃げてこられたようなもんだったんですよ、お嬢さん⁉」

「あらっ、キーブ、あなた何かしてくれましたの？」

「僕と踊りたがる変態野郎が多かったから適当にあしらってやってたら、そいつら同士で小競り合いが起きて兵士が介入してた。だから適当に火に油注いで、兵士をこっちに大量投入させてたってだけ。……役に立った？」

あらぁ……キーブったら、なんて優秀なのかしら！　思わず抱きしめて撫でちゃいますわ！

「ちょっと、お嬢さん。反省してくれてる？」

ジョヴァンはなんとも言えない顔をしてますけど……。

「いいえ！　全く！　だって全て上手くいったんですもの！」

私、とってもご機嫌ですの！　そう！　全てが上手くいったんですものね！

私達の前にあるのは、新聞。号外ですわ。そこには大見出しで『白薔薇館、燃ゆ』とあり……そしてその脇に小見出しで『犯人は王子暗殺未遂の悪魔、ヴァイオリア・ニコ・フォルテシア』とあります。

　どうも、王家から声明発表があったそうですわ。『今回の悍ましい事件は悪魔に魂を売った犯罪者、ヴァイオリア・ニコ・フォルテシアによるものである』とね。ええ、私、いつから悪魔に魂を売ったのかしら。私の魂ならきっとさぞかし高値で売れるのでしょうけれど、生憎、私の魂は私だけのものですわ。おほほほほ。

　さて、新聞には面白おかしく色々書いてありますわねえ。何もせず文句垂れてるだけの民衆には、王家や貴族の醜聞が最大の娯楽ですもの。今回も記事にはそういう文章がたっぷり、ですわ。『貴族院の警備体制に問題があったのではないか』だとか、『贅を尽くすばかりの王侯貴族に落ちた天罰だ』だとか、『フォルテシア家の罪は冤罪か？　真相は王家が闇に葬ったのでは？』だとか、楽しいことがたくさん書いてありますわ。そして何より、『聖女も生死不明。この責任は貴族院にある！』という最高の一文が読み取れましたの。ええ。最高ですわね。

「この文面を見る限り、クリスは他の貴族連中から責任を追及されているんじゃないかしら」

「ああー……クラリノ家って騎士の家系だから？」

「ええ。総裁を騎士の家系がやっている以上、貴族院関係の警備の最高責任者は当然、クリスですわね。そして、クリスが責任者である以上、今回の『事件』について、他の貴族はクリスに文句を言うはずですわ。貴族院の内部崩壊も狙えますわねえ」

　そしてクリスは今、胃を痛めているはずですわ！　いい気味ですわ！　私を死刑にしようとした奴にはたっぷり苦しんでもらわなくってはね！　おほほほほ！

「そして何より……聖女様は生死不明の状態で、しっかり私達の手元に来ていますもの！　全てが上手くいったと言えるのではなくって？」

「まあ、うん……そうね……俺のお小言もここまでにしときましょっか。あーあ」

ジョヴァンが折れましたわ。『降参です』とでも言うかのように両手を挙げて、深々とため息を吐いていますわねえ。それ見てドランがくつくつ笑ってますし、チェスタがケラケラ笑ってますわ。

ふふ、私も思わずにっこり、ですわね！


「そういやーさあ。今回の一件、そこらへんの奴らは『貴族ざまあみろ』とか言ってるぜ。貴族は知らねえけど、そこらへんの奴らには楽しい事件だったんじゃねえの？　へへへ……」

「あら。流石は愚民共ですわねえ」

愚民からしてみれば貴族って、『自分達とは無関係で、よく分からないけれどいい暮らしをしている連中。だから気に食わない』ぐらいの感覚なのでしょうね。実際、貴族が貴族で居るにはそこらの愚民には想像もできない程度の学が必要なのですけれど、そこんとこ、民衆はまるきり分かってませんのよねえ……。結果、特に何も考え無しに上位層の足を引っ張ろう、と考える愚民共のなんと多いことか。だから醜聞だらけの新聞が売れるのですわぁ……。

まあ、よくってよ。貴族という分かりやすい敵を滅ぼす私に対しては、民衆も好意的になるはずですわ。愚民共はその名の通りの愚かさですけれど、大人しく使われてる分にはいい道具ですわね。それに、国家転覆を謀るなら、民衆の支持は必要ですもの。今回はその下地作りにも役立った、と言えるのではないかしら。つまり、全ては上出来！　そういうわけですわね！

……ま、それはさておき、ですわ。

「ところでドラン。あなた、傷はもういいんですの？」

こっちは気になりますわね。……何といっても、ドランはクリスから銃弾一発、食らっちまってますもの。……銃って、体の中心部であればどこに当たっても大抵、致命傷を与えることができる武器なんですのよ。胴体であればどこであれ、大抵はそれなりに太い血管やそれなりに血が通う臓器があるわけで、そこのどこかに穴が開く、ということは……まあ、当然、それなりの出血を伴うわけですし、下手すると、内臓に重篤な傷を負う、ということになるのですけれど。

「まあ、大方塞がった。当たり所もそう悪くなかったらしい。それに、昨夜は月光が当たる位置で眠ったからな」

特に何の断りもなく、ドランは、ぺろ、と自分のシャツの裾を捲って見せてくれましたわ。別に野郎の腹なんざ見たくありませんわ！　……あ、でも、銃にやられて穴が開いたはずの場所が、もう塞がっているのはびっくりです、わねえ……。

「あー……ま、お嬢さん。隠してたみたいで悪かったけど、こいつは人狼なの。だから、腹に穴が開く程度なら、最短一晩で治っちまうってわけでね。特に舞踏会の夜は満月だったじゃない？　だからまあ、ドランはこんなに元気ってワケよ」

「はー、人狼って便利な体してますのねえ……」

「……まあ、月夜には少々理性が利かなくなることもある。一度昂ったら中々抑えが利かない。何より、存在自体が違法だ。いいことばかりでもないが」

「あら、そんなのこの驚異的な身体能力と回復力で十分お釣りが来ますわ。少なくとも、私にとってはね」

ドランの脇腹の、肉が少し盛り上がって傷痕になっている箇所を見る限り、人間で言うところの一月か二月、下手すりゃ半年くらい経った傷痕に見えますわ。ううーん、人狼って驚異的な能力、ですわねえ。敵にしたら厄介でしょうけれど、味方にするにはとっても良くってよ。少なくとも、違法合法なんざ今更ですものね。おほほ。

「それにしても……ヴァイオリア。何故あの時、窓を割る判断をした」

人狼の素晴らしさに思いを馳せていたら、ふと、ドランがそう聞いてきましたわね。

「あら、簡単でしてよ。人狼が月光を浴びるとその力を増す、ということは知っていました。これでも私、学園では首席生徒でしたのよ？」

人狼については授業で取り扱いませんわね。精々、人狼排除法が制定された年号がちょろっと出てくる程度ですわ。けれど私は勤勉でしたから、学園の図書館で人狼について調べていましたのよ。おかげで今回、ステンドグラスをカチ割ってドランに月光を浴びせる、という判断ができたというわけですわぁ。おほほほほ。

「……そうじゃない。何故、俺を助けようとした。俺を見捨てて逃げた方が良かっただろう」

けれどドランは別のところが気になっているみたいですわね。……まあ、彼からしてみれば、そこが気になるのかもしれませんわね。特に……決して王城の兵士如きに捕まることなんてないであろう身体能力を持っていながらもムショ入りしていた彼なら、ね。

……推測になりますし、その推測を確かめようとも思いませんけれど。多分、彼……仲間に売られたか、はたまた、仲間を人質に取られたかしたんじゃないかしら。そうでもなきゃーこの人狼が大人しくムショに入るワケがなくってよ。

「あら、見くびられちゃ困りますわね」

ま、ドランの事情なんざ私には関係ありませんわ。案外仲間思いらしいこの筋肉野郎はさておいて、私は私の矜持に従って答えるとしましょう。堂々と立ち上がって、胸に手を当てて。これは私の、私に向けた宣言でもありますのよ。

「私、ヴァイオリア・ニコ・フォルテシア。家も家族も名誉も失って、更に家族が心血注いで作った銃まで奪われて……その上でむざむざ仲間を奪われるような真似、決して許しませんの」

そう。私、決して許しませんの。クリスもダクター様も国王陛下も、全員、生かしてはおきませんわ。特に今回、クリスはフォルテシアから銃を盗んだことが分かったわけですから……余計に腹立ちますわ！　これ以上、何一つたりともあいつの好きにはさせませんわよ！

「要は、私、とっても矜持が高いんですの。これで納得いただけたかしら？」

「……成程な。そういうことなら、納得できる」

ドランは私の答えを聞いて、ふ、と気が抜けたような笑い方をしましたわ。あらまあ、こういう笑い方もするんですのねえ、彼。

……さて。

「ところで、ドラン。私、さっきから気になってるものがありますの」

ドランが少し心配そうな顔をしましたけれど、気になりますわ。どんな顔されたって、気になりますわ。

「何だ。人狼が人に危害を加えるかどうか、という話なら……」

今私が気になっているのは……私の視界の端で、ふり、ふり、と動いている……如何にも柔らかそうで、ふさふさとした……しっぽ！

「あなたのそのしっぽ、触らせてくださいまし！」

「は？」

珍しくもドランに素っ頓狂な声を上げられましたけれど、でも私、ふわふわしたものがあったら触りたい性分なのですわ！　子猫とかウサギとか大好きですし、魔物もハーピィの雛とか、冬毛のシコタマドンドコショウイングとか、春のビクトリーマグナムタンポポとか、大好きなのですわ！

「……まあ、構わないが」

「やりましたわーッ！　では遠慮なく！」

ドランには戸惑われましたけれど、断られませんでしたわね！　ええ！　なら私、遠慮なく触りに行きますわよ！

「あああーッ！　ふわっふわ！　ふわっふわですわ！　手触り良好ですわ！　しかもあったかいですわ！」

触ってみたら……ああ、予想通り、いえ、予想以上の触り心地ですわぁ！　こういうの、私、大好きですの！　ふわふわですわ！　ふわふわですわ！　ふわふわですわ！

「……許可しておいて言うのも何だが、俺は人狼だぞ。もう少し警戒したらどうだ」

「知ったこっちゃーなくってよーッ！　ああーふわふわですわ！　ふわふわですわーっ！」

ふり、ふり、と振られるしっぽがなんとも可愛らしいですわ！　図体デカい筋肉男の臀部に付いてるとは思えない可愛らしさですわ！

ええ！　やっぱり人狼って、悪くありませんわね！

しばらくドランのしっぽを触っていたら、ドランは少し落ち着かなげになってきて、横に転がってたワインの瓶から適当に一本、開け始めましたわね。あらっ、私、ふわふわも好きですけれど、お酒も好きなんですのよ。ええ。毒が効かない体ですからまるで酔えませんけれど。でも、お味と香りを楽しむためにお酒を飲んだってよろしいでしょう？

「……飲むか」

「ええ！　是非！」

ドランは私の視線に気づいたのか、それとも私の手が止まったのに気づいたのか、声をかけてくれましたわ！　なので私、空のグラスを持って、いそいそ向かいますわよ！

「あっ、それ、俺が会場から盗んできたやつじゃん！」

「えっあなた爆破だけじゃなくて盗みもしてましたの……？」

「うん。待ってる間ヒマだったし、貴族が集まって騒いでるならいい酒ありそうだと思ってさあ。……俺が盗ってきたんだから俺も飲んでいいよな！　へへへ、酒だ酒だー」

そうして横からチェスタもいそいそやってきてグラスを出してますわね！　まあ、今日は祝賀会ということで、薬も酒も好きなだけキメなさいな！

「はーあ、なら俺も貰いますかね。ドラン。そっちのグラス……おいおいおい、丸ごと一本渡すんじゃないよ。俺はお前みたく、はしたないラッパ飲みなんざしないんだから」

「ドラン。僕にも頂戴」

「あらっ、駄目よ、キーブ。あなたはジュースになさいな！」

それからジョヴァンがチェスタのグラスと自分に渡されたワイン一瓶を交換して、キーブにはジュースを与えることにして……さて、祝賀会の始まりですわね！

「さあ！　私達の勝利と革命の始まりを祝して、乾杯ですわーッ！」

それぞれがグラスだの瓶だのを持った状態で、威勢よく乾杯といきますわ！

ええ。今回、クリスが痛い目見たのはまだまだ序の口！　私の復讐はまだまだこれからですのよ！　首を洗って待ってなさいな！　おーほほほほほほ！

エピローグ

……一方、その頃。

クラリノ邸は、少々荒れていた。理由は言わずもがな。白薔薇館爆破事件の責任を追及するため、多くの貴族が押しかけてきているのである。

今回の事件では、多くの貴族が被害にあった。死者は数多く、行方不明者……要は、死体が見つからない者も、多く出ている。そして生き残った者達も、負傷した者が大半だ。……だが、生き残っている以上、奴らの口を塞ぐことはできなかった。

負傷した貴族達は、口を揃えてこう言った。『今回の事件は、ヴァイオリア・ニコ・フォルテシアによる復讐だった』と。

……そう。ダンスホールで、ヴァイオリア・ニコ・フォルテシアが放った台詞。あれを多くの者が聞いていた。烏滸《おこ》がましくも無実を訴え、クリスを嘲笑い、遂にはクリスを『悪』だなどと言い放った、あれらの言葉を。

それ故に……貴族達の中には、今回の舞踏会の警備体制のみならず、フォルテシア家への処分についてまで、文句を付けてくる者が出てきているのだ。『フォルテシア家は本当に無実だったのではないか』などと言い出されては鬱陶しくてたまらない。

「くそ、フォルテシアめ……」

クリス・ベイ・クラリノは苛立ちを隠さず、悪態を吐く。元々、貴い血が流れぬ新興貴族に良い印象を持っていなかったクリス・ベイ・クラリノは、フォルテシア家をはじめとした幾らかの新興貴族を取り潰すことに賛成していた。そうすることで古くからの貴い血の流れる貴族達……クラリノ家を含む上流貴族達を保護すべきだと、そう考えたのである。

そう。これは、クリスにとっても、革命であった。新興貴族がじわじわと国を食い荒らし始めたのを見て、多少強硬にでも奴らを排除すべきと判断したのだ。

……その判断自体は、間違っていなかったはずである。だがまさか、ヴァイオリア・ニコ・フォルテシアが脱獄し、更にはこうして、白薔薇館を爆破するとは！

「この国を揺るがす犯罪者め……これ以上、好きにはさせんぞ！」

クリスは強く拳を握りしめ、憎しみを露わに、呟くのだった。

……そして、そんなクリスの様子を物陰からそっと見つめる姿があった。

クリスにもよく似た金髪と碧眼。だが、クリスと比べても、他のクラリノ家の者達と比べても、体躯は細く、小さい。

「ヴァイオリア、様……」

柔和な面立ちの中、眉根を寄せて、リタル・ピア・クラリノは呟いた。

彼の頭の中に渦巻くのは、あの日、鮮やかな手腕でドラゴンを倒し、リタルを教え導いた彼女の姿。そして……舞踏会の会場で、『復讐』の始まりを告げた、彼女の言葉。

そう。リタルもまた、あの会場に居たのである。尤も、彼はヴァイオリアを追いかけてすぐにダンスホールを出たため、爆発には巻き込まれなかった。爆発に巻き込まれながらも魔法による防御と幸運とによって生き残ったクリスとは違う。

だが、リタルはクリスに関わる多くの場面を見ていた。

クリスがドラン・パルクに、何か、剣ではない武器で不意打ちして卑怯な一撃を食らわせた場面を見た。ドラン・パルクが駆除対象の人狼であった事実を知った。そこへ現れたヴァイオリア・ニコ・フォルテシアの言葉を聞いた。

……そして、ダンスホールで、復讐に燃える彼女の瞳を、見た。

炎のような、血のような瞳。苛烈な感情を宿したあの瞳が、リタルの脳裏から離れない。

ドラゴンを倒した時の、凛として鋭い視線。リタルに惜しげもなくドラゴンの牙と鱗と骨とを与え、更に、リタルに道を示した時の、慈愛めいた優しいまなざし。……同じ彼女の異なる面をいくつも見たリタルは、静かに混乱している。

クラリノ家の出来損ない、と馬鹿にされながらも、リタルはクラリノ家の一員として、貴族の世界を見てきた。そして貴族の常識を知り、その中で生きて……しかし、今、その常識が、揺れている。

否。あの日、ヴァイオリア・ニコ・フォルテシアと約束をした、あの時から、ずっと。ずっと、リタルの常識は、揺らいでいた。ヴァイオリアが脱獄犯であることを知って、その揺らぎは益々大きくなって、そして今、益々、リタルは揺らいでいる。

本当に、兄であるクリスが正しいのか。ヴァイオリアは滅ぼされるべき悪なのか。……ずっと、ずっと、リタルは考えている。

だが……リタルはついに、意を決した。

『己の正しさを省みなさい』。ダンスホールで聞いたヴァイオリアの声が、ずっと、リタルの中に残っているから。

「僕は……あなたとの約束を、必ず果たしてみせます」

リタルは、手の中の杖を握りしめた。ドラゴンの牙と鱗と骨から作られた、杖を。……彼女との、約束の証を。

……それから数日後。リタル・ピア・クラリノが失踪した。これがクラリノ家をまた大きく揺るがすことになったが……それは、ヴァイオリア達の知るところではない。

＊

そして更に、その頃。

「おい、そこの君。新聞をくれるかな？」

太陽の光が降り注ぎ、爽やかな潮風が吹き抜ける小さな港。青い空の下で海もまた青く、波が光に煌めいて眩しい。そこへたった今到着した船から降りてきた一人の若い男が、新聞売りの少年に声をかける。

男はすらりと均整の取れた体を品の良い服で覆い、濃い栗色の髪を潮風に揺らしている。彼はにこやかに新聞売りに歩み寄ると、気前よく、銀貨を一枚少年に渡す。

「ああ、はい。どうぞ。号外です」

ありがとう、と礼を言って新聞を受け取った男は、早速、紙面に目を落とす。

そして、『白薔薇館、燃ゆ』の見出しを見て目を瞠り、更に記事を読み進め……笑い声を上げた。

「ああ、流石だな、ヴァイオリア！」

一頻り笑った後、男は、にやり、と。その血のように赤い目を細めるのだった。

番外編　カジノは私の養分ですわ

ごきげんよう！　ヴァイオリア・ニコ・フォルテシアよ！　私は今、アジトの野郎共と一緒にカジノへ向かっていますわ！

この国にはカジノがありますわ。賭博は基本的に禁止ですけれど、王家の承認がある公式カジノなら合法ですの。そして、王都の高級街にあるカジノは、この国で最も規模の大きいカジノ、ですわね。王家のお膝元だけあって、ジャンジャン金が回りまくっておりますわ。入場料も取られますけれど、まあ、貴族がちょいと遊びに立ち寄ったり、平民が己の命運をかけて大勝負に出たりするため、結構な人の入りでしてよ。

まあ、そういう風に多くの人が集まるカジノなのですけれど、勝つのは貴族、なんですのよね。ええ。特に上級貴族はバカみたいに稼ぎまくっている、ということで有名ですのよ。

……ええ。つまり、絶対に何か裏でやってますのよね。

ですから、丁度よくってよ。そこへ私達が突入して、資金稼ぎと貴族潰しを同時にやろうってワケですの。ええ。自らの勝利を疑いもせず、生ぬるくカジノぐるみのイカサマに浸った貴族なんて、全員破産すりゃよくってよ。私達が行く以上、少なくともカジノの破産は決定しましたわ！

やるからにはとことん、骨の髄までしゃぶりつくしてやりますわー！　おーほほほほほほほ！

ということでやって参りましたわ。王都のカジノは夕方からが本番ですのよ。あたりが夕闇に包まれて薄暗くなってきて、空はピンクと群青のグラデーション。街灯がぽつぽつと灯り始めて、いよいよ王都の高級街は華やいで参りますわね。

そしてそこの石畳を鳴らして歩くのが、私達御一行様、ですわ！

……傍から見てたら、きっと、不思議な集団ですわね。可愛いキーブは礼服を着て颯爽と歩けば当然のように貴族のお坊ちゃまに見えますし、ジョヴァンもまあ、ちょっと風変わりではありますけれど、お洒落を楽しむ余裕が見えますから、貴族に見えますわ。礼服を早速着崩しているチェスタも、まあ、貴族のドラ息子に見えないことは無くってよ。

そして、フルフェイス甲冑の私とドラン、は……まあ、不思議ですわね！　でもしょうがなくってよ！　私達、うっかり捕まったらムショ入りですのよーッ！

うう、でも、よくってよ。カジノの中に入ってしまえばこっちのモンですわ。カジノの中は基本的に仮面をつけていますの。要は、勝った負けたの恨みっこナシ、っていうお約束、ですわね。

まあ、ですから……早く着替えたいですわ！　早く着替えたいですわ！　フルフェイス甲冑、嫌いじゃありませんけど、別に好きでもありませんのよ！

カジノの入口で貴族位を証明する証書を出して見せて、それから私達は早速、カジノの中へ入りましたわ。フルフェイス甲冑の私とドランは不審がられましたけれど、まあ、上級貴族のお付きの騎士として下流貴族の次男三男が仕えている、なんてことはよくあることですものね。私とドランも証書を見せて、そういうモンだと思われれば通してもらえましたわ。

……カジノの中は、やっぱり華やかですわね。豪奢なシャンデリアに赤絨毯。黒大理石でできたカウンターには金象嵌。マホガニーのゲームテーブルは見事な彫刻入り。そして行き交う人々は、上等な礼服や華やかなドレスに身を包み、ワイングラス片手に笑いさんざめき、そして彼らの顔にはしっかり仮面、と……ええ、王城より派手で煌びやかでしてよ。カジノってそういう場所ですものね。ちょっと淑やかさに欠けて俗っぽいくらいで丁度いいんじゃないかしら。式典だのなんだのやる王城とはわけが違いますわ。

「へへへ、なんだよ、酒飲み放題？　やったじゃん。飲んでくる！」

そして俗っぽさ一等賞、礼服を着ても下町のチンピラから脱却できないチェスタが、早速、ウェイターからワイングラスをかっぱらって飲み始めましたわねえ……。ええ、まあ、周囲の注目をチェスタが集めてくれるなら、他が動きやすくて助かりますから、別に構いませんけど。

「さて……なら俺達も早速、始めるか。目を付けられる前にある程度動いた方がいいだろう」

「そーね。じゃ、俺はお先に。久々に楽しくやってこようかね」

ジョヴァンがひらひら手を振りつつ去っていきましたわ。向かった先を見る限り、ブラックジャックをやるつもりみたいですわ。

「……目、付けられる予定なの？」

そしてキーブは『聞いてないんだけど』みたいな顔でドランを見上げてますわねえ。ええ、可愛くってよ。

「当然、そうだな。……まあ、『目を付けられるほど稼ぐ予定』と言うべきか」

「ああ、そういうこと」

ま、そういうこと、ですわ。

……このカジノは、上級貴族のための場所ですの。下級貴族は、入場こそできますけれど、稼ぐなんて、まず無理ですわ。

何故なら、このカジノはそういう風に仕組まれているから、ですの。

ディーラー達は、上級貴族相手には手加減してゲームをやりますし、ルーレットなんかは、上級貴族がベットした数字にボールを入れられるように調整しているらしいですわ。詳しいところは知りませんけれど、まあ、早い話が、ここは運営側がイカサマをするカジノ、というわけですわね。ですから私達は客相手にイカサマしてる運営を、更なるイカサマで出し抜いてやることになりますわね！

……そりゃ当然、更なるイカサマなんて許したくない運営には目を付けられますわ。当然のことね。悪党の宿命ですわ。おほほほほ。

「ドラン。あなたはどう動きますの？」

「俺か？　俺は闘技場に行く」

闘技場、というと、奴隷や魔物を戦わせて、勝つ奴が誰かを予想する、っていう、そういう賭け事ですわね。闘技場用に奴隷を育てる貴族も居るって聞いたことがありましてよ。ま、そういう、賭けと奴隷自慢が合わさった娯楽、ということなんでしょうけれど。

「あれで儲けますの？　いい選手を知っていて？」

「いや、俺が出場する」

「エッ……あれ、自分で出場、できますの？」

「ああ。できるらしい。そして勝ち残れば、その分の賞金が出るそうだ。貼り紙があった」

そ、そうなんですのね。ま、まあ、できるんなら文句はありませんけど。ええ。

……ああ、私も出たいですわぁ。私が出たら私とドランの一騎打ちになって、それ以降出禁になる未来が透けて見えますから、しょっぱなからそんな悪手、やりませんけど……。

「まあ、楽しませてもらうとしよう」

ということで、ドランはにやりと笑いつつ、闘技場の方へ行ってしまいましたわ。

……まあ、そういうことなら、私のやることは、一つ、ですわね。

「じゃあ、行きますわよ、キーブ！」

「え？　どこに？」

首を傾げるキーブに向けてウインクしながら、私、分かり切った答えを教えてあげますわ！

「ドランが出たら絶対に勝ちますわ。ですからドランに全賭けしておけば儲かりますわよ！」


はい。ということで、私とキーブは、闘技場の券売所へやってきましたわ。

闘技場の設備一式は、カジノの一角に大きく場所を取って作ってありますの。地下一階部分に闘技場があって、そこで魔物だの人間だのが戦いますわ。その闘技場の地下一階から地上一階までの天井がぶち抜かれて、吹き抜けになっていますのよ。そして観客は二階の観客席から闘技場を覗き込んでゲームを楽しめる、というわけですわね。

大規模な設備であることも併せて、このカジノの目玉ゲームとなっていますわ。ルーレットやカードゲームといった他のゲームをやっているフロアは主に一階、時々二階ですけれど、それらと空間が繋がっていますから、ここの観客達の歓声は、他のゲームをやっている客達にもしっかり届いて、宣伝効果抜群ってわけですのよねえ。

「では、私はあの甲冑の戦士にチップ千枚を賭けますわ」

「じゃあ、僕も同じく」

券売所で私とキーブはそれぞれ、最初に買ったチップの全てをドランにつぎ込みましたわ。後は、のんびりと椅子に座って、ワインやジュース、それに軽食なんかを楽しみながら、闘技場を見下ろす形で観戦しますわよ。

それから十分くらい待っていたら、ドランの試合が始まりましたわね。人間が出る闘技場は大人気ですから、わっと会場が沸きますわ。他に、如何にも戦えなさそうな奴隷が二人と、オーガが一匹、それにヘルハウンドが一匹、サケニクワレベアーが一匹、ですわ。目的がよく分かる試合ですわねえ。

……ま、要は、この会場の貴族連中は、人間が惨たらしく死ぬことを期待してますの。ええ。実に趣味の悪い連中ですわ。人間が死ぬところを見て楽しむなんてね。そう。人間ってのは、死ぬところをただ見たって楽しくありませんのよ。自分の手で殺さなきゃー楽しくありませんのに。まったく。

「オーガに賭けてる奴が一番多いみたいだね」

「ええ。ここにドランが居なかったら、私もオーガに賭けていたと思いますわ」

ヘルハウンドは素早く相手の懐へもぐり込んで食らいついてくる魔物ですけれど、オーガ相手に通用するかは微妙なところですわね。サケニクワレベアーはサケ部分がベアー部分をいつ離すかによって戦闘力が大分変わりますけれど、まあ、その間にヘルハウンドかオーガに殺されてると思いますわ。

……でも、まあ。ドランが居る以上、どこに賭けるべきかなんて、一目瞭然でしてよ。

戦闘開始の銅鑼《どら》が鳴った直後、ドランは人間の奴隷二人へ襲い掛かり……ぽいぽいっ、と、壁際へ放り投げちゃいましたの！

これには会場も大ブーイングですわ。人間に賭けてる奴なんてそうそう居ませんけれど、奴らは『奴隷が死ぬところ』を見たいのですもの。

でも、ブーイングが鳴り止むのは早かったですわ。

何せ、ドランがその拳の一突きだけで、オーガのドタマをカチ割って、ぶっ殺してましたもの。静まり返った会場がどよめき始める前に、ドランはサケニクワレベアーをぶん投げて壁に激突させて、更にその首をへし折って、サケ部分もしっかりへし折って、仕留めちゃいましたわ。そしてヘルハウンドへ向かっていって……ヘルハウンドは、きゅーん、と鳴きながら、ドランに腹を見せて寝っ転がりましたわ。ええ。棄権ですわね。賢いワンちゃんですこと。

そうして戦闘終了、勝者はドラン、ということで決定しましたわ。私とキーブは大層儲けたことになりますわねえ。おほほほほ。

観客達の中には懲りずにブーイングを飛ばしてる奴も居ましたわ。まあ、魔物が人間を殺せなかったなら、せめて、ドランが他の奴隷二人を殺すまでは続行すべきだ、っていう気持ちはわからないでもなくってよ。

けれど、それをやっていたら運営側は、ドランがヘルハウンドにもとどめを刺すよう促さなきゃいけませんでしたわね。魔物を捕まえてくるのも手間な以上、運営側も、わざわざヘルハウンド一匹を無駄遣いしたくなかったんだと思いますわ。ま、こちらも賢明ね。


そうして私とキーブはしこたま儲けさせてもらいましたわ！　しかも、それだけで終わらなかったんですのよ。

どうやら『あの男が死ぬところを見せろ！』とゴネた上級貴族でも居たのか、ギガンテスにキメラ、巨大ゴーレムにワイトキングに、なんとドラゴンまで、という大盤振る舞いが始まりましたの。ドランは武器も無く鎧だけ、という恰好ですから、まあ、当然、ドラゴンに勝てるとは思われませんわね。ですから実質これは、ドランが死ぬのを楽しみに見守る会であって、ついでに魔物頂上決戦、みたいなかんじですわ。

貴族連中が『やはり最強はドラゴンだろう』とか『巨大ゴーレムがドラゴンに勝つかもしれない』とか『キメラは何と何を合成したかにもよるが、まあ、あまり期待できないな……』とか、それはそれは楽し気に話しているのを聞きながら、私とキーブは迷わずドランに有り金全部つぎ込みましたわ。

「……ねえ、ヴァイオリア」

「あら、何かしら、キーブ」

キーブは席に戻って、ちゅう、とジュースをストローで吸いつつ、券売所でドラゴン一番人気な状況を見守りつつ……言いましたわ。

「ドランって、素手でドラゴンを殺せるんじゃなかったっけ」

「そうね。三体くらいなら同時に相手できると思いますわよ」

私もワインを飲みつつ、おつまみのサンドイッチをつまみつつ、ため息を吐いちゃいますわ。

まあ……なんというか、勝敗の決まっている賭けって、楽しくはないんですのよねえ……。


はい。まあ、そういうわけで勝ちましたわ。ボロ勝ちですわ。ごっつぁんですわ。

ドラゴンすら素手で殺されましたから、もう、観客達も何も言えませんわね。怪獣大決戦を期待して見ていたのに一番の怪獣が人間だったんだもの、ビックリもいいところでしょうね。

「さて。そろそろ私も他のゲームを楽しんでこようかしら。あ、その前に着替えないと駄目ね」

そろそろフルフェイス甲冑も窮屈になってきましたし、ドレスに着替えたいですわね。こんなに華やかで賑やかなカジノなんですもの。甲冑で慎ましく居るのなんて勿体なくってよ！

ということで、物陰でキープの空間鞄に入って、そこで着替えますわ。はー、甲冑って脱ぐとスッキリしますわねえ。着てても別に動けなくなるようなことはありませんけれど、それはそれとして、やっぱり重いモンは重いのですわぁ。

それに加えて、お気に入りのドレスを身に着けることで気分が軽くなる、っていう効果もありますわね。今日の私のドレスは、深紅の華やかなものですわ。胸元や裾には金糸で薔薇の刺繍がたっぷりと入っていて、中々気に入っておりますのよ。まあ盗品なのですけれど。おほほほほ。

さて、お着替えが済んだら仮面をつけて、キープの合図で空間鞄から外に出ますわ。カジノの中の喧騒に紛れてしまえば、案外、鞄に出入りしていたってバレないものですわねえ。

「キーブはこの後、どうしますの？　特に予定が無いならこのまま勝ち逃げでもいいと思いますけれど、折角だもの、何か楽しんできたらどうかしら？」

キーブも私もドランのおかげで、既に大量のチップを手に入れていますものね。このまま勝ち逃げでも十分だとは思いますわ。でもまあ、折角だものね。カジノを楽しんだ方が良くってよ。このカジノ、今日が最終営業日になると思いますもの。おほほ。

「僕、ヴァイオリアと一緒に行く」

……と思っていたら、キーブったら、そんなことを言いますのよ。ええ、可愛らしいことですけど、どうしたのかしら？

「その……お嬢様をエスコートする男がいた方が、自然だろ」

ほら、と手を差し出されたものだから、私、思わず笑顔でエスコートされることにしちゃいましたわ。ああ、可愛い騎士様ですこと！


ということで、ドレスに着替えた私と、そんな私をエスコートしてくれるキーブとで、のんびりカジノを見て回りますわ。

……ポーカーのテーブルにはチェスタが居ますわね。

「へっへっへ……んだよ、もう賭ける奴、居ねえの？　なら全部貰うぜ」

裏通り仕込みのイカサマを散々やってると見えて、チェスタとまともにベットし合う客は居ないようですわ。今も、周りが全員ドロップしたのを見て笑いながら、チェスタがチップを総取りしているところですわねえ。

「じゃ、次やろうぜ。ほら、さっさと配れよ」

こういう時のチェスタは、正にガラの悪いチンピラそのものですわねえ。こういう手合いに不慣れな貴族のお嬢ちゃんお坊ちゃん達はすっかり萎縮してますわ。ちょっぴり面白い見た目でしてよ。

「……ポーカーはやめとく？」

「そうねえ、あれ、チェスタはイカサマしてますもの。あそこに私達が入っても潰し合いになるだけですものね」

どう見ても、チェスタのアレはイカサマですわねえ。ええ、彼、義手の中にカードを仕込んでイカサマしてるみたいですわ。そして、ガンガンチップを賭けまくって、相手をドロップさせ続ける、と。まあ……チェスタの戦い方も一つの戦略ですけれど、より多く儲けたいなら、より多く賭けさせなきゃいけませんのよね。相手を上手く乗せるには、あんなに委縮させちゃー駄目なのですわ。

そのあたり、チェスタはへたっぴですわ！

「ひゃははははは！　ほら見ろ！　ストレートだ！」

……ま、それはそれとして、チェスタは楽しそうですわね。何よりですわ。ま、彼のお楽しみを邪魔しないためにも、ポーカーは後回しにした方がよくってよ。おほほほほ。

続いてブラックジャックのテーブルに向かうと、ワイングラス片手に休憩中のジョヴァンを見つけましたわ。

「あら、お嬢さん。さっきは闘技場で儲けてたみたいじゃない？」

「ええ。ドランのおかげね」

「いいなあ、俺も乗ればよかったかも。ま、俺は俺で稼いでるからいいんだけど」

ジョヴァンはウインクしつつ、チップを見せてくれましたわ。あら、結構稼いでますのねえ。

「あなた、真面目にブラックジャックやってこれ、ですの？　大した腕ですわねえ」

恐らく、カジノゲームの中でブラックジャックは一番、運の要素が少ないゲームですわ。その分実力が出る、というか……まあ、ある程度、理性と計算で勝率を上げられますのよね。

……と思ったら。

「冗談言わないでよお嬢さん。俺がそんなマジメな奴に見える？」

ジョヴァンったらそんなことを言って、にたり、と笑って……ウインクしながら、閉じていない方の目を、示してきましたわ。

「今日の目はイカサマ用の奴。取り換えてきちゃった」

「え？　目？　なにそれ」

キーブはジョヴァンの目が片っぽ義眼だっていうことを知らなかったみたいですわね。まじまじと見つめて、『うわ、義眼だ』ってびっくりしてますわ。可愛い反応ですわ！

なら私も、と思って見てみたら……あら、ホントですわ。よく見たら、彼、右目の色がいつもとちょっと違いますわ。いつもの目じゃありませんのねえ。……義眼って、アクセサリー感覚でホイホイ取っ換えるモンじゃーないような気もしますけど。

「それ、『夜の女王の心臓』とは違う宝玉ですわね。何ですの？」

「ん？　これ？　これね、『裁きの天青石』を『影の硝子』で包んだやつ」

あっ、成程ですわ。『裁きの天青石』は、真実を見通す力がありますの。ですから、よく裁判所に飾られてますわ。それに『影の硝子』は、物を透かす力がありますから……組み合わせると、ものすごーく弱いながらもちゃんと、透視の力が生じるはずですわね。

……まあ、目玉の代わりに眼窩にブチ込んどくような使い方でもしない限り実用できない程度の弱さの透視ですから、目ン玉片っぽ無い奴でもなきゃー実用できませんけど！

「よくできてますわねえ。これくらいの弱さなら、探知にも引っかからないでしょうし」

まあ、力が弱いっていうのは、長所でもありますわ。何せ、弱ければ弱いほど、魔法は見つかりにくいものですもの。

当然ですけれど、透視をはじめとした不正な魔法は、このカジノにおいて禁止されていますわ。そりゃそうですわ。イカサマばっかりになったらカジノなんて一晩で潰れますわ。まあ、カジノ側のイカサマはたくさんあるのですけど。おほほ。

……でも、こういう『弱すぎる』魔法なんて、一々探知できっこありませんのよ。それに、魔法の力で視力を補う義眼はこういうイカサマの品じゃなくてもたくさんありますから、そういう品だって言い逃れすれば相手だって取り締まれっこないのですわ。ですからこの義眼、こういうカジノでは最適な品ですわねえ……。実用するためのコストが片目、ってのがアレですけど……。

「そういうこと。山札全部を見通してやる必要は無いの。ほんの一枚二枚、先が見えるだけで大分変わってくるからね」

そうですわね。ブラックジャックって、一手先のカードが分かってたら、一気に勝率がバカ上がりしますもの。少なくともカードの引きすぎによる負けからはカンペキにオサラバできますわねえ。

「ま、そういうわけで、俺はもうちょっと稼いでいくから。お嬢さんも、楽しんでね」

ひらひら、と手を振って、ジョヴァンはまた、ブラックジャックのテーブルへ戻っていきましたわ。楽しそうですこと。

はー、私も負けてられませんわね。早くどこかで稼ぎたいところですけれど……。

「ね、ヴァイオリア。あれ、やろうよ」

……きょろきょろ、と周りを見回していたキーブが指さす方には、ルーレットのテーブルがありますわ。


カラカラカラ、と軽やかな音を立ててルーレットが回って、その度にルーレットの金装飾がシャンデリアの光に煌めいて、なんとも華やかな見た目ですわね。

グリーンのマットの上に書かれた数字と、その上に積まれた色とりどりのチップも大層華やかですし……まあ、ルーレットゲームは、カジノの花形の一つですわね。

でも、このカジノじゃ、おすすめはできないゲームの一つですのよ。

「あら、キーブ。あれはあんまりお勧めしませんわ。あれは運営側がイカサマし放題なんですもの」

ということで、私、キーブにこのルーレットの何たるかを説明しますわ。

なんと、ここのカジノのルーレットは、ディーラーが訓練を積んで、狙った数字にボールを入れられるようになっている、と言われておりますわ。要は、上級貴族様が賭けた数字にだけボールが入るようになっている、ということですわね。ですから、本当にただ上級貴族様が勝つだけのつまらないゲームですのよ、これ。

……けれど、それを聞いたキーブは、にやり、と笑って答えましたのよ。

「ああ。だからやろうって言ったんだよ。上級貴族が大負けするところ、見たいから」

あらっ、キーブったら、いいお顔ですわ。悪党らしい顔してますわねえ。ふふふ。

「それに……あのイカサマの手口、多分、ディーラーの腕の問題だけじゃないと思うんだよね」

「あら？　そうですの？」

まあ、そう言われても私、不思議には思いませんわ。だって、ディーラーが一々練習しないとまともに成り立たないようなイカサマなんて、不安定ですものね。元々このカジノは王家の後ろ盾があって、誰がどう楯突いてきても痛くない、という最強の立場ですの。カジノぐるみでイカサマを働いても問題が無いのですから、当然、設備にもイカサマが仕込んであるって考えるのは自然なことですわね。

「あのルーレット、ちょっと魔法の気配がする。多分、雷の魔法を上手く使って、ボールを引き寄せてるよね？」

「ああ……この間教えたやつ、覚えてましたのねえ」

「当然」

胸を張るキーブを見て、私、嬉しくなりましてよ。ええ、キーブにそれを教えたのは私ですわ。

雷を高度な技術で制御してやれば、鉄を動かすことができるんですの。ぐるぐると円を描くように雷を制御するのはまあ、難しすぎますから、ぐるぐると円を描くように曲げた金属線に雷を通してやるのが一般的ですわね。

でも、金属線も無しにそれが魔法の制御だけでできたらとっても便利ですの。何といっても鎧も剣も槍も、案外鉄でできているものは戦場に多いんですもの。事前の準備ナシに鉄を少しでも動かせるっていうのは案外有用なことなんですのよねえ。

「多分、あのルーレットは魔力を流したり止めたりしてボールの位置を調整できるんだ。……なら、他の魔法が干渉してても、分かりにくいよね？　まあ、見ててよ」

キーブはにんまり嬉しそうに笑うと……早速、とてとてと小走りにルーレットのテーブルへ近づいていきましたわ。そこで、如何にも純朴な貴族のお坊ちゃんみたいなキラキラしたお目目で、ルーレットを覗き込みましたわ。他の客もディーラーも、こんな美少年を鬱陶しがるわけありませんから、キーブはすっかりその場に溶け込んじゃいましたの。ああ、自分の武器をよく分かってますわぁ……。

そして、ルーレットを見つめる可愛いキーブがすっかり受け入れられた頃、キーブの隣に、如何にも上級貴族、ってかんじの貴族がやってきましたわ。

あー、はいはいはい、こいつ見覚えありますわ。確か、フルーティエ家の野郎ですわね。この国を支える上級貴族の内の一つ、ということで……ま、つまり、甘い汁を吸ってる側の人間ですわ。

「フルーティエ様。どこかにベットされますか？」

「ふむ……そうだな。なら……」

早速ディーラーから愛想よく話しかけられたフルーティエは、ちら、とキーブを見ましたわ。

「君。齢はいくつかな？」

「ぼ、僕ですか？　……ええと、十五歳です」

キーブは話しかけられると思っていなかったらしくてびっくりしていますけれど、まあ、私もフルーティエの野郎の気持ちは分かりますわ。キーブほどの美少年が居たら話しかけたくなっちゃうのはしょうがないですわ……。

「そうか。なら折角だ、十五番に五千枚賭けよう」

フルーティエの野郎はキーブに微笑みつつ、どん、とチップの山を出しましたわねえ……。

「わあ……ルーレットって、こうやって遊ぶものなんですね？」

それを見たキーブったら、如何にも無邪気な顔でそんなこと言いますわ。ああ、可愛いから許されますわ！

「ん？　ま、まあ、私ほどの財力があれば、このように大きく賭けることもできる、というわけだ」

「すごい！　かっこいいなあ！」

キーブはにこにことそんなことを言って……そして、フルーティエの野郎が賭けた数字がルーレットでどこにあるかをちら、と確認して……。

「じゃあ、僕は十九番に一万枚賭けます！」

どーん、と、フルーティエの野郎を超えるチップを乗っけましたわ。

これにはディーラーもフルーティエの野郎も、表情が引き攣りましたわねえ。周りの観客もどよめいてますわ。キーブはそれに照れた様子で『真似してみました』なんて言ってますわ！　可愛いですわ！　可愛いからこれは許されますわ！

……まあ、何はともあれ、ベットが終わって、いよいよ円盤が回りますわ。

キーブは只々わくわく顔でそれを覗き込んで、フルーティエはキーブを気にしつつも、余裕の表情で円盤を見つめて……。

ころころ、とボールは回る円盤の外周を走っていきますわ。カラカラと円盤が回る音が如何にも緊張感を煽ってくれますわねえ。

そうしてボールがいよいよ、数字の区切りへと近づいていきますわ。その挙動は……時々、おかしなところがありますわ。ひょこ、とボールが特定の場所に引き付けられるような。……ええ。間違いなく、運営側の不正ですわねえ。堂々とやってくれますこと。

ボールはフルーティエの野郎が賭けた十五番へと近づいていきますわ。そしてこのままいけば十五番に入る、となった、その瞬間。

ぴょこん、とボールが動いて、十五番のお隣、十九番に入りましたのよ。

わっ、と盛り上がって、キーブは大勢の人達に囲まれることになりましたわ。

ええ、まあ当然ですわね。可愛らしい美少年が急に大勝負に出て、さらりと勝ってしまったんですもの。皆、祝福の言葉を口々に述べて、キーブはそれをにこにこしながら受け止めていますわ。

唯一、フルーティエの野郎だけはちょいと表情が引き攣っていましたし、ディーラーはそっと気まずげにフルーティエの野郎のチップを回収していきましたけれど、まあ、それを傍《はた》から見ている私はとーっても楽しくってよ！　能無し上級貴族なんてカジノでスッておしまいなさいな！

それからもキーブは数回、賭けましたわ。

次は無難に、赤にベットして当たって、次は黒にベットして当たって、それから六枚賭けでまた当たって……こうなってくると他の客達も、キーブに合わせてベットするようになってきますのよねえ。『幸運の天使だ！』なんて言われてますわ。まあその通りですわね。でもキーブはあなた達の天使じゃなくってよ。私の天使ですわ。というか天使ってより小悪魔ですわ。まあどっちにしろ可愛いってことですわね！　おほほほほほ！

やがてキーブは、フルーティエまでキーブに合わせたベットをし始めたのを機に、ルーレットのテーブルから去りましたわ。そして私とすれ違いざま、『ヴァイオリアって十七歳だよね？　十七番に賭けて』と言っていきましたのよ。

丁度、フルーティエが他の番号に大きく賭けていましたから、私は十七番に有り金全部突っ込みましたわ。これにはフルーティエがとんでもない顔してましたけど、実際にボールが十七番に入ったら、もっととんでもない顔してくれましたわ！　ああ、『幸運の天使』のおかげで楽しい思いができましたわねえ！　おほほほほほ！

＊

さてさて。そうしてたっぷりカジノ側からチップを巻き上げたところで、私達は闘技場前に集合ですわ。

「ドランお前、随分と稼いだじゃないの」

「ああ。闘技場の優勝賞金を元手に、賭ける側に回って稼いできた」

ドランの手には、随分とたくさんのチップがありますわねえ。ええ、もう、チップがとんでもない数になりすぎて、運ぶのが大変そうですわぁ……。

「へー。ずっと闘技場で戦う側なのかと思ってたけどね」

「最初の二回で出禁になった」

あ、そうですの。まあそんなこったろうと思いましたわ。素手でドラゴンを投げ飛ばせる奴を戦わせたって、賭けになりゃーしませんものねえ……。

「ちなみに俺はブラックジャックで一頻り儲けた後、ポーカーで儲けました」

ジョヴァンもたんまりチップを持ってますわね。……まあ、カード一枚分を透かして見られるなら、相手の手札は全部丸見えですものね。ええ。勝負になりゃーしませんわ！

「あらっ、チェスタ。あなたも随分と儲けたじゃーありませんの」

「あー、結構ポーカーで勝ててさあ。で、色んなテーブル回って、これ拾った」

……チェスタが見せてくれた『拾った』チップは、どれも最高額のものですわ。成程、これを拾った、と……つまり、スリですすわね！

「これが一番早いよなー。ひゃひゃひゃひゃ」

「やだ、チェスタの癖にド正論ですわぁ……」

真面目に賭けたりなんだりするよりも何よりも、盗むのが早い。ええ。この世の真理ですわ！

「キーブも随分稼いでるじゃん。お前、何やったの？」

「ルーレット。ちょっと雷で細工してきた」

「キーブのおかげで私も儲けさせていただきましたわ。それに、いけ好かない上級貴族に吠え面かかせてやれましたし、とってもいいゲームでしたわねえ」

キーブと顔を見合わせて笑い合っていたら、チェスタから『なんか楽しそーだなお前ら』と率直な感想が出てきましたわ。ええ、そりゃそうですわ。私、とっても楽しいんですもの！

「さて。最後はやっぱり、闘技場ですわね」

そうしてお互いの状況を確認出来たら……私とドランは、それぞれキーブとジョヴァンとチェスタにチップを全て託しますわ。

「じゃ、行って参りますわ。後は手筈通りよろしくね、ドラン」

「ああ。お前も楽しんでこい」

……私が向かう先は、闘技場の、出場者用の入口ですわ。

ええ。私、さっきドランがやってたことを、やるつもりですの。

闘技場へやってきた私は、それはそれはもう、困惑されましたわ。そりゃーそうですわ。仮面で顔を隠していたって、私が若い女であることは分かりますものね。そんな奴が戦いに来たってんですから、運営側の困惑も已む無し、ですわぁ……。

でも、それだけですわね。『まあ、若い女が殺される場面は客に喜ばれるし』ぐらいの感覚で運営側は私の出場を許可してくれましたのよ。ええ、学習しない連中ですわね。ドランのアレで懲りなさいな。

私が待機していると、私の対戦相手である魔物が連れてこられますわね。ええと……ゴマタノオロチ、ローパー、スライム、ファイアーダンゴムシ、ポイズンクネクネ。ええ、やる気が感じられない対戦相手ですわ。舐められてますわね。私、舐められてますわね。

まあ良くってよ。ドランだって、最初の一回は大したことの無い魔物と戦ってましたもの。それでも私よりは期待されてた気がしますけど……あの、私、スライムやファイアーダンゴムシにも負けるように見えてますの？　流石にちょっと悲しくなってきましたわぁ……。

で、でも、まあ、よくってよ。ステゴロでゴマタノオロチと戦うのは初めてですもの。楽しんで参りますわ！

はい。ということで勝ちましたわ。

ファイアーダンゴムシ蹴り飛ばして、スライムぶん投げてローパーにぶつけて、ポイズンクネクネに回し蹴りを叩き込んでへし折って、ゴマタノオロチを蹴って殴って、丁寧に背骨を五本ともへし折って……そして最終的にはローパーの触手を三つ編みにして、巻いて、お花のコサージュみたいにしてやったらローパーが降参しましたから、私の勝ちが決まりましたわ。そしてローパーは可愛くなりましたわ。おほほほほ。

これには会場も唖然としてますわねえ。……ええ、ですから私、ここでしっかりと、役目を果たしますわよ。

「あらあらあら？　この程度かしら？　このカジノにはこの程度の魔物しかいませんの？　シケてますこと。折角ならもっと強い魔物と戦いたかったですわ！」

私、高らかに声を上げましたわ。まさか、闘技場で戦う奴がこういう風に言葉を発するなんて、誰も思わなかったようですわね。会場が大いにどよめいて、気分が良くってよ。

「カジノの客も低級なら、魔物も低級、と。そういうわけかしら！　実につまらなくってよ！」

……そして私が適当に挑発してやったら、それだけでもう、会場のどよめきは怒りをはらんだものになりますわ。まったく、気の短い連中ですわねえ。

「ねえ、次は五分以上粘れる魔物を用意してくださる？　ゴマタノオロチなんて、まるで歯ごたえが無くって楽しくありませんのよ」

ゴマタノオロチに賭けていた奴が多いでしょうねと思ってそう煽ってみたら、案の定、会場では上級貴族と思しき連中が運営に何かを言い募っていますわねえ。ええ、どんどんやっちゃってくださいな。

……さて、そうして会場が『あの女を殺せ！』と騒ぎ出したところで……やってきますのよ。

「なら、俺が相手になろう」

そう。ドランが、名乗りを上げますのよ！

これには会場が大いに盛り上がりますわ。

死すべき生意気な女が一人居て、その女と戦おうと名乗り出た男は、ドラゴンに素手で勝てる奴。ええ、これは大いに期待してしまうというものでしょうね。まあ、要は、私の死を。

運営側も、一度はドランを出禁にしましたけれど、もうこの際、四の五の言ってられませんものね。観客の期待に応えて私を殺すべく、案の定、ドランを使うことを決めたらしいですわ。

……そして、私が待っていると、ドランがやってきましたわ。それから、スライムと、ムニムニカタツムリ、あとアイアンマツボックリにフワフワドクマンジュウエビも。……ドラン以外、どこからもやる気が感じられなくってよ！

ま、まあ、よくってよ。運営側としても、私とドランが戦ったら勝者はこのどちらか、と分かっていますものね。どうせ死ぬ戦いに高価な魔物なんか投入できませんわよね。ええ……。

「ようやくお前と戦うことができるな」

「ええ。どうぞ存分に、楽しんでらして？」

私達がコロシアムで向かい合っている間にも、観客達はどんどんベットしていきますわ。

ベット先は当然、私かドランか、どちらかですわね。まあ、私が死ぬことを期待して、ドランにベットする人の方が多いかしら。ま、そんなとこですわ。

会場では『ドラゴンを素手で倒す男は、ゴマタノオロチを素手で倒す女を殺せるか⁉　間違いなく記録に残るであろう勝負はこの後すぐ！』なんて宣伝を始めて、他のゲームで遊んでいた客も、何だ何だとばかりに闘技場へとやってきますのよねえ。

そうして闘技場にはとんでもない数のチップが集まりましたの。倍率はドランが一・三四倍、私が一・七九倍、そしてムニムニカタツムリとフワフワドクマンジュウエビが七十倍、アイアンマツボックリが二十三倍、スライムが十七・五倍ですわ。

……えーと、まあ、つまり、私よりドランが勝つと思われていて、でも私が勝つと予想する者も三分の一以上は居て、そして……残りのヨワヨワモンスターに賭けてる奴らは大穴狙い、っていうところですわね。ええ。七十倍とか私、初めて見ましたわぁ……。まじありえなくってよ……。

そうしてオッズが出たところで、いよいよ戦いが始まりますわね。私はステージの上、多くの観客の視線の中、じっとドランだけを見つめますわ。この、戦闘前の張りつめた空気って、最高ですわね。ドランも私だけを見つめていて、彼の口角が、にやり、と持ち上がるのが見えましたわ。ええ、彼も同じことを考えてくれているのでしょう。

そのまま数秒、見つめ合って、期待に胸が高鳴って、魔力が体の中で膨れ上がって……戦闘開始の銅鑼が鳴りましたわ。

その瞬間私とドランは一気にステージを蹴って、お互いへ迫りましたのよ！

ステゴロでも私、ボチボチ強くってよ。でも、流石にドランと真っ向から戦うのは馬鹿げてますわね。何といっても彼、ドラゴンを素手で殺せるんですもの。そんなのと真正面から戦ってたら、体がいくつあっても足りませんわぁ。

ですから私、武器を使いますわ。

……ええ。当然ですけれど、この闘技場に武器の使用は認められていませんの。じゃなきゃ、哀れな奴隷が魔物に食い殺される場面が見られませんものねえ。

でもね……ルールには穴があるものですわ。

「お借りしますわッ！」

私はドランへ迫る、と見せかけて、方向転換しますわ。そしてその場に屈んで、アイアンマツボックリを手に取りましたわ！

アイアンマツボックリはその途端に負けを認めて、しゅんっ、とカサを閉じてしまいましたけれど、これでよくってよ！

ついでに左手にはムニムニカタツムリを掴みますわ！　むにっとした素敵なカタツムリも、私が持ち上げた途端に負けを認めて、にゅっ、と殻の中に閉じこもってしまいましたわね！

……さあ、これで武器ができましたわ！　アイアンマツボックリもムニムニカタツムリも、握りしめて人を殴るのに使えますものね！　ええ、これ、案外大事なことなんですの。喧嘩ってのは案外、単純なモンなのですわ。それぞれの戦闘技術は、それぞれの魔術や武装ですぐひっくり返されますの。立派な免許をいくつも持っている格闘家だって、鉄パイプ持って襲い掛かれば案外倒せますのよ。

……ええ。つまり、武器って、強いんですの！

「参りますわよーッ！」

私は右手にアイアンマツボックリ、左手にムニムニカタツムリを携えて、一気にドランへ迫りましたわ！

「成程な！　面白い！」

ドランはそれに満面の笑み……というか、獲物を狙う狼みたいな獰猛な笑みを浮かべて、身構えましたわ。そしてそのまま、私の右手のアイアンマツボックリを受け止めて、私に回し蹴りを叩き込みに来ましたのよ！

「私、そんなに甘くなくってよッ！」

ただ、ここで素直に蹴られてやる私じゃーありませんわ！　その場で跳んで、ドランの頭上へと逃げてやりますの。そして……左手のムニムニカタツムリを、ドランの頭に向かって投擲ですわ！

ごっ、といい音がして、ドランの頭に硬いカタツムリの殻がぶつかりましたわ。ドランはこれを微動だにせずに受けましたけれど、そこへ更に私の追撃が参りますのよ。

「頂きましたわッ！」

ドランの横っ面に、右手のアイアンマツボックリを叩き込みますわ！　男前の横っ面に一撃キメてやるのって、なんとも言えない快感ですわねえ！

「……これで終わると思うなよ！」

と思ったら、ドラン、動きましたわ。頭部に二発入れたってのに、ピンピンしてやがりましてよ！　こいつやっぱりバケモンですわねえ！

「これでどうだ！」

まずい、と思った時にはもう遅くってよ。ぶん、と、まるで大木みたいな脚が伸びてきて、私を蹴り飛ばしましたわ。

咄嗟に両腕で体を庇いましたけれど、それでも十分すぎるほど、効きますわねえ。ええ、一撃一撃がとんでもなく速くて、とんでもなく重いんですのよ！

「ふふふ……面白いじゃありませんの！」

ええ。ですから私、笑顔になっちゃいますわ！　だって、面白いんですもの！

ここにあるのは……一撃食らうだけで吹っ飛ばされる攻撃を、紙一重で躱すスリル。その一撃の間を縫って、相手に攻撃を入れてやる時の達成感。戦いの興奮。観客達の歓声。そして……それらと向き合い、限界を超えて戦わんとする、私自身！

「最高ですわ！　最高に楽しくってよ！　ねえ、ドラン！　あなた、本当に素敵ね！」

「お褒めに与り光栄だ！」

ああ、やっぱり……強い相手と戦うのって、最高に楽しくってよ！


そうして夢のような時間が過ぎていきましたわ。

私とドランは殴り合い、蹴り合い、掴み合って、投げ飛ばして、投げ飛ばされたら切り返して攻撃に転じて……舞踏のように、戦っていましたの。私もそれなりに技術がある方ですし、ドランは言わずもがなのバケモンっぷりですから、観客はそれはそれは盛り上がりましたし、『すごすぎて分からない』みたいな顔になってるのもボチボチいましたわね。ええ。

……でも、楽しい時間もそろそろ終わりですわ。

私は一度ドランと距離を取りますの。それを合図に、ドランも一度、距離を大きく取りましたわ。ちらり、と闘技場の端っこを見てみると、相変わらず降参しているアイアンマッボックリとムニムニカタツムリ、そしてひっくり返って気絶しているフワフワドクマンジュウエビ、この状況を理解することすらできずにのんびり這い回っているスライム……まあ、平和な光景が見えますわね！

これならばよし、ということで、私とドランはもう一度視線を合わせて、一呼吸してから……一気に、ぶつかり合いましたのよ！

私はドランの鳩尾に渾身の右ストレートを叩き込んで、ドランは私の脇腹あたりに痛烈な回し蹴りを叩き込んでいましたわ！

ドランが倒れて、私も吹っ飛ばされて倒れて、それで……そのまま、ですわ。私、意識がありますけれど、倒れたまま起き上がりませんわ。ドランも意識があるでしょうけれど、まあ、起き上がりませんわね。

……これに、観客達は静まり返りましたわ。何が起きているか、連中はまるで理解できていませんでしたの。

でも……徐々に、皆が理解し始めますわ。『これは同士討ちだ』と。

……そして、ごく一部の者だけが、更なる事実に気づきましたわ。

「あ、あれ……？　スライムは、まだ、動いてるんじゃないか……？」

……そう。

私が武器として使ったアイアンマツボックリもムニムニカタツムリも降参していますし、フカフカドクマンジュウエビはひっくり返って気絶していますし……でも！　スライムだけは！　私もドランもほっときましたし、降参や気絶をするだけの知能もありませんでしたから！

スライムだけ！　生き残りましたのよ！

……ということで、スライムが優勝ですわ。おめでとうですわ。

スライムの優勝が認められてから、私とドランはのっそり起き上がって退場しますわ。最早、会場はブーイングすら出せずにいますわねえ。おほほほほ。

さて。スライムに賭けていた者は、賭けていた額の十七・五倍、という、とんでもない大儲けをしたわけなのですけれど……。

「よく分かんねーけどスライムが勝ったんだろ？　ならさっさとチップ寄越せよ」

……ええ。打ち合わせ通りですわね。私達のチップを託されたチェスタが全額スライムに突っ込んでましたから、これで計画通り！　貴族共のチップを大いに巻き上げてやることができた、というわけですわ！

ただ……チェスタが係員から、半ばブン取るような形で超大量のチップを受け取った直後。

「や、八百長だ！　八百長に決まってる！」

そんな声が聞こえてきますのよ。


初めに声を発したのは、上級貴族の誰かだったと思いますわ。そして、それに続いて会場中の貴族連中が『八百長だ！』『不正だ！』『やり直しを要求する！』なんて叫び始めましたわね。

実に見苦しくってよ。このカジノが不正まみれだっていうことくらい、貴族なら分かっているはずですもの。ここはそういう場所だって割り切って楽しむための場所ですのに、いざ自分達にその不正の皺寄せが来たらゴネるっていうのは、ちょいと情けなくってよ。

そもそも、私とドランの直接対決を望んだのは貴族連中でしたわ。私が死ぬところを見たかった連中がその対価を支払ったっていうだけじゃーありませんの。文句言われたってそんなん知ったこっちゃーなくってよ！

「お黙りなさいな！」

……ということで、私、再びステージへと立ちますわ。

「勝ちは勝ち。負けは負け。そう認められないなら最初から勝負の体なんて取るもんじゃなくってよ。勝ちも負けも決まりきった一本道を運ばれていった先で『勝った』と喜びたいなら、初めからそう仰いなさいな！」

私がそう告げれば、観客席からはまた怒声が響きますわねえ。見苦しいですこと。

「不正を享受するなら、不正に搾取されることを覚悟なさい。それも嫌なら、もっと上手くおやりなさいな」

さて、観客席の方ではチェスタがチップを換金しろって迫っては係員に不当に止められていますし、その隙にキーブがこっそり現金を盗み出してますし、ジョヴァンが何かやってますわ。

そして、観客達の視線と怒りははっきりと、闘技場の私へ向いて……更にその隣へやってきたドランにも、向けられますの。

ですから私達、堂々とそれに立ち向かいますわ。

「不正をしたくて、でも不正されたくなくて、その上、上手く不正をやる能力も無くて……それでもゲームに文句を言うというのなら……」

私、言ってやりますの。これは最後の警告よ。逃げるなら今の内ですわ。

「私達も、ゲームの枠からはみ出たこと、しますわ」

私はそれから少し、待ちましたわ。観客席の連中がどう動くか、見ていましたわ。

一般市民はそっと去っていきましたし、そっと換金していく奴らも居たようですわね。ええ。私はそれを待ってやりますわ。賢い者が逃げていくというなら、それは見逃してやりますの。

でも、貴族連中は誰も彼も逃げませんわねえ。私の言葉の意味も考えず、ただ『誰かがあのむかつく小娘を殺してくれる』と期待して、声を張り上げては私達を罵って。

……そのまましばらく、待ちましたわ。でも、誰も何もしませんの。ただ、『殺せ！　殺せ！』と、貴族達が声を揃えて叫ぶばかり。

そして……。

「あら。私がやる前にやってくださるとは、素敵な大盤振る舞いですこと」

闘技場には、次々に、魔物が現れましたわ。ワイバーンにゴーレム、メダマタイガー……魔物の見本市みたいなモンですわねえ。

更に、小ぶりながらドラゴンが一匹出てきましたし、グレーターデーモンまで出てきましたわ。どうやらカジノは、貴族連中の『殺せ！』の声に応えるようですわね。

まあ、そういうことなら……全く、遠慮は要りませんわね？

「ドラン。こいつら、適当に上に投げ上げていただけますこと？」

「ああ、分かった」

私達、にんまり笑って、現れた魔物達を睨むと……魔物達をどんどん、観客席へ投げ飛ばしますわよ！


はい、大混乱ですわ。

そりゃそうですわ。カジノの中を魔物が暴れ回ってますもの。

……種も仕掛けもありゃしませんわ。ただドランがその馬鹿力で魔物をぶん投げて、吹き抜けを通り越して観客席まで魔物をお届けした、ってだけですわ。おほほほほ。

色んな魔物達が解き放たれて、カジノを荒らしまわってる様子は最早、一つの芸術作品のようにも見えますわね。凄まじい音を立てて砕けるカウンターやテーブルも。はじけ飛んで宙を舞うたくさんのチップも。砕けたシャンデリアの光に全てが煌めいて煌めいて、それはそれは刹那的な美しさですの。ああ、とってもいい眺めでしてよ。

賢い者達はとっくに逃げ出して、今、逃げ惑っているのは高みの見物を決め込んでいた、愚かな貴族達ばかり。そいつらが魔物に追いかけまわされてキャーキャー言ってるのを見ると、気分爽快っていうよりは、いっそ情けないような気分になって参りますわねえ……。さっきまでの『殺せ！　殺せ！』の威勢はどこ行きましたのよ。もうちょっとくらい威勢を絞り出しなさいな。

「ヴァイオリアー！　こっち、片付いたぜー！」

さて、そうしている間に、チェスタが大量の金を持ってやってきましたわね。結局、換金させたんですのね、アレは……。

「こっちも！　色々貰った！」

キーブはキーブで、宝石だのなんだのを大量に持ち出してきたようですわね！

「こっちも楽しそうなの見つけちゃった。ま、そろそろずらかろうぜ」

ジョヴァンが持ってきたのは書類の類《たぐい》ですわね。ええ。顧客リストか、はたまた、ここで行われていた裏取引の証文か……何にせよジョヴァンが拾ってきた以上、きっと楽しいやつですわ！

「よし、帰るか」

「ええ。あのドラゴンは固くて不味そうですから、わざわざ仕留める必要もありませんわねえ」

今もドラゴンは貴族共を襲ったり、カジノ内部を荒らしまわったりしていますけれど、ずっと地下で飼われていたからか、あんまり美味しそうじゃありませんのよねえ。なら、このまま放置しておくに限りますわ。

そうしてカジノを去る私達の背後では、貴族共の悲鳴と魔物の唸り声、それに硝子やクリスタルが割れ砕けていく音なんかが混じり合って勝利のファンファーレを奏でてくれますの。

いよいよ崩壊していくカジノを背景に、私達はこれにてトンズラ、ですわね。カジノの周辺にはすっかり人だかりができていて、カジノの中で何が起きているのか、と恐怖と好奇の目を向けていますのよ。これだともうじき、王城の兵士達が駆けつけてくるでしょうし、その前にさっさと逃げますわ！

それでは皆さん、ごきげんよう！　おほほほほほ！

＊

はい。というわけで、私達は無事、大金を得ましたわ。これ、ほとんどが上級貴族共から奪ってやったお金だと思うと、なんとも愉快な気持ちになれますわねえ。

「ヴァイオリア。新聞買ってきたよ。はい」

「あら、キーブ、ありがとう。……あらっ、あのカジノ、やっぱり潰れたんですのねえ」

更に、新聞一面大見出しを見てまた笑顔になっちゃいますわ。あのカジノ、王家が直々に取り潰しを発表したらしいですわ。まあ、取り潰すまでもなく、もう半壊してるらしいですけど。おほほほほ。

「そりゃあね。あんな大事故が発生しちゃった以上、王家が直々に、カジノを取り潰すしかないでしょうよ。王家の後ろ盾があったカジノなんだし、責任は取らなきゃね」

王家もまさか、自分達にとばっちりが来るとは思ってなかったでしょうね。いい気味でしてよ！

「貴族にも大損害が出た。王家への信頼も揺らいだ。そして平民にも、貴族連中の管理の甘さや王家の無責任さが見えるようになった。……また、この国をひっくり返す材料が増えたな」

ドランが嬉しそうにしてますわねえ。ええ、まあ、概ねその通りだと思いますわ。たかがカジノが一つ潰れただけ、ですけれど、見方を変えれば王家の威信が一つ潰えた、ってことですものね。

そしてそういうゴシップが大好きな平民達は、面白おかしく噂をしては楽しんでいるようですわね。新聞にも『不正を行っていた貴族への天罰』だとか『王家の承認は何の保証にもならないと証明された』だとか、好き勝手書いてありますわね。よく見たら、カジノで行われていたイカサマについての記事が寄稿されてますわ。これはもう、他のカジノもやってられなくなったことでしょうねえ……。

「とりあえず、よかったじゃねーか。酒飲もうぜ！　カジノから持ってきたやつあるからさあ」

チェスタはゲラゲラ笑いながら、いつの間にか高級ワインを開けていますわ。確かにカジノで振る舞われていた銘柄のようですけれど……これ、いつの間に盗んできたんですの？　本当にチェスタはこういうところだけ抜け目ないというか、ぶれないというか……。

「ヴァイオリアも飲むか？」

「ええ、頂こうかしら」

「あっ、駄目。ヴァイオリアはワインじゃなくてお茶淹れてよ。ケーキ買ってきたから」

チェスタからワインの瓶を受け取ろうとしたら、途中でキーブに遮られちゃいましたわ。更に、なんだか可愛い顔でそんなこと言われちゃったものですから、ワインは無しですわねえ。

「ケーキ？　どうしたんですの？」

「あのカジノでやってたイカサマについて、新聞社に寄稿したらお小遣い稼ぎになったから。そのお裾分け」

あら、あの寄稿文、キーブのだったんですのねえ。……彼もチャッカリしてますわあ。

「ま、そういうことでしたらお茶にしましょうか。ついでに、以前どこぞの貴族の家から頂いてきた焼き菓子がいくらかありましたから、あれも出しましょうね」

「俺も酒よりそっちにしようかな。俺も交ぜて交ぜて」

「俺は酒！　あと薬！」

「俺も酒にしておく。だがつまみに菓子は貰うぞ」

まあ、賑やかでよろしくってよ。美味しいケーキとお菓子、美味しく淹れられたお茶、そして各社の新聞のゴシップ記事を皆で囲んで楽しむのは格別な楽しみですわ！　今日はこのまま勝利の美酒ならぬ勝利の美茶に酔いしれるのも悪くありませんわね！

ということで、それでは皆様、ごきげんよう！

巻末資料

ヴァイオリア・
ニコ・フォルテシア

●表情集

チェスタ・トラペッタ

キーブ・オルド

ジョヴァン・バストーリン
ドラン・パルク

カバーラフ①

カバーラフ②

ArianRose
アリアンローズ
アリアンローズ新シリーズ
大好評発売中!!
古びた日記帳を開いた瞬間、前世の記憶が甦るヨシカ。
転生したらなぜか男装の王太子(ほんとは女性)になっていましたが、処刑フラグを回避するために追放ルートを目指します!?
訳アリ男装王太子は追放を望む
著:江本マシメサ　イラスト:風花いと

没落令嬢の悪党賛歌　上

＊本作は「小説家になろう」（https://syosetu.com/）に掲載されていた作品を、大幅に加筆修正したものとなります。
＊この作品はフィクションです。実在の人物・団体・事件・地名・名称等とは一切関係ありません。

2023年11月20日　第一刷発行

著者 …………………………………………… もちもち物質
©MOCHIMOCHIMATTER/Frontier Works Inc.
イラスト ……………………………………………………… ペペロン
発行者 ……………………………………………………… 辻 政英
発行所 ……………………………… 株式会社フロンティアワークス
〒170-0013　東京都豊島区東池袋3-22-17
東池袋セントラルプレイス5F
営業　TEL 03-5957-1030　FAX 03-5957-1533
アリアンローズ公式サイト　https://arianrose.jp/
フォーマットデザイン ……………………………… ウエダデザイン室
装丁デザイン …………………………………………… 株式会社TRAP
印刷所 ………………………………………… シナノ書籍印刷株式会社